ROSE FOUNTAIN MOTEL

Titre original :
'Ayn warda
Editeur original :
Dâr an-Nahâr, Beyrouth

ISBN 978-2-7427-8111-9

JABBOUR DOUAIHY

ROSE FOUNTAIN MOTEL

roman traduit de l'arabe (Liban)
par Emmanuel Varlet

ACTES SUD

I

Celui qui emprunte le chemin des “montagnes de Beyrouth” pour aller en direction des villégiatures estivales et qui jette un coup d'œil par la vitre de sa voiture juste avant d'entrer dans le petit bourg d'Ayn Wardeh – célèbre pour son patron Mar Nahra, saint protecteur de la vue et guérisseur souverain de la cataracte, ainsi que de la conjonctivite printanière –, celui-là peut apercevoir une maison ancienne bâtie sur deux niveaux, les flancs en biais par rapport à la route. Et s'il ne la quitte pas des yeux pendant les deux ou trois secondes au cours desquelles elle lui apparaît, alors il pourra remarquer une façade avec des arcatures rappelant celles du village de Choueir, un chêne au feuillage touffu et un groupe d'antennes de différentes tailles dont la plus haute, constituée de câbles fins et de barres métalliques, forme une croix qu'il continuera à voir quand la maison aura brusquement disparu derrière une petite colline hérissée de trembles.

N'étaient ces antennes, signe de la présence sous son toit d'habitants bien de leur époque – soit une petite décennie avant la fin du siècle dernier –, on prendrait facilement cet édifice de porphyre rouge pour un vestige de ces demeures dont la seconde génération des émigrés installés dans les Amériques parsema les versants occidentaux du Mont-Liban au cours des années 1920 et 1930. Une fois établis dans une petite ville de l'Alabama, où ils se faisaient photographier devant la vitrine bien garnie de leur magasin, vêtus de leur tablier de travail immaculé et le visage marqué par la fatigue, ces fils de marchands ambulants désignaient une personne de confiance parmi leurs proches restés au village et lui faisaient parvenir les fonds et toutes les recommandations nécessaires pour faire construire une maison avec vue sur la mer, pareille à celles des notables qui avaient réduit leurs parents à la misère. Jusque dans les années 1940, quand un émigré s'en revenait de là-bas, tombait sur l'un de ces hommes – qui n'avait su conserver des attributs de son rang que le tarbouche et quelques parcelles rocailleuses le plus souvent dévolues aux vipères et aux mûriers sauvages – et se présentait comme le fils d'un tel, l'autre, fidèle à une tradition bien ancrée voulant qu'on regarde les métiers manuels comme méprisables, s'écriait, tout fier de sa mémoire qui ne l'avait pas une seule fois trahi :

— Ah oui… je te reconnais ! Tu es le fils du savetier !

Mais en règle générale ils ne revenaient pas. Le travail, le mariage de leurs garçons avec des filles de ces pays, leur vie bien installée, là-bas, à des milliers de kilomètres, tout cela faisait que ces émigrés ne pouvaient retourner à leur terre d'origine pour prendre enfin leur retraite et que la maison de leurs rêves restait entre les mains d'un cousin sans le sou : quand le stuc tombait du plafond, ce dernier se contentait de balayer ; quand un volet en bois résineux se déboîtait, il remédiait à la chose avec un morceau de tôle rouillée. Cependant, leur nostagie flottait en permanence dans l'atmosphère de ces lieux froids et désolés auxquels elle venait donner un peu de vie.

Si notre automobiliste continue à monter, s'arrête sur la droite et descend de son véhicule devant l'échoppe la plus proche, celle-là même qui exhibe fièrement un réfrigérateur à Coca-Cola de couleur rouge, et si, tout en payant sa bouteille d'eau minérale, il interroge la vieille fille qui tient la boutique au sujet de cette maison au toit en tuiles, là-bas, il comprendra, d'après les gestes de ses mains fatiguées et les signes de lassitude qui traverseront son visage brun et son regard scrutateur, que, vis-à-vis de lui, cette femme à la chevelure ébouriffée et blanchissante ne se sent guère portée à la confidence. Et probablement à cause de sa façon de parler peu commune dans ces contrées-ci où tous les verbes, quand ils sont employés à la forme négative, se terminent par le son *sh*, où toute la création est vue selon deux catégories, et deux seulement, le *qrîb*, le familier, et le *ghrîb*, l'étranger, à cause de cela sans doute, la demoiselle préférera attirer son attention sur les bottes de radis rouge vif et sur la pyramide de figues blanches du littoral qu'elle propose aux passants sur leur trajet vers les hautes villégiatures d'été.

Et si, traversant la route, à quelques mètres de l'échoppe, il pose la même question au patron de la station-service, un homme obèse qui garde en permanence un mouchoir blanc plaqué sur son encolure adipeuse, pour en absorber la sueur, il n'obtiendra en retour que cette question laconique, “qu'est-ce que vous leur voulez donc ?”, comme s'il était chargé de gérer leurs affaires. Il comprendra alors qu'il ne saurait tirer de lui davantage et s'avisera par là même que ces gens d'Ayn Wardeh venus ouvrir boutique sur le bord de cette route – qui, lorsqu'elle fut percée dans les années 1940, scinda le village en deux, pour des raisons politiques à ce qu'on dit –, ont gardé leur tempérament rétif de villageois, malgré un commerce quotidien avec les gens de passage. Car contrairement à cette idée colportée par les "écrivains du village libanais", selon laquelle les gens de la montagne se montrent la plupart du temps très disposés à conter leurs anecdotes, les habitants de ces terres ne manifestent aucune propension particulière à entretenir l'étranger de leur vie ; bien au contraire, s'il arrive qu'ils se laissent aller à la conversation, ils s'efforceront de pêcher des renseignements à son sujet et de le circonvenir en cherchant à connaître sa profession et sa destination, préférant pour leur part garder le silence sur "ce qu'ils gagnent, ce qu'ils font et ce qu'ils pensent", comme ils le répètent malicieusement à qui voudra les entendre.

Mais si, dévoré par la curiosité, notre étranger de passage ne sait résister à l'appel des vieilles pierres et à la séduction de ces légendes selon lesquelles, dans ces montagnes, chaque maison abandonnée renferme un ténébreux cerbère, un passage secret menant directement aux plages de la Méditerranée, ainsi qu'une réserve d'armes laissées par les autorités mandataires françaises aux mains de leurs fidèles alliés ; s'il se trouve qu'au jour de son escapade hors de Beyrouth, pour les congés de fin de semaine, le temps est au beau fixe, alors il pourra garer sa voiture plus loin, près de la roche sur laquelle un petit chêne a surgi, juste à côté du monument aux martyrs – une aile d'oiseau en béton brut dont les gens du pays n'ont saisi la portée symbolique qu'au moment où le jeune sculpteur a déclaré, le jour de son inauguration, avoir voulu ainsi représenter le phénix qui toujours renaît de ses cendres, que les ennemis du Liban le veuillent ou non.

Il pourra alors descendre de son véhicule, aller par le chemin de terre jusqu'au pré, derrière la maison, et se joindre aux promeneurs qui, tous les samedis et dimanches à compter de la mi-mars, quand fleurit le "sang-de-Jésus", le coquelicot, et jusqu'à ce qu'ils soient chassés par les premières averses du mois de novembre, investissent les lieux, sortant des coffres de leurs voitures tables en plastique, bidons d'eau, sacs de fruits, barbecues, petits postes de télévision à piles. Ils amènent avec eux la grand-mère en fauteuil et le dernier-né emmailloté dans ses langes, qu'ils installent sur la balançoire attachée à une branche du cerisier et qu'ils oublient là. Ils mangent, puis s'allongent dans l'herbe, bourrant leurs narghilés de tabac parfumé à l'abricot ou à la banane et montant le volume des radiocassettes. Si la maison attire les regards des passants, s'ils sont même tentés de s'en approcher, c'est sans doute parce que sa façade à arcatures choueirites, son toit en tuiles, son escalier d'entrée en pierre et son arbre toujours vert leur rappellent la première maison qu'étant enfants ils ont dessinée aux crayons de couleur, en faisant ressortir du toit une cheminée et de la fumée, en traçant deux lignes sinueuses et parallèles pour figurer une allée conduisant à la porte et en ajoutant, s'ils avaient quelque don pour le dessin, un chien terrifiant à l'entrée, qui faisait les gros yeux pour éloigner les étrangers et les curieux.

Ainsi les parages de la "maison Baz", comme on l'appelle à Ayn Wardeh, sont-ils devenus depuis la fin de la guerre une destination appréciée de ceux qui, parmi les habitants de la capitale, n'ont pas les moyens de se payer un restaurant. Pour ces gens qui vivent entassés dans des rues étroites et qui naturellement soupirent après de grandes et lointaines étendues verdoyantes, il est désormais possible de se rendre, à défaut, dans ces proches contrées montagneuses, avec leurs villages et leurs chemins tortueux qu'ils ont dû se contenter de regarder depuis leur banlieue pendant plus de quinze années de conflit. Aujourd'hui, ils descendent de leur voiture sans demander la permission de quiconque, indifférents aux pancartes que Jojo, le fils aîné de la maison, a plantées en feulant d'exaspération, "interdiction de jeter ses déchets et d'allumer des feux sous peine de poursuites", avant d'ajouter, désespéré, "ceci est une propriété privée", et de signer le tout d'un dessin représentant un poing fermé avec l'index tendu vers l'ouest, pour bien signifier que "ceci" ne désigne pas le pré, mais bien la maison attenante. Les enfants n'avaient en effet pas tardé, pour tromper l'ennui, à s'approcher du rez-de-chaussée et à venir coller leur nez contre les fenêtres, arrachant à l'épouse autrichienne de Jojo, la très émotive Margaret, des cris de frayeur qu'elle lâchait en allemand chaque fois qu'elle allait errer de pièce en pièce et que son regard tombait soudain sur ces petits visages et ces yeux dévorant la maisonnée.

Cela, c'était au printemps dernier, quand la vie et la présence d'habitants restaient encore manifestes ici même. Aujourd'hui, cette surveillance a peu ou prou disparu et désormais, quand les enfants se lassent d'imiter le train en allant à la queue leu leu, chacun appuyant sa tête contre les fesses de son camarade de devant, tchou tchou tchou, sur le tronçon de chemin de fer passant au milieu du pré – l'un des rares vestiges de la ligne Beyrouth-Damas dont les officiers des milices n'ont pas arraché les rails pendant la guerre pour les revendre à la tonne et empocher l'avance du commerçant qui se chargeait de les acheminer par bateau au Congo afin qu'ils soient remontés dans la banlieue de Kinshasa ; et quand leurs parents les appellent de façon qu'ils ne s'éloignent pas, qu'ils restent à portée de vue, qu'ils se gardent bien de s'approcher de la route, où les voitures roulent à une vitesse insensée, et qu'ils se contentent plutôt d'aller du côté de la maison Baz, alors ils peuvent sans la moindre difficulté pousser l'une des portes, ouvrir l'une des fenêtres même, et sauter à l'intérieur du rez-de-chaussée.

Abbas al-Mani', qui loge avec sa petite famille dans la cave de la maison, étant d'ailleurs le dernier de son clan à demeurer fidèlement attaché aux Baz, a dû se résoudre plusieurs fois à changer la serrure de la porte de derrière, en vain. Plusieurs jours n'étaient pas passés qu'il la trouvait à nouveau défoncée. Abbas avait depuis quelque temps donné refuge à sa volée de pigeons dans le salon, où l'odeur de fiente était devenue insupportable. Mais il n'empêche que ce jour-là ce qu'il vit le rendit fou. Il se rua alors vers la cave pour demander à sa femme Bahiyya de l'accompagner là-haut, afin qu'elle soit témoin : “Ils ont envahi le pré, on a laissé faire ; ils ont commencé à y répandre leurs sacs plastique et leurs déchets, on a laissé faire ; ils ont cassé les vitres, ils sont entrés par les fenêtres, ils ont défoncé la serrure, on a laissé faire ;

ils ont couvert la maison d'inscriptions, emporté ce qui leur est tombé sous la main, on a laissé faire ; on les a même laissés faire leurs besoins dans la cuisine et dans l'escalier qui monte à l'étage ; alors pourquoi ils répandent leur merde comme ça, jusque sur les murs ? Et si le *khawéja**[1] Réda voyait ça ?" Bahiyya le rassura en lui rappelant que le *khawéja* Réda, le seul membre de la maison Baz, et le dernier, à être resté à Ayn Wardeh, n'avait pas quitté sa chambre à l'étage depuis deux bons mois et qu'il ne le ferait pas plus aujourd'hui que demain. "Mais si sa mère et son frère Jojo, avec son sale caractère, montent de Beyrouth pour lui rendre une petite visite, comme souvent sans prévenir, qu'est-ce qu'on leur dira ?" Son épouse comprenait alors qu'elle allait devoir, en plus de tout le travail qu'elle avait à faire, se dépêcher de laver le rez-de-chaussée. Elle retroussa ses manches et appela sa fille Dounia pour qu'elle vienne lui donner un coup de main en effaçant les inscriptions des murs pendant qu'elle s'affairerait de son côté à nettoyer la boue traînée à l'intérieur sous les chaussures et à faire partir les taches d'excréments pétrifiées ici et là.

Mais Dounia, que sa mère avait armée d'un chiffon humide, ne frottait pas, n'effaçait pas la moindre inscription gribouillée avec des morceaux de charbon ou des craies de couleur sur les murs tant qu'elle n'était pas parvenue, après de longues hésitations et bien des efforts, à lire chaque phrase à voix haute, "Hassan et Sabah pour l'éternité", "Jamais la Nation qui a engendré Abou Saïd ne se mettra à genoux". Depuis que

1. Les mots suivis d'un astérisque sont expliqués dans le glossaire, en fin de volume, p. 315.

ses parents ont cessé de l'envoyer à l'école publique du village voisin, sous prétexte qu'elle est désormais capable de "déchiffrer" et que cela suffit bien, Dounia continue à lire tout ce qui lui tombe sous les yeux, des annonces nécrologiques aux offres commerciales, et s'essaie même à écrire de temps à autre, quand elle trouve un morceau de craie. Elle parvient alors à reproduire, où cela lui est le plus commode, c'est-à-dire du côté de la maison, et quoique avec une lenteur extrême, son nom et celui de son frère, ainsi que des formules du type "Vive le Liban" ou "J'aime mon village"... Elle hésita un moment devant le dernier slogan tombé sous ses yeux :

— Maman, ça veut dire quoi "engendré" ?

— Qu'est-ce que j'en sais, ma fille ? lui répondit vertement Bahiyya, ne voulant pas s'interrompre dans ce ménage dont elle s'acquittait en pestant contre ces "petits bâtards" qui ne pensaient qu'à manger, boire, jouer et "nous faire dessus".

Abbas ne jouit pas de l'autorité suffisante pour interdire aux promeneurs des samedis et dimanches de venir se prélasser dans le pré, ces derniers n'ayant d'ailleurs pas tardé à comprendre, la première fois qu'ils ont vu sa mise et entendu son accent brinquebalant, qu'il était, comme eux, une pièce rapportée au paysage, et qu'il n'était en rien propriétaire de ce qu'il s'efforçait de protéger.

— Vous êtes des Arabes*, pas vrai ? l'interrogent-ils, mi-sérieux mi-goguenards.

— Qu'est-ce qui vous a donc amenés ici ?

Voyant qu'il ne répond pas, ils lâchent la bride à leur grossièreté :

— Dis voir *zayzafoun**...

Ils singent par là ce qui du temps de la guerre, constituait paraît-il un rituel aux barrages armés : on demandait à ceux que l'on trouvait "suspects" sur le plan de leur appartenance de dire le mot *banadoura** ; si jamais, omettant la seconde voyelle, ils prononçaient *bandoura*, ils se trahissaient, dévoilant qu'ils étaient palestiniens, et se voyaient emmenés sur-le-champ pour interrogatoire.

Abbas s'efforce toujours d'éluder le sujet et de ne pas avouer qu'il est un "Arabe", car il sait en gros ce que sera la question – autant dire l'accusation – suivante :

— Vous n'avez donc pas été tués pendant la guerre ? Comment c'est possible ?

Comme il sait bien que, chaque fois, il est obligé d'inventer un nouveau mensonge, il ne sort plus les voir qu'une seule fois par jour, muni d'un long bâton au bout duquel il a noué un chiffon blanc et qu'il agite au coucher du soleil afin de déloger les pigeons de l'antenne fixée sur le toit en tuiles ou de la plus haute terrasse du bâtiment en chantier, à côté. Il pose son bâton contre le mur, attend que la volée se regroupe et qu'ayant décrit deux cercles complets dans les airs elle rentre par l'une des fenêtres du rez-de-chaussée, comme si un tourbillon l'avait soudain aspirée. Dans le salon, ce n'est alors que battements d'ailes assourdissants, jaillissement de plumes et chutes de fientes. A cet instant, Abbas se retourne vers les enfants ébahis, convaincu d'avoir forcé leur admiration avec cette parade ornithologique, plante son bâton au sol comme un drapeau blanc, puis leur demande, en contrepartie de ce spectacle si plaisant, de déguerpir et de s'arrêter de crier, désignant alors du doigt l'étage supérieur où se trouve la chambre de Réda al-Baz pour dire en substance que les "gens de la maison" résident toujours là.

Abbas al-Mani‘ bluffe largement, sachant bien que les gens dont il invoque l'autorité ne sont plus là. Le problème n'est pas tant que Sarah, la seule fille de la maison Baz, se soit mariée avec Hassib al-Sabbagh et ne soit revenue à Ayn Wardeh qu'une seule fois, pour prendre ses vêtements en versant des sanglots ; ni que Jojo, son épouse autrichienne Margaret, et sa mère, *sitt** Julia, aient préféré s'installer à Beyrouth ; non, le problème, c'est surtout que leur tante Nohad est partie depuis environ un an à Bhersaf et qu'il y a désormais peu de chance qu'elle en revienne. Parler des “gens de la maison”, c'était parler de Nohad, et de personne d'autre. Les “hommes de la maison”, c'était elle, chose que tous reconnaissent. Dounia, la fille d'Abbas et de Bahiyya, le sait bien, sans qu'il ait été besoin qu'on attire son attention sur ce point, et chaque fois qu'un passant ou une de ces personnes qu'elle et sa copine traquent à la station d'essence pour leur vendre du chewing-gum ou des bouquets de roses jaunes lui demande où elle habite, elle n'hésite jamais longtemps avant de répondre.

— Chez *sitt* Nohad, dit-elle en allongeant le *a* autant que faire se peut.

Et si son interlocuteur, amusé, l'imite en allongeant le *a* comme elle, “quelle *sitt* Nohad… ?”, Dounia ne trouve alors rien de mieux que de reprendre sa première réponse, “*sitt* Nohaaad !”, étonnée de l'ignorance de son interlocuteur et ne croyant pas une seconde qu'avec ces deux mots il ne puisse pas reconnaître la fille de Youssef, fils de Francis al-Baz l'aïeul, qui est restée célibataire, a veillé sur les trois enfants de son frère et sur la maison de son père – où elle a toujours eu le premier et le dernier mot, même lorsque son frère Francis était encore de ce monde – jusqu'à ce que la sénilité s'abatte sur elle et qu'on l'emmène à la maison de retraite de la Divine Providence de Bhersaf, sans la moindre opposition de sa part.

Ne reste donc que Réda, qui vit retranché dans la "chambre du coin", à l'étage ; Réda, le cadet de Francis al-Baz, champion du Liban d'échecs pendant deux années consécutives et seul recours dont dispose désormais Abbas dans sa lutte contre les violations du domicile ; Réda qui, lorsqu'il a commencé à entendre les pas des promeneurs du samedi et du dimanche montant l'escalier jusqu'au premier et s'introduisant même, poussés par leur curiosité, dans les pièces fermées, a prescrit à Abbas d'installer une porte blindée entre les deux étages. Ainsi Réda a-t-il renoncé au rez-de-chaussée, s'en remettant entièrement à la famille Mani' pour le défendre. Depuis, les promeneurs en ont fait leur abri. Si jamais une averse les surprend, ils rentrent à l'intérieur avec leur tintamarre, leurs narghilés et même la table de trictrac, qu'ils posent sur une marche de l'escalier en travers duquel ils s'assoient pour jouer aux dés et se lancer des cris. Ils attendent là que le beau temps revienne et leur permette de reprendre le cours de leurs festoiements bucoliques dans le pré de derrière, puis, quand vient l'heure du coucher du soleil, ils commencent à rassembler les affaires qu'ils ont répandues ici et là et se préparent à partir, en laissant derrière eux les reliefs de leur festin et leurs sacs plastique. La volée de pigeons peut alors tracer des cercles dans le ciel voisin, en attendant pour redescendre avec de grands battements d'ailes dans le salon qu'Abbas cesse d'agiter son long bâton et son chiffon blanc.

II

Julia les invita tous les deux à s'asseoir, l'un à sa droite, l'autre à sa gauche. Jojo s'enfonça dans le canapé. Il était presque allongé, tournant à moitié le dos à sa mère et à son frère. Il sortit son portefeuille en cuir de sa poche et commença à en faire l'inventaire, simulant la plus extrême lassitude. Il tira sa carte d'identité magnétique flambant neuve, examina sa photo, la retourna et lut les imprimés au verso en murmurant des sarcasmes entre ses dents. Il la remit dans le portefeuille, sortit une carte d'assurance vie périmée et l'éloigna de ses yeux afin de pouvoir la lire. Pendant ce temps, Réda attendait assis bien droit avec les mains sous les cuisses, une position qu'il avait récemment trouvée et dont il avait pris l'habitude, car elle lui permettait de dissimuler ses doigts.

— La guerre est finie et la vie reprend son cours. Vous avez entendu les informations. La situation s'améliore de jour en jour… Vous ne pouvez plus habiter ensemble ! déclara *sitt* Julia de but en blanc.

Elle avait dit cela d'un ton ferme et péremptoire, sans doute pour s'encourager d'abord à accepter cette éventualité qu'elle redoutait au fond d'elle-même, mais qu'elle devait toutefois les inviter à envisager sérieusement, faisant passer leur intérêt – qu'elle continuait à penser mieux connaître qu'eux – avant ses sentiments propres. Si elle avait haussé la voix, c'était peut-être aussi pour les inciter à aborder la question de la maison. Deux fils et une seule maison qu'on ne pouvait vendre, parce qu'elle était soumise au régime de la mainmorte familiale... La seule réponse de Jojo à la proposition de sa mère consista à sortir sa carte du Parti libéral* et à essayer d'en ôter le film plastique avec l'ongle de son auriculaire. Réda se mit quant à lui à faire dansotter ses pieds d'un mouvement nerveux qui ne cesserait qu'une fois la séance levée. Aussitôt qu'ils se retrouvent dans une situation qui leur rappelle les cycles préadolescents de la contrariété et de la colère, les deux frères, bien que devenus adultes, renouent avec leurs vieux réflexes et leurs manières infantiles de se bouder ou de bouder les autres membres de la famille. On dit que derrière leurs grands airs durs et derrière leur lutte pour le rôle de la victime ils tirent de ces régressions une secrète jouissance, en particulier au contact de leur mère. La vérité est que Jojo et Réda ont été éduqués dans une maison où les chambres et les escaliers sont nombreux, peut-être plus qu'il n'aurait fallu, et que la différence d'âge a instauré entre eux des vides assez béants pour les maintenir à distance.

Julia savait bien que si, dans pareil cas, elle s'arrêtait de parler ils prendraient un malin plaisir à faire durer le silence. Aussi releva-t-elle la tête vers les rideaux en lambeaux et reprit, en désignant du doigt la porte du balcon :

— Regardez autour de vous. Regardez. Ce n'est plus ce qu'on appelle une maison !

Il était entendu, et depuis longtemps, que Réda serait seul candidat pour rester à Ayn Wardeh.

Jojo et Margaret avaient déjà un pied à l'extérieur puisqu'ils louaient depuis quelques mois un appartement à Beyrouth, rue Abdel-Wahhab-el-Inglizi. Afin de payer le loyer et d'acheter le mobilier, Jojo avait vendu la part de terrain qu'il avait héritée de son père du côté de Fourn el-Choubbak. Ils passèrent des semaines, Margaret et lui, à se chuchoter des remarques à l'oreille en examinant les meubles de la maison d'Ayn Wardeh, à se tenir longuement devant telle armoire qui allait encore pouvoir servir ou telle petite table en ferronnerie qu'il s'agissait tout au plus de décaper et de lustrer, à s'en éloigner puis à s'en rapprocher pour voir si elle siérait à leur nouvel appartement et s'accommoderait bien avec le mobilier qu'ils avaient commencé à acheter. Quand Margaret dodelinait de la tête, signe qu'elle trouvait l'objet à son goût, Jojo acquiesçait sans oublier chaque fois d'apporter sa petite touche, en attirant par exemple l'attention de son épouse sur la nécessité de fixer sur celui-ci des poignées dorées qu'il savait où se procurer, du côté de Gemmayzeh, ou en se déclarant partisan d'une nouvelle couche de peinture sur celui-là, dans une couleur plus assortie à la tapisserie de l'appartement d'Abdel-Wahhab-el-Inglizi.

Tous leurs projets étaient remis au jour où le devenir de leur tante Nohad serait fixé. Tant qu'elle continuerait à ne se lever de son lit que pour aller à la fenêtre scruter le large et s'assurer, comme si elle était en 1958, que la 6e flotte était toujours en rade de Beyrouth, que les marins de l'US Navy n'avaient pas pris peur et qu'ils ne s'étaient pas enfuis devant les menaces de Gamal Abdel Nasser ou les fanfaronnades de Saëb Salam* ; tant qu'elle resterait dans sa chambre à se faire servir par Bahiyya ; et même si, depuis le décès du poète Soleiman Attiya, le seul ami qui lui fût resté depuis que les enfants d'Alexandrie s'étaient dispersés aux quatre coins du monde, plus personne ne venait lui rendre visite, ils devraient garder la maison de Francis al-Baz en état de marche. Tous avaient d'ores et déjà pris leur décision, mais Jojo, par une sorte de pudeur, attendait de voir à quoi aboutirait la maladie de sa tante paternelle – personne ne sachant d'ailleurs comment il était parvenu à convaincre sa femme de patienter.

Deux jours seulement après que Nohad eut été emmenée à Bhersaf, *sitt* Julia les rassembla donc ses fils dans le salon, où la poussière rongeait les meubles – les Baz avaient cessé de recevoir au rez-de-chaussée, chacun préférant désormais se retirer en ses appartements avec les quelques amis qui lui restaient. Elle demanda à Bahiyya de leur servir une tasse de café et insista pour qu'ils s'assoient avec elle sur le grand canapé, à l'entrée de la pièce, voulant les garder à portée de main de façon à pouvoir rétablir la situation si jamais ils menaçaient d'en venir aux coups. Jojo à sa droite ; Réda à sa gauche. Le premier inventoriant le contenu de son portefeuille en pensant probablement à ses projets commerciaux, pour lesquels il en était encore à chercher des financements ; le second s'appliquant à dissimuler ses mains sous ses cuisses et à faire jouer ses pieds sans interruption, comme quelqu'un qui actionne les pédales de sa motocyclette dans une pente. Réda resterait dans la maison – et où aurait-il bien pu aller, Réda, avec des mains et un visage dans cet état, Réda qui ne décrochait jamais un mot, qui de toute la journée ne décollait pas le nez de son ordinateur ou de son échiquier, Réda qui, s'il recevait quelqu'un, tout au plus était-ce le professeur de mathématiques, l'adversaire attitré de ses interminables tournois ? – et en contrepartie, Jojo emporterait tous les meubles qui lui plairaient. Tel était l'arrangement qu'ils avaient conclu implicitement et qu'il ne leur restait qu'à énoncer d'une voix audible. Jojo était le grand perdant. Il était l'aîné, il était marié, et se voyait contraint de laisser la maison de son père en cédant aux caprices de Réda. Julia posa sa main sur son épaule, comme pour l'encourager à accomplir ce sacrifice. Il aurait dû y avoir des cris, ou au moins des reproches et des échanges de mots, comme cela se produit dans les séparations. Mais les deux frères avaient opté pour le silence. Réda avait levé la tête et regardait le plafond, en attendant que les choses passent, examinant minutieusement les crevasses laissées par les chutes de fragments de stuc. Julia tapota sur son bras pour lui signifier qu'il devrait dire quelque chose, ne serait-ce qu'un petit mot gentil, une attention pour son frère. Réda obéit et dit alors une phrase, la seule qu'il prononça au cours de cette réunion, s'étant jusqu'ici contenté de hocher la tête en acquiesçant à tout ce que sa mère préconisait dans cette affaire de partage :

— Jamais je n'aurais pu supporter de voir tomber la nuit ailleurs qu'à Ayn Wardeh !

Il avait dit cela avec beaucoup plus de sérieux qu'il n'en eût fallu, sur un mode délibérément déclamatoire et en inclinant la tête sur son torse avec une pudeur excessive, comme s'il avait voulu offrir à Jojo une raison toute trouvée de se moquer de lui. C'était sa manière à lui de réparer aux yeux de son frère le dommage qu'il croyait lui causer. Jojo, plutôt que de serrer les dents ou lever les bras au ciel pour montrer qu'il ne pouvait plus supporter les "petites crises" de Réda, comme il disait, fut pris d'une bouffée aussi soudaine qu'inhabituelle de bons sentiments fraternels. Il se redressa, remit son portefeuille dans la poche arrière de son pantalon et déclara, très résolu :

— Si Réda reste ici tout seul, je ne le laisse pas sans arme.

Chez l'aîné de Francis al-Baz, tous les sentiments, la sollicitude fraternelle comprise, trouvaient leur mode d'expression dans les armes à feu. Julia se sentit soulagée de voir les soins jaloux que Jojo, chose peu ordinaire, prodiguait à son frère. Elle était ravie de constater l'heureux dénouement de cette réunion pour laquelle elle n'avait rien auguré de bon. Seule l'idée du pistolet lui inspirait quelque crainte :

— Réda n'est pas comme toi, il ne connaît rien aux armes. Et puis qui pourrait bien l'attaquer ? Il est chez lui, ici.

— Les temps ont changé, le pays est plein de crapules pour qui la violation de domicile ne veut rien dire. N'oublie pas non plus que les Arabes défilent sans arrêt dans la cave pour aller voir Abbas.

Il acheva sa phrase en montant à l'étage, dans la salle des armes et des cartes, laissant Réda et sa mère en tête-à-tête. Et comme chaque fois qu'ils se retrouvaient seuls, elle lui demanda s'il prenait toujours bien ses médicaments, et comme chaque fois Réda marmonna un oui, voulant lui signifier qu'une seule question suffirait. Jojo ne leur laissa d'ailleurs pas le loisir d'entrer dans de grandes discussions puisqu'il redescendit aussitôt, muni du pistolet et de ses chargeurs. Un authentique Herstal 120 mm, fabriqué en Belgique.

— Je t'apprends comment on s'en sert ?

Réda tendit la main pour le prendre, mais Jojo se lança dans des explications :

— Je l'ai échangé contre une kalachnikov à crosse en bois. Son propriétaire m'a juré qu'il n'avait tiré que deux fois avec et, moi, je ne l'ai essayé qu'une fois, il est comme neuf…

Il le donna alors à Réda et, au lieu de retirer sa main, empoigna celle de son frère, la refermant sur le pistolet :

— Je te conseille de ne l'utiliser qu'en cas de force majeure. Cela dit, mon cher Réda, si tu le pointes sur quelqu'un, appuie sur la détente, sans quoi tu auras signé ton arrêt de mort. Tu as compris ?

Réda sourit à ces conseils et Jojo reprit ses explications en étayant son propos d'exemples qu'il connaissait. Il apparaîtrait par la suite que Jojo, malgré ce qu'il laissait entendre, n'avait pas donné à son frère la meilleure arme qu'il possédait, qu'au contraire il s'était comporté comme ces collectionneurs de timbres pour qui il est inimaginable de se séparer d'une pièce qui ne soit pas déchirée ou abîmée, ou qu'ils n'aient pas en double. Et il faisait bien, car en remettant à Réda ce pistolet qui allait s'enrayer dès la première utilisation, et non pas un Herstal tout droit sorti de l'armurerie, il leur épargnerait à tous une catastrophe bien plus grave que celle que ses conseils ne manqueraient pas de leur attirer.

Il est vrai qu'après tout Jojo est descendu à Beyrouth de son plein gré, quoique certains prétendent volontiers qu'il y a été fortement poussé par Margaret. Jamais elle ne s'était sentie à son aise à Ayn Wardeh. Le parquet en bois. Les plafonds hauts. Le froid, les courants d'air, les infiltrations d'eau. Et Nohad. Elle attendait que la tante s'absente de la maison pour lancer les hostilités avec la cruche d'eau. Elle l'apportait de la cuisine, la remplissait, allait se poster devant les plantations et les fleurs réparties aux fenêtres et les arrosait avec l'empressement de quelqu'un qui se venge. A peine avait-elle entamé sa "tournée" que Dounia apparaissait comme par enchantement, comme si quelqu'un l'avait appelée ; la fillette la suivait comme son ombre, son paquet de cigarettes et sa boîte d'allumettes à la main. Margaret n'avait pas vidé trois cruches que ses nerfs lâchaient. Alors elle montait à l'étage pour emplir la maison de tumulte, passait et repassait devant leur chambre, à elle et à Jojo, faisait claquer ses talons, marchait et marchait encore. N'en pouvant plus, elle allait s'asseoir sur la plus haute marche de l'escalier, du côté droit, mettait ses bras autour de ses jambes et reposait sa tête sur ses genoux. Au bout d'un très court instant, sa lèvre supérieure se mettait à trembloter et elle éclatait en sanglots. Jojo sortait de la chambre et l'interpellait en criant aussi fort qu'il le pouvait. "Margaret !" Une seule fois suffisait généralement pour qu'elle cesse de pleurer. A cet instant précis, Dounia, qui n'était qu'à deux enjambées, venait lui tendre sa cigarette. Elle lui rapportait son tabac de son propre chef, avec l'assurance de quelqu'un qui donne à un malade le médicament prescrit en cas de nouvel accès de douleur. Son petit plaisir, à Dounia, c'était d'allumer la cigarette. Et ce qui à ses yeux pouvait arriver de mieux, c'était que la première tentative échoue et que, tout sourire, elle doive ressortir une allumette de la boîte. La crise ne passait pas tant que Margaret n'avait pas parlé en allemand avec Jojo, lequel avait patiemment tenté de lui apprendre l'arabe et l'avait envoyée prendre des cours particuliers afin qu'elle cesse de l'accaparer en lui parlant toujours dans sa langue. Il ne voulait pas qu'elle prenne trop ses aises dans ces dialogues fracassants dont personne ne pouvait être témoin.

Elle s'exprimait tant bien que mal en arabe quand elle voulait donner un ordre quelconque ou mettre la maisonnée au fait de quelque chose. Comme en ce jour où, assise comme à son habitude en haut de l'escalier, la cigarette de Dounia à la main, elle les entretint du dîner mensuel des Autrichiennes épouses de Libanais. Elle en revenait tout juste. Il se tenait le deuxième mardi de chaque mois, quand la situation leur permettait de circuler. Au début, elles étaient six ou sept femmes, puis le cercle s'était élargi au point que leur nombre avait dépassé les vingt. Chaque fois, elles choisissaient un nouveau restaurant et chaque fois, quand, le vin aidant, leurs rires montaient en intensité, leur table attirait sur elle les sourires amusés des serveurs et les regards appuyés de la clientèle. On se taisait pour mieux entendre leurs cris baroques jusqu'au moment où elles s'apercevaient que leurs voix n'étaient plus couvertes par l'habituel brouhaha du restaurant et que l'on n'entendait plus qu'elles. Regardant alors à la ronde, toutes honteuses, elles se taisaient à leur tour. Margaret avait apprécié ces rassemblements où elles se comprenaient les unes les autres avec des mots qui convenaient toujours et où, pendant quelques heures au moins, elles se reposaient de leur arabe bégayant et de leurs recherches cocasses du terme approprié. Jojo l'avait encouragée à fréquenter ces soirées pour qu'elle tisse des liens et se crée quelques attaches, mais Margaret ne tissait rien, il y avait en elle un vide que rien ni personne n'aurait su combler. Et voilà que devant l'amitié naissante des Autrichiennes, devant les échanges de numéros de téléphone et les projets mis sur pied pour que les enfants se rencontrent, Margaret se trouvait en proie à un irrépressible désir de fuir. Elle ne souhaitait pas être divertie de Jojo, elle voulait que Jojo seul donne un sens à sa vie, ici et maintenant, en tête-à-tête, et en allemand.

Elle les informa, assise sur la plus haute marche, qu'elle avait décidé de ne plus aller aux dîners des épouses autrichiennes. Ce jour-là, elle s'y était sentie obligée et revenait excédée d'avoir eu à supporter une infirmière à sa droite et une esthéticienne manucure à sa gauche, la première mariée à un cardiologue, la seconde à un vendeur de voitures d'occasion dont elle s'était entichée dès leur première rencontre dans un café de Francfort.

Tout le monde l'écoutait avec attention, mais personne parmi eux ne s'attendait que l'épilogue de son récit prenne la forme d'une question :

— Et moi, qu'est-ce que je pourrais bien leur dire ?

Elle enchaîna, dans son arabe bancal, sur une question tout aussi rhétorique :

— J'irais leur apprendre que je suis mariée à Jojo al-Baz qui m'oblige à habiter avec trente-six personnes dans cet asile de fous ?

La réponse de Nohad, la puissance tutélaire des lieux, ne se fit pas attendre :

— Nous ne sommes pas vernis, quand même !... Qui n'épouse pas une Libanaise périra de chagrin...

Margaret fondit une fois de plus en larmes, bien qu'elle n'eût sans doute pas saisi ce que Nohad voulait dire par cet aphorisme mordant...

Les rapports de Margaret avec le reste de la maisonnée se gâtèrent définitivement du jour où elle découvrit qu'on l'avait laissée rêver à des projets de reconversion de la maison en hôtel et qu'il n'avait été personne pour lui faire savoir que la chose était impossible. Non pas un hôtel, mais un "motel", comme elle disait, *Rose Fountain Motel*, motel Ayn Wardeh, avec, à la cave, un restaurant français, *Le Faucon*, *Al-Baz*. Elle avait un beau jour pénétré chez les Mani' en compagnie de son amie décoratrice d'intérieur, un mètre à la main. En descendant dans la pénombre de la cave, elles avaient manqué de piétiner Abbas qui s'était étendu pour la sieste de l'après-midi ; Bahiyya l'avait réveillé pour replier le matelas et leur permettre de prendre leurs mesures, de choisir le meilleur emplacement pour la cuisine, de dessiner le plan des tables, de déterminer la position de chaque lampe tamisée et teintée dans les niches réparties sur les murs de la cave.

Tous eurent à peu près la même réaction, Nohad, Julia, Réda, Jojo. Au début, personne n'eut le courage de la ramener à la réalité. Julia la laissa poliment faire, affable comme toujours, et lorsque Margaret lui posa la question, elle lui répondit que la décision revenait avant tout aux "jeunes", c'est-à-dire Jojo et Réda, et à… (elle désignait alors du doigt l'étage supérieur où se trouvait la chambre de Nohad). Elle se déroba en disant à tout le monde que, de toute façon, elle n'était ici qu'une étrangère, comme Margaret. Jojo choisit de gagner du temps et lui conseilla, avant de prendre une décision définitive, de mener une "étude de marché" – termes qu'il avait toujours regardés comme un sésame pour tout ce qui était supposé rapporter de l'argent. Chaque fois qu'elle revenait le consulter, il l'envoyait accomplir une nouvelle démarche, étude de coûts ou budget prévisionnel. Nohad elle-même eut pitié d'elle et suggéra à Jojo de la laisser se divertir un peu, en lui rappelant quand même, par mesure de précaution : "Camille Chamoun* nous a écrit qu'il souhaitait acheter la maison pour en faire un palais présidentiel d'été et nous avons refusé…" Quant à Réda, fidèle à la réputation qu'il s'était faite de ne porter aucune attention à son environnement, il ignora superbement ce qui se passait.

Elle choisit la couleur de chaque chambre ; elle voulait que chacune ait sa couleur et porte un nom plutôt qu'un numéro, la "chambre des peupliers", pour celle qui donnait sur la colline, ou la "chambre bleue", en référence à une nouvelle qu'elle avait pris plaisir à lire. Elle revit sur le papier l'aménagement de l'entrée et dessina quelques plans avec l'aide de son amie décoratrice d'intérieur. Elle alla se tenir dans l'espace vide situé entre les deux escaliers conduisant à l'étage, pointa le doigt vers le sol, se tourna vers la porte d'entrée et déclara d'un ton définitif :

— Ici, la réception !

Elle se mit en tête d'ajouter un piédestal au faîte de chacune des deux colonnes de marbre marquant la limite entre le grand salon et la salle à manger, voulant ériger sur celle de droite une Vénus callipyge et sur celle de gauche la statue d'un empereur romain à l'oreille coupée, dès que son père tiendrait sa promesse et les lui ferait transporter depuis son magasin d'antiquités de Vienne. Elle prépara les listes d'achat de toutes sortes de rideaux et de couvre-lits, conçut la carte du restaurant (occidentale métissée), réfléchit à des méthodes originales de promotion et étudia la question des postes à pourvoir pour le bon fonctionnement de l'établissement… Finalement, Julia décida que leur silence n'était plus admissible et informa Margaret que la maison relevait du régime de la mainmorte familiale. L'on ne sut jamais comment Julia parvint à lui faire comprendre ce qu'était une “mainmorte familiale”. Toujours est-il que l'affaire se solda cette fois encore par un arrosage intensif des fleurs, une ascension de l'escalier, une cigarette de Dounia et des cris en allemand. Plus plaintifs toutefois.

III

La "chambre du coin" domine l'entrée réglementaire de la maison, côté route. Elle ne comporte pas de balcon, il est vrai, mais en raison de la légère saillie qu'elle forme par rapport au rez-de-chaussée, avec les deux corbeaux qui la supportent de part et d'autre, elle ressemble beaucoup à ces tours d'avant-poste érigées sur les hauteurs de façon à guetter les attaques en provenance de la côte et à soutenir les premiers assauts. C'est sans doute pourquoi s'y sont succédé tous les garçons de la famille sans exception, lesquels attendaient là aussi longtemps qu'ils demeuraient célibataires leur déménagement futur dans une chambre "intérieure", moins exposée et assez spacieuse pour être partagée avec leur épouse. Celui qui l'occupa le plus longtemps fut naturellement le frère de Francis et de Nohad, Massoud al-Baz, qui resta toute sa vie vieux garçon et qui, en mourant, la transmit à son neveu Réda, après que cette chambre eut assisté à d'ultimes règlements de comptes avec les saints dont les icônes ornaient les murs.

A la veille de rendre l'âme, Massoud, l'un des derniers représentants de ces générations qui savaient voir leur dernière heure approcher et pouvaient la prédire avec une précision étonnante, proclama : “Demain soir, vous serez débarrassés de Massoud.” Et c’est ainsi que les choses advinrent effectivement puisque autour de neuf heures il insista pour que l’on décroche saint Georges, car ce dernier était “grec orthodoxe”, de même que saint Elie “le charretier”, et aussi saint Joseph, car il n’aimait pas les hommes qui ne font pas usage des attributs dont la nature les a dotés. Il n’épargna guère que Mar Shalita, le saint local. Son impiété, et en particulier cette allusion à propos de Joseph, déclencha des rires étouffés parmi ceux qui étaient venus à son chevet attendre qu’il rende son dernier souffle, ce qui se produisit à peine une heure après qu’il eut rejeté l’intercession de tous les saints. Le fou rire allait les reprendre le jour suivant, tandis qu’ils recevaient les condoléances, puis, de même, au cours des funérailles ; chaque fois que l’un d’eux venait à se souvenir de ses dernières paroles, il devait cacher son visage avec ses mains pour dissimuler ses pouffements à la vue des visiteurs endeuillés dont la maison fourmillait. L’information arriva amplifiée aux oreilles du prélat et l’oraison funèbre, improvisée en quatre ou cinq mots seulement, s’avéra pour le coup assez sèche.

Du temps où il l’occupait, la chambre était connue sous le nom de la “chambre du télescope”. Il y avait installé une lunette astronomique montée sur un trépied de bois qu’il recouvrait d’un drap noir, comme le faisaient les photographes itinérants avec leurs vieux appareils sur les grand-places des villages. Il prétendait l’avoir achetée pour observer la lune lorsqu’elle serait dans son plein et se rapprocherait de la terre. Mais, vite lassé de scruter les astres, il s’était mis à pointer sa lunette sur l’horizon maritime, espérant apercevoir l’île de Chypre quand le ciel serait dégagé. Peine perdue. Et lorsque les combats de 1958 éclatèrent, et que, selon les rumeurs, une intervention étrangère destinée à soutenir le gouvernement face aux insurgés était imminente, il resta des jours durant à guetter avec son instrument l'arrivée de la 6e flotte américaine au large de la Méditerranée. Mais ce fut là encore un échec puisqu'il apprit la nouvelle du débarquement comme tout un chacun, par la radio. Il se précipita alors sur le télescope en pestant contre sa malchance et en se reprochant les futiles occupations qui l'avaient détourné de l'événement. Il fut dit dans la maison que le débarquement des forces amies appelées à mater la révolution ne revêtait pas une importance si capitale à ses yeux dans la mesure où ce qu'il "guettait" c'était surtout la maison de l'ambassadeur d'Italie, à Hazmieh, Massoud ayant découvert qu'il était dans les habitudes de la femme du diplomate de se déshabiller et de se tenir pendant de longs moments nue devant son miroir en laissant les fenêtres grandes ouvertes.

L'occupant de cette chambre ne peut savoir ce qui se passe dans le pré derrière la maison que par les cris aux forts accents du Sud qui s'élèvent les samedis et les dimanches, par les chansons que les radiocassettes émettent jusqu'à ses oreilles à la saison des festoiements bucoliques et par les battements d'ailes que les pigeons font entendre aussitôt qu'un mouvement brusque survient alentour. Cependant, depuis la fenêtre nord, il voit la route et l'allée par laquelle on accède à la maison ; et depuis la fenêtre ouest, il domine l'entrée principale, l'escalier descendant à la cave, le chêne sous lequel les Mani' vont s'asseoir en cercle dès que le soleil décline ou à l'ombre duquel, le reste de la journée, ils reçoivent leurs invités et leurs proches de passage dans la région. Ces gens dont la présence ne dit rien de bon à Jojo, inquiet pour son frère, viennent chercher le gîte dans la cave de la maison Baz en raison de sa proximité de Beyrouth. Il y a ceux qui viennent d'un peu partout dans la Bekaa et le Nord, mais aussi ceux qui arrivent de Syrie, les Arabes nomades parvenant toujours à se rejoindre quelque part. Que ce soit en groupe, par familles entières, ou seuls, comme ces cousins venant chercher du travail dans la banlieue, ils se rendent donc dans la cave d'Abbas, où ils passent une nuit ou deux, parfois plus, à dormir les uns sur les autres. Et puis il y a cette femme à la taille fine et élancée, toujours vêtue d'une robe couleur de vin, que l'on a récemment aperçue aux abords de la maison Baz ; Bahiyya prétend qu'elle est sa cousine, mais lorsqu'il vient à l'idée de celle-ci de sortir prendre l'air sous les arcatures de l'entrée ou de faire quelques pas en direction de la route, Dounia se voit sur-le-champ dépêchée auprès d'elle et la ramène en la tirant par la manche jusqu'à la cave, sous haute surveillance, la jeune femme se laissant alors faire sans histoires. Un œil un peu observateur n'aurait aucun mal à deviner qu'autour de cette beauté arabe plane un secret, un secret qu'Abbas et Bahiyya se donnent bien du mal à préserver.

Ayn Wardeh est ainsi devenu pour les Arabes du clan Mani' une halte dans leurs perpétuelles nomadisations en quête de petits gagne-pain ou pour s'acquitter d'obligations ne nécessitant plus depuis longtemps un déplacement, comme transmettre une invitation à un mariage, ou encore pour mener un troupeau de moutons au bazar, leur berger les laissant dans ce cas s'éparpiller derrière la maison, sous l'œil d'un de ses enfants, le temps de se délasser à l'ombre du chêne, de déguster trois ou quatre gorgées de café amer en compagnie d'Abbas al-Mani' et d'échanger avec lui les nouvelles de la famille proche et éloignée, en égrenant tous les noms.

La chambre du coin donne également sur Beyrouth, qui baigne nuit et jour dans un nuage blanc et poisseux occultant jusqu'au bleu de la mer et ne se dissipant que par intermittence, lorsqu'une grosse pluie vient faire place à un soleil radieux, si tant est qu'un vent d'ouest balaie au loin la poussière des proches carrières de pierre et la fumée des incinérateurs à ordures. Beyrouth dont les canicules de juillet valaient naguère aux Baz de passer le plus clair de leur temps à recevoir les visiteurs. Ils leur soutiraient quelques nouvelles du Golf Club et du dernier restaurant qui avait ouvert ses portes dans le quartier de Sursock, ne manquant cependant jamais une occasion de faire l'éloge de leur aïeul pour la sage décision qu'il avait prise de s'établir hors de la capitale, voulant par là suggérer à leurs invités qu'en vertu de leurs origines ils étaient foncièrement des citadins ; que s'ils avaient opté pour la vie à la montagne, c'était par un choix délibéré ; qu'ils étaient aux anges ici, sur ces terres où "les gens sont francs et sincères", où "une parole est une parole et un ami, un ami", chose qu'ils rappelaient volontiers comme une petite pique visant leurs hôtes de la capitale, dont il leur aurait été bien fastidieux de recenser tous les travers. Beyrouth qui, par certaines matinées, a l'allure d'une immense et légendaire cité de béton sortie des eaux, et qui rampe lentement mais sûrement vers les hauteurs d'Ayn Wardeh, pendant que les Boeing, tels des criquets de fer, amorcent leur atterrissage sur l'aéroport rouvert depuis la fin de la guerre. Jadis, l'un des passe-temps favoris de Francis al-Baz et de l'ami de la famille, Soleiman Attiya, consistait à repérer les limites sans cesse repoussées de l'urbanisation. Ils allaient se tenir sur le bord du ravin, au sommet de la colline aux trembles, et montraient du doigt – "où est donc passé Haret Hreik ?", "non, pas là, ça c'est Mrayjeh" – les fronts ouverts par la capitale sur les localités paisibles qui constellaient naguère sa périphérie avec leurs petites maisons ceintes de vergers et qui se voyaient maintenant envahies, transformées en blocs de ciment alignés au milieu desquels il était bien vain de vouloir rechercher leur trace.

Quand Réda al-Baz apparaît aux Mani' – notamment à Dounia et à sa camarade d'équipées sur la route, cette blondinette qui la rejoint l'après-midi et qui louche infatigablement sur la fenêtre de la chambre, espérant voir de ses propres yeux un épisode de ces histoires que Dounia lui chuchote –, la plupart du temps, il est debout derrière son rideau, comme si lui aussi ne faisait rien d'autre que contempler Beyrouth, et observer jour après jour son incroyable progression vers les hauteurs. Lorsque les deux fillettes restent dehors après la tombée de la nuit, Bahiyya oubliant d'appeler Dounia pour qu'elle vienne se coucher, par exemple, il leur est facile de le voir. Au moment où l'obscurité se propage lentement dehors, la lumière rayonne peu à peu dans la chambre de Réda, à l'instar des éclairages publics nouvellement installés dans les rues, dont la lueur croît au fur et à mesure que l'obscurité ambiante s'accuse. Alors la blondinette donne un coup de coude dans le flanc de Dounia – regarde ! regarde ! – pour attirer son attention sur la fenêtre. A cet instant précis, la silhouette fantomatique du *khawéja* Réda se dessine sur le rideau blanc de dentelle, comme ces lettres inscrites au jus de citron, dont le secret se révèle aussitôt qu'on approche la feuille de papier de la flamme. Il est fort probable qu'il se tenait déjà là depuis un moment, à suivre les récréations des deux fillettes arabes, restant toutefois invisible dans les jeux de cette lumière qui le protège toute la journée et commence à le trahir autour de la septième heure, quand l'obscurité se fait dehors et que, dedans, la lumière s'avive. L'ombre rectiligne de Réda al-Baz s'allonge alors pour pénétrer au cœur du chêne, à la jonction du tronc et des premières branches, traverser son feuillage de part en part et aller se projeter sur la colline aux trembles. Les jours où il met sa casquette américaine, comme il a récemment pris l'habitude de le faire pour cacher un peu son visage, gagné depuis un certain temps par ces taches blanchâtres qui lui ont d'abord ravagé les mains, son ombre fantomatique déployée sur ces arbres ressemble à un épouvantail qui ne se dresserait qu'au milieu de la nuit, quand les moineaux ont déjà pris place dans leur refuge. Si les oiseaux nichant dans les feuillages ne se sont jamais effarouchés de son ombre, les pigeons, eux, ont dû l'apprivoiser plusieurs jours durant avant de se sentir en sûreté dans son voisinage. Cette nuée de colombidés, la première chose qu'Abbas a apportée avec lui à Ayn Wardeh, a longtemps volé obliquement devant les fenêtres, comme pour repérer l'intérieur de la chambre, et puis un jour le mâle dominant s'est enfin décidé à approcher, en plongeant à pic sur le rebord de la fenêtre et en faisant battre ses ailes craintivement avant de s'envoler à nouveau pour rejoindre ses pairs. Les essais concluants se multipliant, les pigeons se sont tranquillisés au point de pouvoir même, à certaines heures de la journée, s'aligner en rangs serrés aux fenêtres est et ouest de la chambre du coin, comme s'ils montaient la garde et veillaient sur son occupant, lequel devait à coup sûr leur jeter discrètement des graines pour se les concilier.

La lumière du matin vient replonger la chambre dans l'opacité et alors seul un œil affûté comme celui de Bahiyya al-Mani' est en mesure de le voir aller et venir d'un bout à l'autre de la pièce ou se précipiter à sa fenêtre aussitôt qu'une voiture au ronflement inaccoutumé arrive au croisement et emprunte l'allée menant à la porte de la maison : ce sera un automobiliste égaré qui aura confondu l'accès chez les Baz avec un raccourci vers le village situé de l'autre côté du vallon, malgré le mal que Jojo s'est donné il y a des années pour planter à la sortie du croisement un petit panneau sur lequel est inscrit : "voie sans issue" ; ou bien ce sera le facteur qui, ne trouvant personne à l'attendre et ne sachant à quelle porte frapper, jettera au pied du chêne, sur un tabouret des Mani', le relevé de compte mensuel de Réda al-Baz à la Banque de la Méditerranée ou des lettres de Vienne pour Margaret, ses parents et sa sœur continuant à lui écrire à Ayn Wardeh ; à moins qu'il ne s'agisse du receveur des factures d'électricité, à qui l'on ne connaît pas de dates de passage fixes. En revanche, les rugissements de la Peugeot 404 d'Abbas al-Mani', quand elle daigne démarrer et ne cale pas sur-le-champ, n'ont jamais mis Réda sur le pied de guerre, pas plus que la Jeep de Jojo, quand ce dernier revenait encore prendre pour son nouvel appartement de Beyrouth des meubles laissés temporairement à la maison, puis, plus récemment, quand il véhiculait sa mère lors de ses visites inopinées à Réda. Depuis qu'ils ont déménagé rue Abdel-Wahhab-el-Inglizi et que Réda vit retranché à Ayn Wardeh, il l'a amenée à trois reprises, tout au plus, restant chaque fois dans sa voiture à l'attendre.

Bahiyya, lorsqu'elle va s'asseoir sur l'un des tabourets au pied du chêne pour fumer une cigarette ou se délasser un court instant, entre une lessive à la main et une marmite de riz à mettre sur le feu pour le repas, a pris le réflexe de lever les yeux vers la fenêtre du coin aussitôt qu'elle entend les crissements de freins d'une voiture lancée à toute allure sur la route ou des éclats de voix montant du bâtiment en chantier – il finira par masquer la moitié du paysage, mais en attendant il laisse voir la mer par les ajours de ses étages encore nus. La plupart du temps, l'intuition de Bahiyya se vérifie, l'ombre de Réda ne tardant pas, quand le bruit retentit, à surgir derrière le rideau en dentelle, avant de replonger aussitôt dans les profondeurs de la chambre. C'est donc que l'accident de la route ne s'est pas produit ; que le cri poussé sur le chantier de construction était juste une manière d'interpellation que l'ouvrier travaillant au dernier étage adressait à son camarade resté en bas, afin de lui demander de poser des moellons sur le monte-charge et de les hisser jusqu'à lui ; que le chant n'était qu'une cantilène un peu brouillonne, poussée de tout son coffre par un jeune ouvrier fraîchement débarqué d'un de ces lointains villages de Syrie où il est encore courant de se héler bruyamment d'un champ à l'autre et de chanter à tue-tête à cette seule fin de rythmer la journée.

Depuis le temps qu'elle l'observe, Bahiyya sait que Réda reste très tranquille le matin – elle l'aperçoit derrière son rideau tout au plus une fois avant qu'il vienne à sa fenêtre pour hisser le panier de son déjeuner jusqu'à sa chambre –, mais qu'il tend à s'agiter l'après-midi et à déambuler plus fiévreusement encore au coucher du soleil, heure à laquelle son ombre ne cesse de passer et repasser derrière la vitre. Bahiyya a par ailleurs bien senti que la fréquence de ses passages à la fenêtre avait sensiblement augmenté depuis que sa cousine logeait chez eux. Elle n'en a pas informé son mari Abbas et ne fournira pas ce détail aux gendarmes qui l'interrogeront elle aussi immédiatement après l'accident.

Les jeunes gens du village, que leur promenade quotidienne au clair de lune amène parfois jusqu'au monument aux martyrs, avec sa forme d'aile d'oiseau en béton brut, peuvent à toute heure de la nuit voir la lumière dans la chambre du coin et distinguer la silhouette fantomatique de Réda qui veille fébrilement derrière la fenêtre ouest, tel un gardien de phare par une nuit désolée. Il leur faudra alors se raconter de nouveau son histoire et reprendre les on-dit. Qu'à ce qu'il paraîtrait il garderait encore la longue mèche de cheveux de cette jeune femme qu'il aimait et qui est morte dans un terrible accident de la route, l'un d'eux ajoutant, très sûr de lui, que Réda al-Baz a conservé les robes de cette jeune femme dans son armoire à vêtements et que "quelqu'un" qu'il connaît affirme l'avoir vu un jour par la fenêtre vêtu de l'une de celles-ci. Et d'autres sornettes de cet acabit. L'un des professeurs de l'école publique prétendra ainsi que le fils Baz a écrit l'histoire de sa vie, de sa famille et de sa passion amoureuse et qu'ensuite, dans un moment de désespoir, il a brûlé les pages qu'il avait écrites, avant de revenir à lui et de rassembler les cendres dans une urne en verre qu'il garde depuis à côté de son lit. Ou encore que Réda possède des appareils à la pointe de la technologie, raison pour laquelle il a élevé ces grandes antennes sur le toit de la maison, et qu'il effectue des missions d'écoute pour les renseignements et même que peut-être il travaillerait pour une ambassade étrangère, l'anglaise par exemple, et pourquoi pas, les Baz ont toujours eu des sympathies pour les Anglais…

Abbas en est venu à se dire que Réda n'arrivait pas à dormir dans le noir ; la dernière fois qu'il est rentré de la chasse à la foulque, avec son bâton sur l'épaule, à la deuxième heure du matin au moins, il a trouvé sa chambre allumée. Il a d'abord pensé que Réda avait oublié d'éteindre la lampe, mais voyant la chose se répéter et ayant évoqué la question avec Bahiyya, Abbas a acquis la quasi-certitude que "le *khawéja*" dormait en journée, quelques heures le matin, et qu'il veillait la nuit, voire même qu'il ne goûtait jamais à un sommeil véritable.

S'il est, jusqu'à un certain point, possible de suivre ses allées et venues à l'intérieur de la chambre, personne ne saurait toutefois deviner, en le voyant debout derrière le rideau, où Réda al-Baz fixe son regard. Le fait qu'il garde sa tête redressée et immobile laisserait à penser qu'il le porte vers le lointain, sur un point donné de la capitale, quelque part entre les silos à blé, sur le port, et l'université américaine, dans la zone de Ras Beyrouth, où il a poursuivi pendant plusieurs années de vagues études de physique théorique que la guerre l'a empêché de mener à leur terme.

IV

Les hommes siégeaient sur de petits tabourets en bois formant sous le chêne un cercle qu'un unique accès, côté cave, permettait de rejoindre. Le keffieh* blanc et le *'oqal** qui coiffaient l'un d'eux, le plus âgé et le plus grand de taille, suffisaient à indiquer l'appartenance de ces hommes à la gent des Arabes et pouvaient apparaître à qui observait la scène de loin, ou d'en haut, comme la bannière sous laquelle ils étaient rassemblés. Les autres avaient troqué leur habit traditionnel contre des chemises bariolées, des pantalons qui leur arrivaient à la cheville et des chaussures de cuir noir empoussiérées et avachies par les kilomètres parcourus sur les chemins de terre. Certains étaient d'ailleurs armés d'un bâton, prenant très au sérieux les dangers qu'ils pouvaient y rencontrer, les chacals, la nuit, et les serpents, les jours de grande chaleur. Leurs barbes à demi rasées témoignaient d'une transition encore récente entre la simplicité de la vie bédouine et les exigences d'une vie à laquelle ils s'étaient vu pousser sans savoir au préalable si celle-ci voudrait bien d'eux. C'est sans doute pourquoi ils montraient cette hésitation à y adhérer vraiment, pourquoi ils portaient des vêtements dont les couleurs, la coupe et le tissu étaient passés de mode depuis deux décennies au moins, pourquoi ils ne s'attachaient guère à atténuer l'âpreté de leur accent, de telle sorte que leurs grandes causeries constituaient toujours une épreuve pour les autres. Ceux-ci se voyaient alors incapables de suivre leurs propos, se sentant soudain étrangers à l'arabe qu'ils avaient appris à l'école et parlé toute leur vie, à cette langue généralement regardée comme celle de ces fils du désert à la peau sombre censés en conserver la pureté originelle. Ainsi leurs séances de palabres à Ayn Wardeh, sous le chêne des Baz, se déroulaient-elles dans un baragouin des plus relâchés, car il ne se trouvait dans leur cercle nul étranger par égard pour qui ils auraient été tenus de le châtier.

Jamais les descendants de Hamad al-Mani' n'auraient interrompu leur nomadisation de bazar en bazar et leur commerce du bétail si l'affaire sur laquelle ils avaient dû venir se concerter, par ce beau matin ensoleillé, ne mettait en jeu leur honneur et leur sécurité. La première chose qui serait venue à l'esprit de qui se tenait au courant des événements, même par les journaux, et qui aurait vu ce petit attroupement d'Arabes, c'est que le sujet de leurs discussions devait certainement être en rapport avec ces vengeances en séries dont les derniers épisodes s'étaient produits entre Horsh Beyrouth et la localité de Chekka, plus au nord sur la côte, donnant lieu à deux morts et à un grand nombre de blessés. Outre les échanges de tirs, on avait en effet assisté à des affrontements au bâton et à des attaques nocturnes – les Bédouins ne pouvant faire l'économie de ces algarades au seul prétexte qu'ils se trouvent en plein centre de Beyrouth –, pendant lesquelles on avait eu recours à toutes sortes d'ustensiles tranchants et contondants, des haches aux crics de voiture. On était péniblement parvenu à un règlement tribal du conflit, en organisant un débat de réconciliation et un banquet noir de monde, mais en raison d'une promesse violée ou d'une réparation non obtenue les hostilités avaient repris de plus belle. Dans nombre de situations, les Arabes tiennent à se faire justice eux-mêmes, si bien que les hommes de la PJ en sont venus, au cours de leurs enquêtes sur les crimes et délits dont ceux-ci se rendent coupables, à prendre mille précautions, surtout depuis qu'ils se sont aperçus que l'entourage des suspects avait tendance à livrer à la justice, en lieu et place des auteurs réels des méfaits, de jeunes célibataire sans attaches ni responsabilités familiales et que les familles des victimes ne voyaient pas d'inconvénient à ce que les coupables restent en liberté, parce que ainsi elles pouvaient les prendre en chasse.

Mais ce qui se passait sous le chêne des Baz, malgré le grand sérieux qu'affichaient les visages, malgré la rudesse des grands gestes et des regards noirs par quoi ces hommes d'un naturel atrabilaire s'exprimaient, n'avait pas grand-chose à voir avec ces règlements de comptes en série provoqués par une sombre histoire de pots-de-vin versés à plusieurs jockeys en vue de truquer les résultats d'une course. Même si la majorité des jockeys étaient des Arabes, même si l'on comptait parmi eux – quoique dissimulés derrière les petits noms que leur avaient choisis les propriétaires des écuries, du genre "Gino" et "Roberto" – les deux frères de la jeune femme à la peau brune qui séjournait chez les Mani‘, cette fois-ci, le rassemblement des Mani‘ n'avait d'autre objet que cette même jeune femme, hôte de la cave des Baz et cousine de Bahiyya. On se réunissait auprès d'Abbas pour l'aider à régler ce problème dans lequel il était empêtré depuis qu'il avait consenti à lui donner refuge. Il y avait là deux de ses cinq frères. Les plus jeunes avaient vu le jour à Ayn Wardeh où leur père Hamad al-Mani', ayant quitté Sebnaï, s'était installé dans les années 1950 et où ils avaient vécu jusqu'à leur mariage, avant de se disperser ici et là. N'était resté qu'Abbas dont la petite famille (Bahiyya, Dounia et le petit Réda, seulement) ne représentait pas une charge très importante en comparaison de celles de ses frères. A la mort de Hamad, il prit la suite de son père dans la cave des Baz, mais ce fut à Khodr, l'aîné, qu'échut le pouvoir d'arbitrage sur la fratrie.

Pour conférer à l'événement toute sa solennité et bien marquer sa prérogative, pour se protéger aussi du soleil de plomb, Khodr revêtait donc le *'oqal* et le keffieh. Il s'était fait accompagner par son grand fils, voyant là une occasion de l'initier à la jurisprudence des Arabes, et avait tenu à ce que son second frère y assiste également avec son propre fils. Cinq hommes, en comptant Abbas. Cinq hommes dont la parenté sautait aux yeux, avec leurs longs visages tannés, leurs nez proéminents et leurs moustaches de jais. Plus Bahiyya, qui leur proposait café et cigarettes et qui rabrouait Dounia, lui défendant d'approcher et lui enjoignant d'emmener plutôt son frère jouer dans le pré de derrière, loin de leur assemblée. La seule voiture stationnée devant l'entrée était la Peugeot 404 blanche, celle d'Abbas ; les deux frères et les deux neveux avaient dû venir à pied depuis la route, où ils s'étaient probablement fait déposer par un taxi collectif.

Khodr parlait, se lançait dans de longues tirades dans lesquelles il leur relatait sans doute des cas analogues à celui qu'ils rencontraient présentement. Il parlait et parlait, ne cessant de remonter sur son épaule droite les pans de son keffieh, qui ne tardaient pas à retomber et à traîner dans la poussière, Khodr étant assis sur un petit tabouret. Bahiyya avait réussi à les contraindre à parler bas ; chaque fois que par mégarde l'un d'eux avait haussé la voix, elle lui avait rappelé d'un geste de la main ou d'un signe des yeux qu'il y avait là-haut, à l'étage, quelqu'un qui pouvait l'entendre. L'imprudent, se tournant alors vers la fenêtre à laquelle Bahiyya demandait de prendre garde, ne pouvait discerner qu'un rang bien serré de pigeons qui picoraient goulûment leurs graines. Son regard tombait dans la foulée sur le panier de roseau suspendu à sa corde, alors il se penchait vers l'oreille de sa belle-sœur pour l'interroger – cette fois-ci en chuchotant –, le doigt pointé sur l'ustensile qui flottait en l'air, à deux empans du sol. Et lorsque celle-ci lui répondait, en mettant une main devant sa bouche pour s'obliger à parler encore plus bas, il dodelinait de la tête, comme pour marquer son étonnement devant la bizarrerie des gens, hissant de nouveau son regard jusqu'au rebord de la fenêtre où la corde était attachée. Les deux jeunes restaient cois – ils le resteraient jusqu'à la fin –, dégustant leur café, fumant leurs cigarettes, écoutant leurs pères respectifs adresser à leur oncle ce qui semblait être des remontrances et des exhortations. Les deux hommes parlaient, gesticulaient, joignant leurs mains quand il fallait être affirmatif ou ramenant leurs paumes à eux quand il fallait émettre des réserves, et Abbas acquiesçait, la plupart du temps en hochant la tête, même s'il semblait quelquefois penser à tout autre chose. Vint finalement cet instant où tout le monde se tut, comme si chacun avait vidé son sac, que tout avait été dit et que l'heure n'était plus aux débats. Ils se mirent à promener leurs regards alentour et, parce que ce lieu leur était déjà familier, portèrent finalement leur attention sur le panier, la corde et la fenêtre.

— Dounia !

Abbas s'adressa à sa fille à haute voix, persuadé sans doute que ce qu'il allait lui dire ne dévoilerait en rien la teneur de leur discussion :

— Va l'appeler et dis-lui de venir ici.

Dounia n'eut pas besoin qu'on lui dise qui elle était au juste censée aller chercher. Malgré sa relégation dans le pré, elle n'était pas sans savoir ce dont il retournait dans ces conciliabules, n'ayant pas tardé à laisser son frère jouer tout seul pour courir vers la cave, bien aise de se trouver enfin mêlée aux événements. Elle disparut quelques courtes secondes et revint se tenir en haut de l'escalier pour attendre le prochain épisode, convaincue que ce service rendu aussi diligemment lui conférait d'emblée le droit d'assister au spectacle. Mais Bahiyya était d'un tout autre avis :

— Tu l'as appelée ?

— Elle a dit je viens.

— Va voir ton frère. Et ne t'éloigne pas trop de la maison, compris ?

Elle se tourna vers les proches d'Abbas et reprit :

— C'est plein de scorpions de l'autre côté…

Dounia haussa les épaules en signe de refus et remua les pieds comme si elle cherchait à s'enraciner sur place. Bahiyya n'eut alors d'autre choix que de retirer l'une de ses savates et de l'agiter en l'air par mesure d'intimidation, puis de marcher vers sa fille, qui s'était déjà enfuie derrière la maison pour rejoindre son petit frère. Plutôt que de prêter attention à cette escarmouche entre Bahiyya et Dounia, les quatre hôtes tournèrent leur visage ombrageux vers l'entrée de la cave. L'un des deux jeunes, qui portait son café à ses lèvres et allait pour boire, garda la tasse collée contre son menton, attendant que la jeune femme sorte, tandis que l'autre se remettait bien assis pour se tenir prêt. Elle ne tarda pas. Sa tête et ses cheveux noués apparurent d'abord. Ensuite, elle gravit une marche. Juste une, pour être vue de l'assemblée.

Les hommes se regardèrent avant de se tourner vers Abbas. Cela ne suffisait pas. Ils se remirent à la scruter. Manifestement, c'était la première fois qu'ils la voyaient et qu'il leur était donné de l'observer sous toutes les coutures. Ils étaient réunis pour examiner son cas et ne la lâcheraient pas des yeux aussi longtemps qu'elle resterait là, debout devant eux. En la voyant, un homme pouvait difficilement ne pas flairer en elle une proie facile. A cet instant, Dounia glissa la tête au coin de la maison, sans que personne s'avise de sa présence. La jeune femme, les yeux dans le vague, se tenait toujours sur les marches, ne laissant apparaître que le haut de son corps. Les hommes continuèrent à la contempler en silence, attendant de sa part un mouvement supplémentaire. Elle resta sans bouger jusqu'à ce que Khodr al-Mani', en sa qualité d'aîné et de chef du petit clan, brise soudain le silence par une exclamation qui prit Bahiyya de court, provoquant chez elle un mouvement sec et involontaire par lequel on aurait dit qu'elle tentait de rattraper ses mots au vol avant qu'ils ne soient entendus :

— Monte, fille ! Viens nous montrer ton ventre !

N'était-ce pas pour cela qu'ils étaient venus, après tout ? Bahiyya laissa retomber son bras et une expression de déconvenue se dessina sur son visage. Ce qu'elle s'était évertuée pendant bien une heure à escamoter venait d'éclater au grand jour, d'un seul mot de son beau-frère. La jeune femme ne fit pas un geste, comme si elle estimait n'avoir aucun ordre à recevoir de ces gens. L'homme se tourna vers Bahiyya pour solliciter son intervention, mais au même instant celle-ci aperçut la tête de Dounia qui suivait la scène de ses yeux pétillants. Elle se leva de sa chaise et se dirigea vers elle pour l'éloigner de force. Dounia s'empressa une nouvelle fois de disparaître et sa mère termina donc sa course auprès de sa cousine à qui elle tendit la main pour l'aider à monter les trois marches restantes. Plutôt que de prendre sa main et de se laisser guider, la jeune femme gravit l'escalier seule, lentement, avec une grâce toute naturelle, pour venir dresser son corps svelte devant les hommes, qui se contentèrent alors de la balayer des yeux, de la tête aux pieds, sans qu'il vînt à l'esprit de personne parmi eux de dire quelque chose. Abbas, le seul qui ne s'était pas retourné vers elle, restait de dos. Bahiyya leva les yeux vers la fenêtre de Réda pour bien manifester son souhait que cette situation scabreuse prît fin au plus vite, puis, comme si elle n'avait d'autre moyen de hâter les événements, fit passer sa main par-dessus la robe bordeaux sur le ventre de sa cousine, qui était visiblement plat, même si une légère courbe s'accusa lorsque Bahiyya arriva au-dessous de sa ceinture, en tirant au passage sur l'extrémité de son vêtement. Elle interpella les hommes sans les regarder, sur un ton sec et à voix haute, ayant perdu tout espoir d'imposer le chuchotement :

— Vous nous croyez maintenant ou il faut encore que je lui relève la robe ?

Bahiyya commençait manifestement à perdre patience face à la balourdise des descendants de Hamad al-Mani‘, redoutant que toute cette mascarade tombe sous les yeux de Réda al-Baz et craignant plus encore ce qui pourrait arriver aux oreilles de sa mère et de son frère Jojo. Excédée, elle s'empressa de mettre sa proposition en application. Elle releva la robe de la jeune femme au-dessus de ses genoux, découvrant le bas de ses cuisses, avant de se redresser pour attendre une réaction de l'assistance. Mais le choc que Bahiyya espérait produire n'advint pas, bien au contraire, les yeux des frères d'Abbas al-Mani‘ brûlaient d'un désir fougueux ; le plus jeune des deux fils la lorgnait sauvagement, tandis que son cousin malmenait sa tasse de café vide entre ses dents. Ces fiers Arabes habitués à côtoyer les citadins ne braquent de tels regards que sur une des leurs, dont ils pourraient obtenir la main, étant en revanche réputés pour leur attachement à une stricte et pudique retenue vis-à-vis des autres femmes, même de celles qu'ils croisent en grand décolleté dans les rues. Malgré l'insistance avec laquelle les siens considéraient l'entrée de la cave, Abbas ne se retournait toujours pas vers la jeune femme. Pendant quelques secondes, les hommes ne firent pas le moindre geste, ne laissèrent pas échapper un seul mot, comme pour mieux apprécier le spectacle. Les pigeons alignés sur le rebord de la fenêtre avaient fini de picorer leur ration de graines et suivaient maintenant la scène, en faisant aller et venir leurs petites têtes entre l'assemblée du chêne et l'entrée de la cave des Mani‘. Bahiyya tint un moment la robe de la jeune femme relevée à mi-cuisse, fixant les hommes d'un œil noir de colère afin qu'au moins ils prennent honte et lui demandent d'arrêter. Il n'en fut rien. Bahiyya voulut alors se faire mieux comprendre :

— Alors ? Vous êtes contents ou il vous en faut encore ?

Le frère aîné d'Abbas prit conscience de la situation et toussota en continuant toutefois à lorgner la jeune femme, puis, dans un sursaut un peu tardif de pudeur, il leva la main en signe d'objection. Il fixa une dernière fois la cuisse nue, saisit l'extrémité de son keffieh qui traînait par terre depuis un long moment déjà, la remit sur son épaule droite, toussota encore et bredouilla, visiblement à contrecœur :

— Assez, assez… on a compris.

Khodr fronçait les sourcils sans raison, comme s'il s'encourageait à reprendre son air grave. A cet instant, un rire espiègle s'éleva de derrière la maison où Dounia se tenait pour écouter, sans montrer le bout de son nez, et ce fut le signal que les hommes attendaient pour s'esclaffer de satisfaction et se remettre bien d'aplomb sur leur tabouret. Bahiyya poussa un soupir de soulagement et redescendit la robe de sa cousine au-dessous de son genou. Tout le temps qu'elle était restée debout, la jeune femme avait fixé l'horizon, comme si cette partie de son corps qu'elle exposait aux yeux concupiscents des hommes ne lui appartenait pas vraiment.

Les hommes se rapprochèrent les uns des autres, profitant de ce que Bahiyya s'était éloignée vers l'entrée de la cave pour refermer le cercle sur eux. Si la grossesse est récente, ce n'est pas maintenant qu'elle apparaîtra. En même temps, comment son frère peut-il être si sûr qu'elle est enceinte ? Et puis de toute façon son frère, ses deux frères même sont des gens de discorde, on ne peut jamais se fier à ce qu'ils disent. Comment ont-ils bien pu te convaincre de ce qu'ils avancent, Khodr ? Attendons, au bout d'un certain temps, il ne lui sera plus possible de nous cacher sa grossesse, à supposer que cette histoire de grossesse soit vraie. Garde-la chez toi, Abbas, jusqu'à ce que les choses soient claires.

— D'ici deux mois, il n'y aura plus de doute possible ! conclut Khodr al-Mani', en leur faisant signe d'élargir le cercle de nouveau.

La jeune femme aurait été capable de rester plantée là indéfiniment, mais quand elle jugea qu'ils en avaient fini de leurs délibérations et de leurs auscultations, elle fit quelques pas en arrière pour repartir d'où elle était venue, sous les encouragements de Bahiyya :

— Retourne à ton travail.

Elle se dirigea vers cette cave où sa cousine voulait l'obliger à rester toute la journée. Un sourire faussement ingénu se dessina sur ses lèvres, celui de quelqu'un qui a remporté une victoire sans coup férir. Une proie facile tout de même rompue à la pratique des hommes et de leur petite cervelle. En arrivant à la troisième marche, et avant de disparaître, elle renversa un peu la tête et leva un instant les yeux vers la fenêtre du coin, en essayant de voir à travers le rideau de dentelle blanche. Bahiyya, remarquant ce petit mouvement, leva les siens à son tour, terrifiée à l'idée que cette espèce d'ombre qu'elle crut soudain apercevoir derrière le rideau pût être celle du *khawéja* Réda en train de suivre la scène. Depuis le début, qui sait ? Abbas se tourna lui aussi vers la chambre, bientôt imité par ses frères et ses neveux qui ne surent néanmoins pas ce qu'ils devaient chercher à voir. Plusieurs secondes durant, la petite assemblée garda les yeux accrochés à la fenêtre sur laquelle se reflétaient les couleurs argentées et verdoyantes des trembles et, en arrière-plan, l'azur blanchissant de l'horizon. Soudain, alors qu'aucun bruit ne s'était fait entendre, et comme si ces yeux noirs et arabes tout à coup fixés sur eux leur avaient fait sentir qu'ils violaient la sacro-sainte intimité de cette assemblée du clan Mani', les pigeons perchés sur le rebord de la fenêtre de Réda al-Baz firent claquer leurs ailes en s'envolant tout droit vers le ciel voisin.

V

Tous ceux qui connaissaient l'histoire de Réda al-Baz avaient à son propos leur petit on-dit et leur interprétation personnelle, mais son frère Jojo, lui, avait toujours gardé sur la question du tempérament de son cadet la froideur d'un savant généalogiste. Revenant un jour avec son épouse pour emporter à Beyrouth le grand miroir de l'entrée et constatant que Réda avait installé la porte blindée entre les deux étages, il hocha la tête un long moment devant cette œuvre de son frère, à laquelle il s'attendait dès le début, se disant que le pire restait peut-être encore à venir, puis s'exclama :

— Tu sauras, Margaret, que chez les Baz chaque génération a son idiot…

Aphorisme indiscutable que Jojo énonça en élevant bien la voix, quoique son épouse se tînt à deux pas de lui. Il souhaitait être entendu de Réda, en haut dans sa chambre, sachant pertinemment que Margaret saisirait à peine ce qu'il voulait dire. Elle n'avait pas encore appris l'arabe à cette époque où Julia, face aux attaques de Nohad la visant elle et la maison Aractinji, s'était mise à riposter par des contredits dont le point de départ restait invariablement cette théorie des idiots de la famille Baz, concluant toujours en disant que la débilité mentale, Dieu merci, n'était pas contagieuse et qu'elle avait au moins épargné son mari et ses enfants.

Du point de vue de Julia, le seul idiot répertorié chez les Baz était l'oncle de Jojo et de Réda, Massoud, que Margaret connut quelques années seulement avant qu'il ne décède. Massoud que Nohad surprit une nuit en train d'épier les Mani' par la petite brèche carrée située à gauche de la porte du rez-de-chaussée. Cette ouverture avait été bouchée avec un morceau de bois peint de la même couleur que le mur, lui-même caché par un grand vase en verre garni d'un bouquet de fleurs en plastique. Au cours de l'un de ses longs moments de désœuvrement et d'errance, Massoud découvrit qu'elle offrait une vue imprenable sur l'intérieur de la cave. Il attendit que le calme revienne dans la maison, aux alentours de dix heures, pour enlever le morceau de bois, rentrer sa tête dans la brèche et épier les Mani'. Il fut pris sur le fait par Nohad qui, après l'avoir houspillé, reboucha l'ouverture et remit le vase de fleurs en place.

Le jour suivant, Francis al-Baz et son épouse Julia étaient assis dans le jardin, occupés à boire du thé vert et à écouter Soleiman Attiya déclamer le dernier poème qu'il avait composé en français, une ode aux pyramides d'Egypte – l'Egypte qu'il ne pouvait s'empêcher d'évoquer dans tout ce qu'il écrivait –, en remuant soudainement la main droite et en traçant des demi-cercles dans l'air pour accompagner son adresse lyrique à ces "escaliers montant posément vers les cieux". Les Baz étaient le premier public sur lequel Soleiman avait testé ses essais de rébellion contre la métrique et la rime. Il atteignait le faîte de son envolée quand Massoud apparut au bout du couloir, en train de marmotter. Telle était l'habitude de Massoud qui, s'il avait quelque chose à dire, commençait par aller et venir, en gesticulant et en soliloquant pour attirer l'attention sur lui, ce qui cette fois-ci obligea Francis à interrompre l'ami de la famille au beau milieu de l'un de ses vers pour demander à son frère :

— Qu'est-ce que tu as Massoud ? Parle enfin…

Il s'arrêta, désigna du doigt la direction de la cave et s'exclama, hilare :

— Ils le font devant les enfants…

Ils ne comprirent pas d'emblée de quoi il parlait.

— Qu'est-ce qu'ils font donc devant les enfants ?

— Ce qu'ils font ? Je vais vous montrer ce qu'ils font…

Il improvisa alors une scène de mime dans laquelle il tint tour à tour chaque rôle, s'allongeant d'abord sur le dos dans l'herbe du jardin et faisant semblant de soulever sa jupe, dans celui de l'épouse, puis, dans celui du mari, déboutonnant sans hésitation son pantalon, faisant comme s'il sortait son pénis et soulevait les jambes de la femme pour la prendre, tout en se décalant sur le côté pour imiter les enfants qui remontaient leurs draps sur leurs yeux ébahis par ce qui se passait devant eux. Comme il voulait être plus explicite, il prit la position du missionnaire et susurra aux spectateurs, tout fier de lui-même :

— Vous n'allez pas me croire : ils ne quittent même pas leurs vêtements…

Julia le regardait faire, n'en croyant pas ses yeux. Elle garda sa main sur sa bouche pour s'empêcher de rire ou de hurler lorsqu'il commença à imiter le va-et-vient du coït, de plus en plus rapidement, haletant jusqu'à perdre complètement son souffle et s'avachissant après quelques secondes seulement, comme pour témoigner de la vitesse à laquelle se passait la chose dans la cave des Mani'. Son rôle interprété, Massoud s'en fut sous les cris indignés de sa belle-sœur et les éclats de rire du poète Soleiman Attiya qui s'était mis à faire bruyamment claquer ses mains sur ses genoux tant la scène le désopilait.

Le petit morceau d'éloquence que Jojo servit à son épouse autrichienne pour être entendu de Réda (ainsi que d'Abbas et Bahiyya qui l'aidaient alors à porter le miroir dans la Jeep en redoutant ses remarques cruelles) n'était qu'un court épisode dans une guerre perpétuelle à laquelle le départ de Jojo à Beyrouth n'avait pas suffi à mettre fin, son insistance à armer son frère du Herstal n'ayant été qu'une brève éclaircie dans leur relation orageuse. Le souci de l'aîné pour la sécurité du cadet ne remettait nullement en cause leurs antagonismes. Depuis que certaines vieilles familles du Mont-Liban l'avaient adopté en le transposant de son domaine d'application traditionnel – celui des églises, des monastères et des couvents – à la sphère privée, le système de la mainmorte familiale n'avait de fait laissé aucune place à la bonne entente des héritiers.

A la mort de leur père, les enfants de Francis al-Baz avaient été contraints de faire appel aux services d'un avocat renommé qui exerçait dans un cabinet sis route de Damas, à côté du palais de justice. Celui-ci leur donna lecture de la loi de 1926 sur les biens de mainmorte, signée par M. de Jouvenel, "haut-commissaire de la République française auprès des Etats de Syrie, du Grand Liban, des Alaouites et du Djebel druze*". Le dix-neuvième article faillit faire tomber Jojo sans connaissance : "Si le constituant affecte les revenus du bien de mainmorte aux dévolutaires intermédiaires et qu'il décide d'accorder une quote-part à l'institution bénéficiaire, les profits seront répartis entre les descendants et les bénéficiaires au prorata de leurs droits tels que fixés par le constituant au moment de la fondation." Ils plaisantèrent entre eux sur certaines dispositions de la législation : "l'ayant droit est déchu de ses droits dans le cas où le constituant du bien succomberait à un homicide" ou celle-ci, qui prévoyait de priver le mari de la jouissance des biens de son épouse "au cas où celui-ci prendrait une autre femme ou divorcerait". Et comme ils n'avaient pu comprendre une bonne moitié des termes employés dans ces articles, ils interrogèrent directement l'avocat sur les possibilités de vente, de partage et de prêt bancaire sur hypothèque. Sa réponse leur apporta quelque clarté, sans toutefois rendre les choses évidentes :

— Ni vente, ni partage avant l'extinction des deux niveaux.

— Quels deux niveaux, maître ?

Jojo crut un moment qu'il était question de la maison et de ses étages.

— Chaque "ordre" est considéré comme un niveau.

— En clair ?

L'avocat se voyait contraint de faire preuve de plus de pédagogie :

— Le constituant du bien de mainmorte est votre grand-père Youssef al-Baz…

Jojo grommela quelque chose entre ses dents.

— Le premier niveau : Francis, Massoud et Nohad, d'accord ? les prit-il à témoin de peur d'oublier quelqu'un.

— …

— Le second niveau : Youssef…, commença l'avocat en désignant le fils aîné.

L'intéressé s'empressa de corriger :

— Jojo, je vous prie.

— … et Réda, et Sarah

— Il n'y a plus de Sarah ! s'égosilla Nohad qui avait tenu à les accompagner au cabinet de l'avocat, où elle suivait maintenant les explications avec attention.

L'avocat hésita un instant et finalement s'arrêta, se disant qu'un élément avait dû lui échapper dans l'affaire de la famille Baz. Jojo lui demanda de poursuivre sans accorder la moindre importance à ce que sa tante avait dit. Réda restant silencieux.

— Légalement, seuls vos héritiers pourront donc exercer leurs droits sur le bien.

— Nos héritiers ?

— …

Toutefois, le différend qui opposait Jojo et Réda ne portait pas toujours sur la maison d'Ayn Wardeh et sur les modalités de son partage, il se cristallisait généralement sur des questions plus indébrouillables et plus insignifiantes. Ainsi, par exemple, Jojo rentrait par la porte extérieure, furieux de voir ce "fourbi" répandu par Abbas al-Mani' devant l'entrée de "notre maison", "défigurée" par ces tas de bois sur lesquels avaient été jetés pêle-mêle les restes d'une natte dépenaillée et de vieilles ferrailles, et c'était pour lui l'occasion – qui se présentait une ou deux fois par semaine – de demander à sa tante Nohad :

— Où es-tu donc allée les chercher ?

A quoi Nohad devait comprendre "pourquoi les as-tu logés chez nous ?" et à quoi elle lui répondait systématiquement par cette question, dans laquelle elle ne changeait jamais un mot :

— A qui d'autre veux-tu que je m'en remette pour tenir la maison ? A toi ? A ta femme ?

Ils se lançaient alors dans d'interminables controverses au sujet de la maison, de la famille, des occasions manquées et des responsables de ceci et de cela. Réda attendait que la tempête passe, puis, sans raison, si ce n'était de les faire enrager, se mettait à retracer la saga des Baz qu'il disait avoir découverte dans *L'Histoire des notables du Mont-Liban*, sachant bien que Jojo ne lisait guère que *Paris Match* et quelques "Série Noire". Dans ce récit, il soutenait que leur famille venait du fin fond du désert, seule explication plausible à ce nom de rapace qui leur avait échu, et qui était en fait celui d'une "fratrie arabe rattachée par son berceau au Yémen, issue de la tribu des Bani 'Amr, fils de 'Azd, fils de Kahlan, fils de Siba", selon les termes de Hisham ibn Haritha, tels que rapportés par le savant Ibrahim al-Haqillani le Maronite…

— Voilà que M. Réda joue les historiens maintenant !

… Portant avec eux l'odeur du sable chaud et l'esprit rusé des va-nu-pieds qu'ils étaient, ils venaient voir la mer ; et lorsqu'ils montrèrent leur nez sur les crêtes du mont Sannin, ils reculèrent effrayés par le spectacle de cette immensité bleue comme le ciel qui s'étendait à leurs pieds. C'était le temps où seuls les plus forts, ceux qui avaient les épaules assez larges et les jambes assez solides, avaient quelque chance de survivre. Et c'est ainsi qu'ils ont survécu. Ils étaient partis sans femmes et ils prirent épouses sous ces latitudes clémentes. Grâce à elles, leur mœurs se réformèrent peu à peu. Il ajoutait que cela tenait aussi au fait que les Baz et leurs pareils en étaient venus à ne plus miser sur leur force physique, à s'émacier, à se départir de leur brutalité et à apprendre les manières.

— Sachez donc qu'il vous faudra…

— Il nous faudra quoi ?! hurla Nohad, tu es le fils de qui, dis donc ?

— Il vous faudra faire en sorte de perpétuer votre nom, car la puissance et la fortune ne durent jamais plus de trois générations.

Ce à quoi ils assistent aujourd'hui, ce qui suscite chez eux des plaintes continuelles, n'est rien d'autre que l'arrivée de nouveaux venus, eux aussi partis pour voir la mer, avec leurs gros doigts et leur ruse pour tout bagage, qui ont trouvé l'endroit assez agréable pour s'y établir et qui peu à peu ont commencé à se faire leur place. La répartie de Jojo, qui avait bien saisi l'allusion, vint à la mesure de son irritation :

— C'est bien simple, si l'idée te plaît à ce point, tu n'as qu'à céder ta part de la maison à Abbas al-Mani'… Il a donné ton prénom à son dernier fils, n'est-ce pas ?

La version de Nohad et Jojo était toute différente, celle de Nohad du moins – les autres partageaient ses vues, par paresse, ou peut-être parce qu'ils avaient le sentiment qu'il valait mieux s'en tenir à celle-ci, à la lettre, comme Nohad la racontait, pour la préserver de toute déformation. Elle commençait de l'autre côté. Par la mer. Comme ça, comme une sorte de pied de nez au désert. Par Francis al-Baz l'aïeul et par sa sœur prénommée elle aussi Sarah, dont les parents avaient gagné le Brésil, Nohad n'ayant jamais dit ni pourquoi, ni d'où ils étaient partis. Leur mère décéda là-bas et leur père, ayant laissé de l'argent en gage à des gens du pays, ne pouvait rentrer sans récupérer son dû, demeurant en même temps dans l'impossibilité d'élever seul ses enfants. Le hasard voulut qu'il rencontre un prêtre venu en tournée au Brésil pour récolter les fonds nécessaires à la construction d'une église dans le village d'Ayn Wardeh. Il lui fit un don généreux en lui demandant d'emmener ses enfants avec lui au Liban. C'est ainsi que les voyageurs arrivèrent un beau jour au port de Beyrouth. Le prêtre loua un âne, le harnacha, installa d'un côté de la selle le petit Francis et de l'autre Sarah, et les conduisit dans la montagne. Avant l'arrivée, il fut frappé par une crise cardiaque et tomba mort. L'âne termina son chemin jusqu'à Ayn Wardeh, chargé des deux enfants et des fonds pour l'église placés du côté de Sarah, qui était plus légère que son frère. Les gens du village s'attroupèrent sur la place et se mirent à pousser des youyous et à battre le tambour. Francis grandit, s'épanouit et se maria à Ayn Wardeh. On dit qu'il emprunta de l'argent pour meubler la maison, ayant entendu une voix lui souffler à l'oreille, un jour qu'il avait dû loger des amis de passage dans la famille de son épouse : "Qui veut devenir chamelier doit élever la porte de son logis." La maison Baz était connue à des lieues pour être une oasis de bonté, racontait Nohad en prenant Réda par l'épaule et en le secouant :

— Ta grand-mère tenait un livre d'or dans lequel elle demandait à ses hôtes de noter leurs impressions. Le général Weygand* y a écrit que celui qui ne s'était pas rendu dans la maison Baz n'avait rien vu de la magie de l'Orient et rien connu de l'aménité des Orientaux.

Un ton plaintif s'emparait d'elle au fur et à mesure que ses anecdotes se rapprochaient du présent :

— Regardez là-bas, quand ils ont percé cette route à l'époque du cheikh Béchara*, ils l'ont faite passer à côté de notre maison pour se venger de votre père, parce que c'était quelqu'un qui savait rallier les gens autour de lui et faire bloc et parce que ça ne leur avait pas plu de voir les gens d'Ayn Wardeh rédiger une pétition et sonner les cloches de l'église pour manifester leur mécontentement…

La route avait pris le portail en ferronnerie, l'entrée pavée de marbre et bordée de massifs de fleurs rares dont les graines étaient expédiées d'Europe, le kiosque blanc couvert de roses jaunes, le bassin et les sensitives qui venaient se pencher sur l'eau.

Aujourd'hui, dans la maison de la Divine Providence, à Bhersaf, Nohad ne connaît qu'une demi-heure de lucidité par jour. Elle appelle alors l'infirmière pour lui redire encore que sa tante maternelle Victoria, conviée un soir à dîner par le Premier ministre britannique, à Londres, demanda à son hôte s'il lui permettait de lui donner un conseil ; que, fort courtoisement priée de le faire, elle le conjura de maintenir la Royal Navy dans les eaux du Bosphore et de bloquer le détroit des Dardanelles pour empêcher la Turquie d'entrer en guerre aux côtés de l'Allemagne ; que le Premier ministre, appréciant l'attention qu'elle portait aux problèmes du monde, lui sourit mais oublia tout à fait la question ; que si les Anglais avaient fait comme sa tante Victoria le leur avait dit, à coup sûr la guerre aurait pris un autre tour. Le médecin a d'ailleurs été épaté par sa faculté de raconter dans les moindres détails une scène à laquelle elle n'a jamais assisté et qui s'est produite, ou ne s'est jamais produite, voilà quatre-vingts ans, alors qu'elle oublie ce qu'elle a mangé au déjeuner, deux heures plus tôt.

Après avoir traversé les guerres de la vie sans capituler, elle ne trouvera aujourd'hui personne pour lui faire savoir que ses neveux n'ont pas trouvé le moyen de cohabiter dans la maison d'Ayn Wardeh que son père Youssef avait naguère inscrite au régime de la mainmorte familiale, sur le conseil de l'abbé du monastère de Saint-Antoine-le-Grand, lequel abbé restera à jamais honni des héritiers, ceux-ci ayant découvert à leurs dépens qu'il connaissait la loi sur les biens de mainmorte sur le bout des doigts, et en particulier l'article 27 mentionnant que "l'institution pieuse bénéficiaire du bien", à savoir le monastère de Saint-Antoine-le-Grand, "sans laquelle la mainmorte n'a pas lieu d'être", devrait toucher quinze pour cent sur la maison. Personne pour lui apprendre non plus que Réda a vendu sa part des autres biens, qu'il a versé le tout sur un compte courant en dollars américains à la Banque de la Méditerranée et qu'il s'est retranché dans la chambre du coin où, selon Abbas al-Mani', la photographie de Nohad habillée en homme et flanquée de ses deux coquettes amies reste accrochée au mur jusqu'à ce jour, encore que l'on se soit rendu compte que Réda la décrochait pour la cacher chaque fois que sa mère venait lui rendre visite ; que Julia, l'épouse de son frère Francis, "la fille Aractinji", est descendue à Beyrouth, emmenant Jojo et sa femme avec elle ; Nohad ne trouvera enfin personne pour lui assurer qu'ils ont gardé le style de la famille en matière d'interprétation des destins et des comportements et qu'ils sont restés dans la droite ligne de cette philosophie simple selon laquelle, en substance, la vie est un cycle qui se répète sans fin.

— Chez les Baz, chaque génération a son idiot…

Lorsque les taches blanchâtres apparurent sur le bout des doigts de Réda qui, malgré l'insistance de tous, refusait de voir un médecin, sa tante Nohad se souvint de son grand-père, avant lui, et comment une appendicite l'eût terrassé s'il n'avait finalement accepté de se faire transporter une nuit à l'hôpital français de Hazmieh. Un jour, le téléphone sonna et Sarah, au bout du fil, leur annonça en pleurs qu'elle s'était mariée avec Hassib al-Sabbagh et qu'elle ne reviendrait plus jamais à la maison, où l'on n'approuvait pas son union avec un musulman. Sa mère brisa le long silence qui s'ensuivit en affirmant, entre deux soupirs :

— Dès l'heure où nous l'avons appelée Sarah, j'ai su qu'elle allait nous mener la vie dure !

Sarah al-Baz, l'aïeule de la première, était d'une grande beauté et on dit que quelqu'un lui monta la tête à tel point qu'elle quitta son mari, dont elle avait un petit enfant, qu'elle s'en fut en Egypte avec l'ambition de tourner dans les films de Georges Abyad*, mais qu'elle dut se contenter d'aller d'amant en amant, parvenant de fil en aiguille jusqu'au roi Farouk, avant d'être tuée dans un accident de voiture sur la route d'Alexandrie.

Quant aux idiots de la famille Baz, Nohad sait mieux que personne qu'il s'agit simplement d'enfants qui n'ont pas grandi, ou pas pu, car dans cette maison les autres ont été adultes à leur place et les ont surprotégés pour les tenir à l'abri des agressions de la vie. Et il est vrai que ces adultes, en leur for intérieur, les enviaient. Pourquoi sinon Francis, quand il voyait son frère uriner en marchant sous les yeux de tout le monde pour aller arroser le plus grand nombre de fleurs possible et ce faisant tacher son pantalon, tandis que Julia appelait à l'aide depuis son balcon pour qu'on aille défendre ses plates-bandes, pourquoi sinon Francis grommelait-il, résigné :

— Si tu savais la chance que tu as, Massoud, mon frère !

VI

— *Khawéja* Réda !… le déjeuner !

La chatte noire qui a investi les abords de la maison, sans y avoir été invitée elle non plus, attend que Bahiyya s'approche lentement, en portant les assiettes des deux mains de peur de les renverser, pour bondir du panier qui brandille jour et nuit sous la fenêtre du coin. La chatte profite de ces moments où "l'assemblée du chêne" se trouve désertée par les buveurs de café et les hôtes de passage du clan Mani' pour aller se délecter du doux balancement du panier dans lequel elle s'allonge en faisant dépasser sa tête, fermant un œil et gardant l'autre entrouvert afin de suivre avec l'intérêt notoire que les chats portent aux volatiles le va-et-vient de la nuée de pigeons entre le toit du bâtiment en chantier et les antennes fixées sur les tuiles de la maison. Chaque fois, elle s'enfuit d'un bond et Bahiyya dépose les assiettes par terre en lançant à sa suite des chapelets d'injures, avant de se pencher un moment sur le panier et d'y disposer le repas, en faisant en sorte que les assiettes, les unes à côté des autres, se touchent bien et que les secousses ne renversent pas là encore la nourriture – Julia lui ayant de plus recommandé lors de sa dernière visite à Ayn Wardeh de ne pas le priver des soupes dont il est friand. Ensuite elle se redresse, pose ses mains sur ses hanches et lève la tête vers la chambre pour l'appeler.

A moins qu'elle n'envoie Dounia accomplir cette mission et ne vaque pour sa part aux tâches domestiques qui jamais n'en finissent et qui, quand bien même elles seraient achevées, ne changeraient rien à l'état incurable du fatras qui jonche la cave et ses environs. Un "fourbi" mémorable dont la simple vue faisait sortir Jojo de ses gonds, du temps où il résidait ici ; Jojo qui n'avait jamais compris comment Bahiyya pouvait passer la moitié de ses journées à tenter en vain de mettre de l'ordre, de donner une forme quelconque à ce chaos primordial qui se déployait devant l'entrée de la maison Baz et qui avait connu une formidable expansion depuis que l'endroit avait été dévolu à Abbas, Nohad étant partie à Bhersaf et les autres descendus à Beyrouth. Bahiyya est bien parvenue à faire des bottes à peu près homogènes avec les racines, les branches et toutes sortes de bouts de bois, vantaux de fenêtres et pieds de chaises arrachés, mais que ferait-elle d'un tambourin en zinc troué et tordu, ou de la portière d'une vieille guimbarde ? Comment pourrait-elle envisager un vrai rangement tant qu'Abbas ne saura voir sur le bord de la route un guidon de moto, un siège en plastique cassé ou un pneu en caoutchouc lacéré sans s'arrêter sur le bas-côté et le charger dans son coffre ? Abbas qui ne revient jamais bredouille de ses tournées, quitte à se contenter d'une longue barre de fer qu'il dénichera à proximité d'un chantier de construction, qu'il attachera sur le toit de sa vénérable automobile pour l'emporter jusqu'à Ayn Wardeh et la jeter dans le premier recoin qu'il trouvera. L'on ne saura jamais, puisqu'il n'en dit rien et que Bahiyya ne lui pose plus la question depuis longtemps, ce qu'il retire de ces butins. Il s'agit tout bonnement d'un besoin pathologique, d'un "vice du corps", comme on dit chez les Arabes.

— *Khawéja* Réda !... le déjeuner !

Bahiyya l'interpelle toujours par cette formule laconique, en observant une pause au milieu de sa phrase, le temps que l'écho de son appel lui revienne, puis en annonçant la couleur : déjeuner ou dîner. Elle ne change jamais rien à ces quelques mots et n'y met aucune intonation particulière. Elle ne voudrait pas que les passants, s'ils venaient à l'entendre, puissent croire que les Mani' et lui soient devenus familiers et que, depuis qu'il vit seul, ils ne se fassent plus de cérémonies, ce qui donnerait cours à toutes sortes de rumeurs sur son compte. Elle tient à garder à son endroit tout le respect dû aux descendants de la maison Baz et tance sa fille Dounia si jamais elle la prend à l'appeler, pour qu'il hisse le panier jusque chez lui, en se laissant aller au parler relâché des Arabes :

— Parle correctement, tu veux ! Maudit soit le père qui t'a procréée !

C'est lui, Réda, qui les a choisis. Le jour où sa mère, avant de descendre avec Jojo et Margaret à Beyrouth, lui a demandé comment il allait se nourrir, puisque telle était la question qui la travaillait, il lui a répondu qu'il s'arrangerait avec les Mani'. Un long silence s'était alors installé, Jojo finissant par hausser les épaules, à mi-chemin entre la dérision et l'indifférence. Julia s'était souvenue combien il avait été difficile à contenter, petit ; comment il pouvait entrer dans une fureur noire lorsque, par mégarde, quelqu'un occupait la place qui lui était réservée à table ; comment il trouvait à redire sur chaque plat qui passait devant son nez, mangeant par exemple les *kefté** et ne touchant pas les pommes de terre, dévorant la viande grillée et laissant de côté les pignons de pin ; comment à l'âge de dix ans, trop gâté qu'il était, il avait un beau jour inscrit ses exigences sur un bout de carton qu'il avait punaisé sur la porte de la cuisine, une longue liste intitulée "les aliments que Réda n'aime pas" : il ne voulait pas de viande hachée dans la farce, ne toucherait pas aux lasagnes de légumes, ni au *kebbé** de poisson, ne se contenterait certainement pas de ce qu'ils appelaient les "petits plats de la maison", ces mets rapides à préparer comme le *labné** et les œufs, ni des restes de la veille que l'on servait si Saada, leur vieille cuisinière, était contrainte d'aller s'occuper d'un proche tombé malade ou qu'elle prenait un congé pour rentrer au village. Saada disait qu'elle devait composer avec les *desiderata* de Réda tout autant qu'avec ceux de tous les gens de la maison réunis.

Bahiyya l'interpelle et reste sur place à parcourir des yeux les proches alentours de la maison, ou alors elle va vers l'assemblée du chêne prendre les tasses de café qu'elle a oubliées la veille, en attendant que la corde commence à remonter. Il tire la corde de l'intérieur sans sortir la tête ni même les bras à la fenêtre. Généralement, il ne réagit pas tout de suite, bien que la voix de Bahiyya parvienne très distinctement à ses oreilles. D'après Abbas, seule personne autorisée à entrer dans la chambre du coin depuis que Réda s'y est retranché, il faut attendre un peu parce que, généralement, il est occupé : il joue aux échecs contre "la machine", les yeux rivés sur l'écran, embusqué derrière son bureau ; ou il est debout et fait les cent pas dans la chambre en se tenant le menton, auquel cas il réfléchit ; ou encore il déplie devant lui les coupures de presse spécialisée qu'il a conservées et transpose sur son échiquier les problèmes compliqués qu'elles énoncent. Il déteste perdre ; par deux fois, il a été champion du Liban. C'est pourquoi Bahiyya ne le rappelle pas et n'escompte pas une réponse de vive voix. En règle générale, son attente ne dure pas puisqu'au bout de quelques petites minutes sa silhouette s'approche de la fenêtre et la corde commence à remonter. Il est fréquent qu'un passant s'arrête pour suivre cette scène curieuse, il arrive même que certains promeneurs du dimanche, qui prennent leurs quartiers dans le pré de derrière, s'attroupent autour de la maison et ouvrent à leur tour de grands yeux sur ce panier de nourriture qui s'élève lentement jusqu'à l'étage, quoiqu'ils soient tout à fait habitués à voir dans les ruelles de la capitale le vendeur ambulant de fruits et légumes déposer des sachets de citrons ou de nèfles dans un panier de roseau, l'expédier vers les étages et attendre que son dû lui revienne, en redescendant de la même manière.

Les premiers jours, le levage du panier jusqu'à la fenêtre a échoué. C'est qu'il s'agit d'une opération de haute précision, toute traction un peu brusque sur la corde pouvant faire vaciller le panier et projeter les assiettes les unes sur les autres, ce qui est d'ailleurs arrivé à plusieurs reprises. Abbas a eu beau revoir le mode de fixation à la corde, en l'attachant sur trois côtés pour garantir l'équilibre du chargement, Bahiyya et Dounia continuent à redouter un incident chaque fois qu'elles viennent lui apporter son repas, si bien qu'elles accompagnent toujours du regard la lente ascension du panier, afin de s'assurer qu'il arrive sans encombre jusqu'au rebord de la fenêtre. L'une comme l'autre, elles ne retournent à leur tâche qu'après avoir vu la main de Réda sortir de derrière le rideau blanc de dentelle et tirer son repas à l'intérieur. Une fois qu'il a fini de manger, ce pour quoi il prend semble-t-il tout le temps de s'asseoir et d'attacher sa serviette blanche autour de son cou, il remet les assiettes dans le panier et les fait redescendre doucement, de façon qu'elles ne se fracassent pas violemment contre le sol. La chatte noire ne tarde pas à rappliquer pour les lécher avant que Bahiyya ou Dounia, à un moment ou à un autre de l'après-midi, viennent à passer à sa hauteur et la rudoient, en la chassant à coups de pierres ou de chapelets d'injures, et les enlèvent tout d'un coup pour les emporter dans la cave, où elles ne les laveront parfois que le lendemain matin tant leur journée de travail les aura épuisées.

Tout le legs que Bahiyya a reçu de son clan se résume à la recette de la viande en salaison accompagnée de riz, à la préparation du lait de brebis caillé et du pissenlit cuit à l'eau. Pour le reste – depuis les minces lamelles de courgette séchées puis frites à l'huile d'olive, sur lesquelles sont hachés oignon, ail et feuilles de basilic, jusqu'à la *siyadieh** à la mode d'Antioche, en passant par les feuilles de vigne farcies avec quoi on présente, baignant dans le beurre de Hama, des cailles et des ortolans –, tout le reste, elle l'a appris des Baz. On dit que le chef de famille, le *khawéja* Francis, connaissait chacun des pêcheurs que comptait le littoral libanais par son nom et son prénom, tant il avait pu traquer le poisson frais, d'Abdeh, au nord, à Naqoura, au sud. Les jours où la chance était avec lui, il faisait déposer son emplette dans les glaçons et, toutes affaires cessantes, demandait à son chauffeur Ayyoub de le conduire à la maison, en cuisine, où il arrivait en chantant *"al-ward gamîl, gamîîîîl al-ward"*, "la rose est belle, qu'elle est beeeeeelle la rose", pour annoncer son retour triomphal. Il avait épargné son estomac durant toute une journée en prévision de l'événement et ouvrait alors grandes les portes de façon que le fumet de la daurade rose et du rouget se diffuse aux quatre coins de la maison. Margaret assista un jour à l'une de ces réjouissances et manqua de s'asphyxier avec les effluves du poisson frit. Prise d'une méchante quinte de toux, elle dut se précipiter dans sa chambre, revenir avec une bombe désodorisante parfum camomille et en vider tout le contenu dans la maison avant de pouvoir reprendre son souffle. L'ami Soleiman Attiya, que cette marotte du maître de maison inspirait beaucoup, songea sérieusement à écrire pour le journal *Le Soir* un article intitulé "Francis al-Baz et l'éloge du loup de mer", une idée que finalement il abandonna.

Au début, quand elle est montée de la cave à la maison, Bahiyya s'est d'abord occupée du balai et de la serpillière, et quand on l'a chargée de la lessive, la chose fut considérée comme une promotion pour elle, et une prise de risque généreuse de leur part. Il allait de soi qu'elle travaillait contre un logement gratuit chez les Baz, pour elle et sa famille, même si on lui faisait largesse de quelques étrennes qui iraient peu à peu en s'amenuisant. Et quand ils n'eurent plus personne d'autre sous la main, Saada ayant un jour pris sa retraite pour se consacrer à son époux malade et eux ne pouvant verser une pension à une autre personne – ou plutôt ne parvenant pas à s'entendre pour cela –, ils s'en remirent à Bahiyya y compris pour ce qui touchait à la cuisine. Ce fut la deuxième grande défaite dans l'histoire contemporaine des Baz, la première ayant été leur tentative infructueuse d'obtenir un siège à l'assemblée, dans les années 1950. Abbas travaillait dehors et elle, dedans (et après elle ce serait

Dounia). Nohad avait un peu honte de Bahiyya, qui ne lui donnait pas facilement satisfaction :

— Ce qu'elle est têtue, cette Bahiyya ! Je lui ai demandé d'aller doucement sur le sel et depuis elle n'en met qu'une petite pincée dans les plats. Exprès. Son cas est vraiment curieux : elle a été en cuisine avec Saada pendant cinq ans et n'a rien appris. Bon, c'est vrai que la cuisine ça ne s'apprend pas !

Nohad tenait toutefois à ce qu'elle éduque son palais. Elle ne la laissait pas emporter le moindre plat sur la table sans le lui avoir préalablement fait goûter.

— Remets le poulet cinq minutes au four.

Ou, un autre jour :

— Rajoute un clou de girofle et deux larmes de vinaigre, et reviens me voir.

C'est ainsi qu'au bout d'une année entière de recommandations son goût s'établit un peu plus sûrement. On persista malgré tout à lui interdire de quitter la cuisine lorsqu'on recevait des invités étrangers à la famille, Nohad ou Margaret se chargeant alors d'apporter les plats sur la table de la salle à manger. Cela ne changea rien à la gêne que sa présence suscitait chez eux et s'il advenait qu'un ami, en se rendant à la cuisine pour demander par exemple un verre d'eau, découvrît qu'elle était aux fourneaux des Baz, ils improvisaient une excuse du type :

— Saada a été contrainte d'aller voir sa famille, et ça fait deux jours qu'on l'attend.

Ils en vinrent ensuite à prétendre qu'ils étaient en train de rechercher une femme bien sous tous rapports pour remplacer Saada et à demander à cet ami qu'il les aide à trouver une cuisinière, qui soit douée, seule condition. “Quelles que soient ses exigences, peu importe.” Ils “cachaient”

Bahiyya à leurs invités de plus en plus rares, y compris à Soleiman Attiya qui partageait leur déjeuner au moins une fois par semaine, cédant après bien des dérobades à leur insistance. Un beau jour, comme s'il avait perdu toute faculté gustative et qu'avec l'âge il était devenu facile à contenter, ou que les efforts de Bahiyya avaient fait mouche, il se redressa soudain sur sa chaise, leva la main et demanda, le menton encore ruisselant d'huile :

— Qui a fait cette soupe de lentilles aux blettes et au citron ? Mon Dieu je n'en ai pas mangé une aussi bonne depuis quarante ans… depuis Alexandrie.

Soleiman évoquait alors le souvenir des plats que sa mère préparait en période de carême, s'étendait longuement sur les recettes à base d'aubergine, défendant le légume contre l'opinion du philosophe arabe en invoquant les vertus de la *maqlouba** et du *baba ghannouj**, puis bifurquait sur le sujet des fèves et de l'importance considérable qu'elles occupaient en Egypte où depuis le temps des pharaons on les regardait comme quelque chose de sacré, ces fèves qui renfermaient autant de secrets que de protéines. Chaque chose, chaque saveur, rallumait en lui le souvenir d'Alexandrie. Un roi en exil, Soleiman Attiya. Même si ses parents étaient nés ici, dans l'un des villages du Sannin. Nohad lui apporta une autre assiette, tandis que les gens de la maison se contentaient d'échanger quelques sourires furtifs, ne sachant trop comment changer au plus vite de sujet afin que leur secret ne soit pas découvert.

Bahiyya ne connaissait pas son âge – ni le sien, ni celui de ses enfants. Et chaque fois qu'ils recevaient un nouvel invité, ils ne manquaient jamais de lui poser la question :

— Quel âge as-tu, Bahiyya ?

Elle se pliait alors à leur petit jeu, pour leur faire plaisir, et répétait ce qu'elle leur avait répondu sans réfléchir la première fois qu'ils lui avaient posé la question :

— Ma mère dit que je suis née le jour où mon père a eu le hoquet.

Elle attendait alors la question suivante :

— Et quand ton père a-t-il eu le hoquet ?

Et déclarait en souriant par avance :

— Le jour où je suis née.

Parce qu'elle savait bien, à force, que l'assistance allait éclater de rire ; Bahiyya qui, à la question "dans quel mois est-on ?", répondait, si elle voyait des nuages :

— En hiver.

Et si le ciel était bleu :

— En été.

Il n'empêche que Bahiyya a acquis une certaine notoriété dans le clan Mani'. Désormais, quand ils passent à Ayn Wardeh, les proches de son mari s'arrangent toujours pour descendre chez Abbas aux alentours de midi, espérant recevoir une assiette des mains de son épouse. Parmi eux, nombreux sont ceux qui ont dégusté pour la première fois de leur vie les pâtes italiennes avec leur garniture dans la cave de la maison Baz ; un plat qu'ils ont d'abord mangé avec du pain, avant de l'arroser de quantité de lait de façon que son goût leur soit plus familier. Un jour qu'Abbas avait convié des proches pour le repas de midi et qu'ils s'étaient jetés sur la marmite de *mouloukhiyya** au poulet, en usant de leurs mains comme ils étaient habitués à le faire avec le *mansaf** de riz à la viande qu'ils partageaient pour les grandes occasions, ils furent surpris par Julia, entrée à l'improviste pour venir chercher Bahiyya, et qui finalement tourna les talons pour s'enfuir, en se retenant de hurler, tandis qu'eux, de leur côté, essayaient de s'essuyer les mains dans leurs vêtements comme s'ils avaient été pris en flagrant délit.

Bahiyya prépare à manger seulement deux fois par jour pour Réda al-Baz, midi et soir. Elle demande à Dounia de bien lui rappeler le moment venu, car elle ne sait pas non plus très bien lire l'heure. Réda tarde parfois à faire redescendre le panier après le dîner, et dans ce cas Bahiyya laisse les assiettes jusqu'au lendemain, car elle se couche tôt. Personne ne l'aide ; pour tout ce qui touche à la cuisine, Abbas ne lui a jamais donné la main, et ce n'est pas aujourd'hui qu'il le fera. Il réparera le panier de roseau et la corde qui permet de le monter à la fenêtre de Réda, mais on ne saurait le charger, ne serait-ce qu'une fois, de porter le repas dans le panier et d'appeler Réda pour qu'il le hisse. Sa fierté masculine se réveille parfois de manière assez inattendue. Même leur nouvelle hôte, la cousine de Bahiyya, ne s'est jamais donné la peine ne serait-ce que de proposer son aide. En même temps, elle ne connaît rien à la cuisine. Une femme qui ne sait pas cuisiner… Vraiment, les Arabes ne sont plus ce qu'ils étaient.

Lorsque les assiettes restent dans le panier pour la nuit, la chatte noire arrive la première et ne tarde pas à faire une indigestion ; viennent alors quelques chiens errants des environs, qui lèchent les assiettes et répandent les restes du dîner à la ronde, dans un rayon qui va du chêne à l'entrée de la cave. Au début, Bahiyya a tenté de lui préparer un petit-déjeuner le matin, mais il s'est abstenu de tirer le panier jusqu'en haut et a secoué la corde en signe de refus. Avec le repas, ils lui font monter le relevé de compte de la Banque de la Méditerranée, les notes d'électricité – l'électricité dont il ne saurait se passer pour jouer aux échecs – et les quelques lettres qui lui parviennent de temps en temps. Pas une seule fois il n'a demandé un plat en particulier, jamais il ne s'est plaint d'un arrière-goût, mais Bahiyya a appris à savoir ce qu'il aimait d'après sa manière de manger, ce qu'il laissait dans les assiettes et ce qu'il retournait sans y avoir touché. Les quelques cultivateurs des alentours, qui en journée constituent le gros des passants, se sont habitués au spectacle de ce grand panier de roseau attaché à une épaisse corde de chanvre. Ils s'arrêtent généralement quand ils remontent de leurs vergers rocailleux, sur le chemin de leurs maisons, et qu'ils le voient tanguer lors de son ascension ou de sa descente, ou pendre tout en bas pour permettre à la chatte noire de venir s'installer et de dormir d'un œil. L'un d'eux pose alors sa bêche sur son épaule et échange avec son ami quelques mots ressortissant au style des petites causeries villageoises, à mi-chemin entre la commisération et la médisance :

— Si c'est pas malheureux de le voir comme ça, le fils de Francis al-Baz.

— A ce qu'on dit, il est dans cet état-là à cause d'une femme…

— Bah, faut pas chercher… Femme ou pas femme, il est malade…

VII

La femme en question avait vingt-cinq ans et la passion que Réda lui vouait était désormais chose connue chez les Baz. Comme d'habitude, tout le monde avait donné son opinion, y compris les amis – ceux qui pouvaient parler d'expérience, du moins. Les joueuses de bridge avaient longuement mais sans conviction aucune chanté les vertus de Réda, dans le seul but de pouvoir soutenir dans un second temps que cette fille dont il s'était entiché ne lui convenait pas. Une manière pour elles de se mettre au diapason des gens de la maison. Soleiman Attiya voulut lui-même se prononcer sur le sujet, mais un regard de travers lancé par Nohad suffit à lui faire comprendre que rien ne l'obligeait à ratiociner dans ce domaine en lequel il ne s'était lui-même pas spécialement illustré. Les Baz restaient malgré tout heureux de voir cet ours de Réda lier commerce avec une jeune femme après toutes ces années de passion exclusive pour les jeux d'échecs. Il en était allé tout autrement de Jojo : il avait aimé une telle, ils s'étaient disputés, réconciliés, finalement il avait annoncé ses fiançailles avec une autre fille, avec qui ils se fâcheraient pour des vétilles sur lesquelles même les enfants ne se disputaient pas, rideau sur les fiançailles, réfléchis bien mon Jojo, enfin, il faut que tu te maries, tu as maintenant trente-cinq ans mon garçon, regarde ton frère Réda, on ne peut pas compter sur lui, et puis n'oublie pas, les années passent plus vite qu'on ne le croit. Le hasard voulut alors qu'il rencontre Margaret à Baalbek, où elle était venue étudier les vestiges archéologiques avec une bourse universitaire – son père, qui exerçait dans le commerce d'antiquités sans les titres requis voulant remédier à travers sa fille à cette insuffisance. Les choses s'enchaînèrent assez vite : dîner au *Saint-Georges* avec les amis de Jojo, petit tour à la plage, visite de la citadelle de Byblos, "ici est apparu l'alphabet", promenade en téléphérique – elle et lui se comprenant en anglais, avec un peu de français, trois ou quatre expressions en allemand et pour Margaret, deux mots d'arabe, *salam alaykoum* – et enfin, après ces quelques jours de fréquentation, les premiers mots d'amour. Ce sera elle ou alors je ne me marierai jamais, elle part à Vienne une semaine et elle revient. Tout le monde fut pour.

Réda, lui, était un grand solitaire, mais cette fois-ci il s'était jeté à l'eau tout d'un coup, et jusqu'à la tête. Elle s'appelait Nadia Haddad. Il aurait pu rester jour et nuit à la regarder, et si elle lui avait demandé d'abandonner toutes ses occupations pour l'accompagner quotidiennement à son travail, il n'aurait pas hésité un instant. A tel point que Nohad, malgré l'enthousiasme qui avait été le sien quand on lui avait appris que Réda fréquentait enfin la gent féminine, décréta dans les derniers jours où elle gardait encore toute sa tête que ce genre d'amours n'étaient pas de celles qui menaient au mariage. Surtout quand on voyait dans la famille comment ils arrivaient à rester toute la journée et une partie de la nuit dans la chambre de Réda sans laisser entendre le moindre signe de leur présence et sans sortir, sinon pour se ravitailler en café, en cigarettes et en eau, ou se trouver de quoi grignoter. On en venait alors à se poser des questions et Jojo à faire des commentaires railleurs :

— Je crois bien qu'il est en train de lui raconter *Le Petit Chaperon rouge* !

Julia envoyait la petite Dounia frapper à leur porte, pensant qu'ils pourraient avoir besoin de quelque chose ou simplement pour s'assurer qu'ils étaient toujours là et qu'il ne leur était rien arrivé de fâcheux, et Nohad réclamait pour la quinzième fois une réponse à ses questions, les mêmes qu'elle avait posées lors de la précédente visite de Nadia à Ayn Wardeh :

— C'est la fille de qui ?

— Elle est de la maison Haddad, ma tante.

— Quels Haddad ? Les Haddad du port ou les Haddad de la Bekaa ?

Comme si le fils de Francis al-Baz n'avait pu rencontrer d'autres Haddad que les négociants en fer du quartier de Saïfi, à Beyrouth, ou les propriétaires des champs de betteraves à sucre de Zahlé. Dans l'esprit de Nohad, la cartographie des familles et de leurs rangs était clairement établie. Elle ne pouvait accorder une quelconque stature sociale à une personne dont elle ne connaissait pas l'origine, parce que l'origine "c'est lumineux comme le soleil" : un tel, son grand-père, c'est le "pilier des chrétiens" ; un tel, son oncle, c'est le "sultan des provinces" ; ou cette famille, "demande à Tripoli, tu verras"... Et elle avait ainsi bien d'autres formules de cet acabit, bien d'autres petits noms incontestables qui lui suffisaient pour déterminer la généalogie de chacun. S'il arrivait qu'elle ne parvienne pas à “identifier” la case qui revenait à une personne donnée dans les hiérarchies du prestige social, elle faisait sa lippe et précipitait la malheureuse dans la plèbe. Et il ne fait aucun doute que c’est ce qu’elle pensa intimement à propos de l’amie de Réda lorsqu’ils lui répondirent :

— Ni ceux-ci, ni ceux-là.

Quand ils tentèrent de lui faire comprendre qu’au Liban on ne comptait pas les familles Haddad qu’elle ne connaissait pas, et ce dans toutes les confessions et toutes les communautés, et quand ils ajoutèrent que l’amie de Réda était employée dans une entreprise…

— Employée ?… Qui la lui a présentée alors ?

… Comme s’il y avait derrière cette histoire une machination ourdie contre son neveu, qu’on voulait jeter dans les bras de n’importe qui. Elle terminait son petit interrogatoire en leur prescrivant de l’appeler quand elle sortirait de la chambre de Réda, afin qu’elle la voie. Au moins y aurait-il peut-être dans sa beauté quelque compensation.

— Ne lui pose pas ces questions-là, à son amie. Réda en serait très fâché. Epargne-nous ses humeurs !

— Je ne vais rien lui demander, je veux simplement la voir… Je n’ai pas le droit de la voir, peut-être ?

Pour conclure, elle recourait à sa parade habituelle en cas de désaccord avec l’un des membres de la famille, que ce fût sur la politique ou sur des questions d’économie domestique :

— Si maintenant ma présence vous gêne, je fais mes valises et je m’en vais…

Ce qui l’autorisait, tandis qu’elle retournait dans sa chambre, à agiter les mains et à s’exclamer, en veillant toutefois à ce que sa voix ne parvienne pas jusqu'aux oreilles de Jojo et de Margaret :

— On a déjà bien de quoi faire avec l'autre qui nous vient d'on ne sait quelle famille…

Nadia sortit de la chambre de Réda en se dirigeant tout droit vers la porte de la maison, afin que Réda la redescende à Beyrouth, et personne n'appela Nohad pour qu'elle vienne la voir. Nadia allait mourir et Nohad ne la verrait jamais. Après cette visite, elle ne pensa plus à elle et commença à l'oublier. Jusqu'à ce jour où elle se ressouvint brusquement d'elle, plus de deux mois après sa mort, en s'écriant :

— Vous ne m'avez pas montré la fille Haddad… Dis Réda, comment se fait-il que tu ne l'amènes plus à la maison ? Nous ne sommes pas assez bien pour elle, peut-être ?

Un silence général se fit et l'on vit Réda se lever, puis se diriger vers le balcon où il allait toujours s'asseoir seul avec un grand verre d'eau devant lui.

Sa mort le plongea dans un mutisme profond et, cette fois-ci, irrémédiable. Certes, ils s'étaient habitués depuis longtemps à le voir, comme n'importe quel maniaque des échecs, l'esprit toujours absent, y compris lorsqu'il n'était pas assis devant son échiquier, ou sursauter quand on l'appelait, même en baissant la voix. Mais l'atonie qui s'était emparée de lui depuis qu'il avait appris la nouvelle était d'un autre ordre. Il restait assis des heures tout seul sur le balcon, ne lisant pas, ne jouant pas, contemplant tout au plus la mer au loin, ou suivant du regard les voitures qui montaient et descendaient sur la route. Hormis les échecs, il cessa toute activité ; et lorsqu'il eut acheté son ordinateur, et qu'il se fut procuré le logiciel *Deep blue*, il commença à réduire la fréquence de ses participations aux tournois soporifiques que le Club libanais des échecs organisait dans la salle d'apparat attenante au café *Al-Diwan*. Comme tout joueur, il disputa quelques parties sur Internet, mais, là encore, il ne tarda pas à se lasser devant les habitudes de certains adversaires, tel celui-ci, qui avait accompagné son coup de la question :

— Es-tu iranien ?

Il était entré sur le site de jeux sous son nom, "Réda al-Baz", et l'autre l'avait approché en lui présentant cette requête pour le moins curieuse :

— Peu m'importe de savoir depuis quelle partie du monde tu joues, mais te serait-il possible de me donner quelques détails sur l'endroit où tu te trouves, la couleur de la pièce par exemple, la vue que tu as depuis ta fenêtre, si le temps est pluvieux ou si le ciel est bleu et que le soleil brille, ou même s'il fait nuit en ce moment chez toi ; ça m'aiderait beaucoup à me concentrer.

Une autre fois, il était tombé sur une femme qui accédait au site sous un pseudonyme masculin et qui, si elle venait à perdre contre son adversaire, incriminait le machisme des joueurs d'échecs, selon elle terrorisés à l'idée de se voir infliger une défaite par une femme, et de toute façon terrorisés par tout ce qui bougeait…

Qui l'eût alors observé à la dérobée, en le trouvant assis sur le balcon ou le regard rivé sur son échiquier, aurait remarqué les nombreux petits mouvements convulsifs qui commençaient à parcourir son visage et son corps : haussements de sourcils, clignements de la paupière droite, tremblotements continus des lèvres, tressautements des épaules, contractions nerveuses des muscles du cou. Toute personne qui se fût trouvée pour la première fois en sa présence se serait imaginé Réda comme quelqu'un qui vivait depuis toujours sur les nerfs, dans un état de tension permanent ; c'était comme s'il avait du mal à trouver ses mots et qu'il se les répétait intérieurement avant de les prononcer, ce que finalement il ne faisait jamais. Il restait muet, s'appliquant à suivre les allées et venues des camions de sable et écoutant les vrombissements de leurs moteurs qui montaient en régime jusqu'à suffoquer, avant que leurs chauffeurs se décident à passer une vitesse pour les reposer un peu.

Il apprit à Margaret que Nadia était décédée alors qu'ils avaient entamé tous les deux *A la recherche du temps perdu*, dans son édition en neuf volumes. Une semaine après sa mort, il avait invité sa belle-sœur à le suivre sur le balcon. Il tenait un livre à la main. Margaret avait été surprise par cette demande et quand il lui avait approché une chaise pour qu'elle s'assoie à côté de lui, quelque chose comme de la peur avait scintillé dans ses yeux. D'abord parce que Réda se mettait brusquement à parler, ensuite parce qu'elle ne supportait pas qu'on la convoque en la prévenant qu'on avait quelque chose à lui dire, car forcément il s'agirait d'une mauvaise nouvelle.

— Pourquoi moi ?

Pourquoi voulait-il lui dire ces choses à elle, alors que depuis son mariage avec son frère et son installation à Ayn Wardeh ils ne s'étaient jamais fait la moindre confidence tous les deux ? Il avait toujours donné l'impression d'ignorer ce qui se passait autour de lui. En fait, c'était à croire qu'ils ne vivaient pas dans la même maison.

Réda sourit vaguement afin d'atténuer l'anxiété qui se lisait sur le visage interrogatif de Margaret. Il lui répondit qu'il l'avait choisie elle parce qu'il ne pouvait craindre qu'elle divulgue son secret, ne la croyant pas capable, vu son arabe, de répéter ce qu'il allait lui dire. Ce fut la seule plaisanterie de toute cette conversation :

— De toute façon, nous n'avons plus de secrets les uns pour les autres…

Il lui relaterait leur histoire du début à la fin, depuis le jour où ils s'étaient rencontrés dans l'entrée d'un immeuble, à Karm el-Zeitoun, quand les bombes s'étaient brusquement abattues sur le quartier, jusqu'au moment où on lui avait appris sa mort. Il lui dirait tout, tous les détails qu'il gardait en mémoire, de leurs longues heures passées dans les cafés jusqu'à leurs itinérances d'un hôtel à l'autre de la capitale. Il parlerait à toute vitesse, sur un ton impassible ; elle l'écouterait de ses deux oreilles et de ses deux yeux. Elle l'interromprait seulement pour quelques précisions ou pour qu'il lui explique certaines choses qu'elle ne comprenait pas en arabe. Elle pleurerait à la fin. Lorsqu'il en arriverait à la *Recherche du temps perdu*.

— Je ne sais plus comment nous en sommes venus aux livres. Nous ne pouvions plus être ensemble, assis côte à côte, sans nous trouver en proie à une angoisse inexplicable et sans redouter que le silence s'installe entre nous. Je ne sais pas lequel des deux a communiqué cette terreur à l'autre. Nadia disait que c'était moi. Je n'en suis pas tout à fait sûr. Nous avons tenté de faire l'amour, sans y parvenir. Ou plutôt, c'est moi qui n'y suis pas parvenu. Nous nous sommes dit que ce qu'il y avait entre nous était au-dessus de ça. Que nous pouvions très bien nous en passer. C'est comme ça que nous avons découvert la lecture. Nous avions essayé le cinéma, par besoin d'une tierce présence entre nous, nous étions allés de salle en salle, au point d'épuiser tous les films à l'affiche, jusqu'aux pires navets américains qu'on oubliait sitôt sortis de la séance. Et un jour, tandis que nous étions assis dans le café où nous avions nos habitudes, Nadia a tiré de sa mallette un petit livre et m'a lu un passage qu'elle aimait. Je ne me souviens plus de ce qui m'a envoûté à ce point : ce qu'elle lisait, qui avait trait à l'amour et à la mort, ou le fait qu'elle me le lisait à moi. J'ai imaginé que ce qu'elle me lisait avait été écrit pour moi, et je me suis mis à y trouver ce qui ne s'y trouvait pas. Je suis venu le lendemain avec un texte que j'aimais, je le lui ai lu, et puis de fil en aiguille, nous en sommes arrivés à la *Recherche du temps perdu*. Je lui ai d'abord proposé d'acheter deux exemplaires que nous pourrions lire simultanément, chacun de notre côté, quitte à ce que le plus rapide de nous deux, en l'occurrence moi, aille lentement et attende l'autre, de façon que nous progressions ensemble dans le monde de Proust.

Margaret l'interrompit pour lui demander pourquoi il avait choisi Proust. Il répondit qu'il avait entendu Soleiman Attiya dire un jour, sur un ton à la fois affligé et catégorique – comme s'il s'agissait d'une loi mathématique bien connue des milieux avertis et, malheureusement, tout à fait irréfutable –, que c'était là une lecture dont personne ne ressortait indemne.

— Et comme tu le vois, nous n'avons pas dérogé à la règle, Nadia et moi…

Il reprit :

— Elle, elle voyait les choses autrement : elle voulait que je commence et qu'aussitôt arrivé au bout d'un volume je le lui donne à lire, s'assurant ainsi que j'en aurais préalablement découvert chaque personnage et chaque signification et qu'avant elle je serais passé par là. "N'est-ce pas le rôle de l'homme ?" m'avait-elle demandé, comme si, là aussi, la réponse allait de soi.

Il commença le livre et découvrit ce que signifiait pour un homme cette idée de précéder la personne qu'il aimait dans une lecture. Chaque fois qu'il était confronté à un personnage singulier ou à l'un des états amoureux, il souriait par avance en pensant à ce que Nadia lui en dirait. Il se demandait si la description de la maladie dont Swann souffrait vis-à-vis d'Odette, cet amour qui n'était "plus opérable", qui se trouvait étroitement mêlé à toutes ses habitudes, à tous ses actes, à sa pensée, à sa santé, à son sommeil, à sa vie, et même à ce qu'il désirait pour après sa mort, Réda se demandait donc si cette description évoquerait pour elle leur amour à tous les deux, si elle s'abandonnerait à lui avec plus de conviction voyant que cet état de "folie" était décrit dans le livre et qu'ils n'étaient autrement dit pas seuls à le vivre. Il s'était dit encore qu'elle se souviendrait de sa mère lorsqu'elle arriverait à cette page où le personnage principal fait allusion au baiser que sa mère lui donnait chaque soir sur le front avant qu'il s'endorme, un baiser "tout entier, sans la réserve d'une arrière-pensée, sans le reliquat d'une intention qui ne fût pas pour moi"...

Il lui donna le premier volume et lorsqu'elle eut un peu avancé dans la lecture, elle se hâta de l'appeler pour lui demander d'inscrire un signe sur les pages qu'il aimait, ou d'écrire ce qu'il voulait entre les lignes. "Je ne supporte pas de lire ce livre seule, alors donne-moi le plus de signaux possible, que je sente ta présence à mes côtés quand je me perdrai dans le livre... Je voudrais tant qu'on s'assoie dans un café où les gens vont et viennent devant nous, qu'on ouvre un seul livre et qu'on le lise ensemble, qu'on tourne les pages ensemble…"

Elle était en route pour la plage située non loin du Casino du Liban, où par ce jour de grande chaleur elle devait poursuivre la lecture du quatrième tome, *Sodome et Gomorrhe*, et n'arriva jamais à destination. Il l'avait précédée dans le cinquième, *La Prisonnière*.

— Au moment où le téléphone a sonné pour m'apprendre qu'elle avait été admise à l'hôpital Pasteur, qu'un camion avait percuté sa petite voiture, la projetant de l'autre côté de la voie, qu'elle était dans un état grave et qu'on m'appelait parce qu'on avait trouvé mon numéro de téléphone dans ses papiers, puisque, comme je le découvrirais plus tard en rouvrant son agenda, elle n'y avait pas classé les noms par ordre alphabétique, mais en suivant une logique qui plaçait sa mère en tête et moi juste après – je n'avais pu l'emporter sur sa mère –, et que de ce fait l'administration de l'hôpital avait appelé le premier numéro et, n'y trouvant personne, était passée au numéro suivant, en tombant sur moi… bref, à ce moment-là, j'étais plongé dans le délire de Marcel sur Albertine.

Arrivé à ce point de son histoire avec Nadia, Réda ouvrit le livre qu'il tenait à la main et qu'il n'avait cessé d'agiter depuis le début de leur conversation.

— Au lieu de prendre ma voiture et de me rendre à l'hôpital, ma première réaction a été de relire encore le dernier passage : "Et je comprenais l'impossibilité où se heurte l'amour. Nous nous imaginons qu'il a pour objet un être qui peut être couché devant nous, enfermé dans un corps. Hélas ! Il est l'extension de cet être à tous les points de l'espace et du temps que cet être a occupés et occupera. Si nous ne possédons pas son contact avec tel lieu, avec telle heure, nous ne le possédons pas. Or nous ne pouvons toucher tous ces points. Si encore ils nous étaient désignés, peut-être pourrions-nous nous étendre jusqu'à eux. Mais nous tâtonnons sans les trouver. De là la défiance, la jalousie, les persécutions. Nous perdons un temps précieux sur une piste absurde et nous passons sans le soupçonner à côté du vrai…" Ensuite, j'ai corné la page, j'ai inscrit dans la marge serrée "ici s'en est allée Nadia" et j'ai refermé le livre.

Les yeux de Margaret étaient baignés de larmes – depuis le jour où elle était entrée dans la maison Baz, elle pleurait facilement. Elle pleura la mort de Nadia et pleura sur son sort à elle. Lorsqu'il en eut fini, Réda se leva et remonta dans sa chambre, laissant Margaret sur le balcon en train de sécher ses larmes par crainte de devoir donner des explications à Jojo. Ce livre, il le gardait en permanence à portée de main, sur la table, et n'en lisait jamais une ligne. Abbas al-Mani', qui l'a aidé à réaménager la chambre du coin, dit qu'il n'a conservé qu'un seul livre – il s'agit vraisemblablement de *La Prisonnière* – et qu'il l'a rangé dans l'armoire à vêtements, à côté du pistolet Herstal 120 mm que son frère Jojo lui a choisi dans son arsenal avant qu'ils descendent tous à Beyrouth, en laissant Réda seul à Ayn Wardeh.

Jadis, à l'époque où ils attendaient de voir évoluer l'état de Nohad pour se disperser, ils savaient que s'ils perdaient la trace de Réda ils pourraient le trouver sur le balcon, en proie à des clignements d'yeux de plus en plus convulsifs et levant la tête pour suivre les errances d'un cerf-volant dans les airs ou pour contempler les blancs nuages matutinaux, comme des animaux légendaires affrontés sur le ciel bleu.

VIII

Contrairement à ce que Nohad prétendait chaque fois que Jojo l'accablait de ses reproches et de ses questions, on ne les avait pas fait venir à Ayn Wardeh pour qu'ils entrent au service de la maison. De fait, le jour où Francis al-Baz poussa la porte de la cave, une lourde porte en bois munie en son centre d'un anneau métallique, pour installer le cheikh Hamad al-Mani' venu avec ses gens depuis leur campement de Sebnaï – le remugle des rondins de cyprès et de genévrier d'Espagne oubliés depuis de longues années dans la cave s'exhala alors, donnant au *khawéja* Francis un haut-le-cœur et un léger vertige qui l'obligea à s'appuyer sans plus attendre contre le mur ; des effluves de résine putréfiée qui, dit-on, subsisteraient encore des années, tant elles étaient fortes, malgré l'initiative prise par les nouveaux hôtes de brûler ces rondins peu de temps après leur arrivée, et qui continueraient à imprégner chaque recoin de la cave jusqu'à ce que l'odeur rance du lait de brebis prenne définitivement le dessus –, ce jour-là donc, tout allait encore à merveille chez les Baz et la maison d'Ayn Wardeh fourmillait de domestiques. Tout le monde se souvient que ces mêmes domestiques, qui veillaient plus jalousement que les Baz eux-mêmes à la bonne réputation de la maison, furent les premiers à se plaindre de la présence des Arabes Mani‘. Ayyoub, le chauffeur de Francis, ne supportait pas de voir les petits Bédouins promener leurs doigts sur la Oldsmobile blanche stationnée sous le chêne ou coller leur visage sur ses vitres pour s'y mirer, en laissant la buée de leur haleine. Il passait chaque jour une heure entière à la nettoyer, la chamoisine sur l'épaule et le plumeau à la main, faisant le tour de la voiture pour la dépoussiérer, frotter ses ailes et faire reluire les baguettes de nickel qui l'ornaient. Saada s'avisa très tôt de l'étendue des dégâts en reniflant les relents de graillon qui commençaient à remonter de la cave et de ses abords. Daad, la nourrice, disait que le plus dur pour elle était d'accéder à la maison d'Ayn Wardeh ; elle devait chaque fois détourner les yeux et s'engager en toute hâte sous les arcatures de l'entrée parce qu'il se trouvait toujours une femme de chez les Mani‘ pour donner le sein à son petit devant tout le monde. On dit que ce spectacle quotidien fut à l'origine du départ de la très prude Daad, qui sauta sur la première offre de travail afin de quitter Ayn Wardeh au plus vite et d'entrer au service d'une autre maison, à Achrafieh.

L'on vit au bout de quelque temps la cave surpeuplée par la famille de Hamad al-Mani‘, lequel continuait à concurrencer ses fils sur le terrain de la procréation, ses petits-enfants se retrouvant par ce fait avec des oncles beaucoup plus jeunes qu'eux, qu'il leur fallait prendre par la main sur la route de crainte qu'une voiture lancée à toute allure ne les écrase, et à qui ils tiraient les oreilles quand ils prononçaient des mots vulgaires devant les étrangers ou les maîtres de céans. Ce fut alors, chez les Mani‘, un embrouillamini de prénoms, de telle sorte qu'en ces temps florissants, si quelqu'un appelait par exemple "Hamad", ce n'était pas moins de quatre individus qui se retournaient, et pour "Khodr", trois qui accouraient. Vu l'exiguïté des lieux, ils furent bientôt contraints de se séparer, Francis al-Baz ayant fini par convoquer Hamad al-Mani' pour lui demander de faire un choix : soit il partait ; soit il ne restait qu'avec un seul de ses fils. Hamad entreprit avec les siens de longues consultations au terme desquelles on décida de laisser le hasard se prononcer. Les hommes tenaient leur assemblée sous le chêne quand l'un d'eux s'avisa qu'en cette heure matinale tous les enfants se trouvaient encore dans la cave. Ils s'accordèrent alors sur l'idée que le premier des petits-enfants de Hamad qui se montrerait investirait ce faisant son père du droit de rester à Ayn Wardeh. Et voilà que la tête de Dounia, qui n'avait alors que quelques mois et ne savait pas encore se tenir sur ses jambes, surgit au bas de l'escalier. Il s'avéra qu'une cousine plus âgée la portait, voulant sortir avec elle dans la lumière du jour, mais il n'en demeurait pas moins que Dounia était apparue en premier et que par conséquent la cave des Baz devait revenir à Abbas.

Après leur départ, cet usage voulant qu'on allaite les petits en plein air se perpétua avec Bahiyya qui allait s'adosser contre le tronc du chêne ou s'asseoir sur l'une des marches de l'entrée pour donner le sein à Dounia et, plus tard, au petit Réda. Toujours épuisée, Bahiyya. Et toujours d'humeur bougonne. C'était comme si l'enfant qu'elle portait dans son giron et qui la tétait goulûment constituait l'un des fardeaux de son existence ; les étreintes en quatrième vitesse d'Abbas, dont se gaussait tant Massoud, ne faisant que s'ajouter à la liste de ses fatigues quotidiennes, au même titre que le linge à étendre, ou le feu à allumer dans le fourneau au milieu de la fumée qui lui brûlait les yeux – mais peut-être comptaient-elles parmi les moins pénibles au sens où elles advenaient sans rendez-vous et ne nécessitaient de sa part aucune préparation.

On les fit venir en avril 1956, à la suite de rumeurs parvenues à Ayn Wardeh selon lesquelles le président de la République avait l'intention de modifier le découpage des circonscriptions en vue de faire tomber l'opposition lors des législatives prochaines. Sachant que la nouvelle assemblée aurait pour vocation première de nommer un nouveau président et qu'il souhaitait briguer un autre mandat, ce pour quoi il entendait bien modifier la constitution, tout le monde s'attendait à une lutte acharnée. C'est précisément à cette période que le directeur de la Sûreté générale se mit à rendre aux Baz des visites répétées au cours desquelles il s'isolait avec Francis, sa sœur Nohad et leur ami Soleiman Attiya. De là, le bruit courut que Francis al-Baz préparait activement sa candidature pour la seconde circonscription du Metn, où il pouvait compter sur l'appui du président de la République. Ce à quoi il fut d'ailleurs fait allusion dans la rubrique "On m'a chuchoté à l'oreille" du quotidien *Al-Telegraph*. Les seuls indices de l'aspiration des Baz à se lancer dans les élections furent d'une part la nouvelle couche de peinture passée sur les murs intérieurs et sur les boiseries de la maison – et tout ce qui s'ensuivait pour Francis qui, bien forcé de se faire tirer le portrait pour le coller sur les murs des environs, se résolut à mettre son râtelier entre les mains du dentiste afin qu'il lui réaligne les dents de devant, et qui dut par ailleurs exercer sur Massoud un contrôle quasi permanent afin qu'il cesse de sortir ses attributs virils de son pantalon partout où il allait, aussitôt qu'il sentait sa vessie pleine – et d'autre part, l'établissement du cheikh Hamad al-Mani' et de sa famille dans la cave d'Ayn Wardeh. Soleiman Attiya dirait plus tard que le directeur de la Sûreté générale leur avait lui-même suggéré de se concilier les Arabes du clan Mani', eu égard au nombre de voix qu'ils représentaient, exactement deux cent soixante et onze à cette époque, ce qui revenait à dire que dans cette bataille ils avaient le pouvoir de faire pencher la balance. Le directeur s'était d'ailleurs engagé à faire transférer leurs documents d'état civil à Ayn Wardeh et même, s'il le fallait, à intercéder auprès du président de la République pour obtenir la naturalisation massive de ceux qui, parmi eux, voyaient encore leur nationalité "à l'étude". Les Baz goûtèrent aux ivresses d'une victoire qu'ils n'avaient toutefois pas encore remportée, menaçant leurs adversaires, distribuant des prébendes à leurs partisans, choisissant le numéro de la plaque minéralogique bleue qu'ils fixeraient sur leur véhicule de député, comme ils en avaient rêvé lors de quelque réception au ministère, le ministère des Travaux publics… Et pourquoi pas ? On ne vaut pas mieux qu'eux peut-être ? Ils crurent en leurs chances et les gens crurent en eux, tant et si bien qu'il leur fallut acheter le café par kilos et laisser la porte d'entrée grande ouverte pour accueillir les flots de visiteurs, des personnes qu'ils n'avaient jamais vues et qui venaient se réclamer d'une lointaine parenté. Cela leur permit de découvrir l'existence d'une famille originaire d'un village du Chouf qui portait le même nom qu'eux, "Baz", mais sans l'article

“Al” : vice de forme grossier qui, ajouté au fait qu'ils prononçaient les consonnes *qaf*, suffit à Nohad pour leur dénier tout lien de parenté avec eux. Vinrent également les porteurs de requêtes, tellement nombreuses qu'il fallut réserver à ces gens un cahier dans lequel ils inscriraient leurs demandes, qui le rapprochement d'un fils instituteur muté dans un village trop éloigné des siens, qui la prise en charge de la caution du visa d'entrée aux Etats-Unis d'Amérique, qui l'obtention d'un port d'arme, qui le règlement d'une affaire de divorce restée en instance devant les tribunaux religieux... Cette affaire, dirent-ils, c'est une question réglée ; pour celle-ci, ce sera plus difficile ; et pour celle-là, nous ne pouvons rien promettre du tout. C'est qu'ils avaient choisi de jouer franc jeu avec leurs électeurs... Mais du jour au lendemain les visites du directeur de la Sûreté générale cessèrent. Ils le joignirent par téléphone, il s'excusa en invoquant la situation internationale et les tensions politiques dans le pays, ils le relancèrent, une fois, deux fois, trois fois, avant de comprendre que le choix s'était finalement porté sur un candidat de la famille Bassil, pour des raisons que l'on disait liées à son épouse et à la fortune qu'il avait accumulée en Afrique dans le commerce du diamant. Les Baz perdirent la députation et il ne leur resta plus que les Mani‘, dont ils mettaient les voix à la disposition de tel ou tel candidat de leurs amis lors de chaque élection. Mais les choses n'allaient pas tarder à changer. A la veille du premier scrutin organisé après la guerre, Jojo envoya Abbas demander à ses frères qui ils soutiendraient cette fois-ci. Ces derniers refusèrent d'abord de répondre, puis, devant l'insistance d'Abbas, déclarèrent qu'ils avaient “donné leur parole" à d'autres… C'est du moins la version édulcorée que ce dernier fournit à Jojo, la réalité de leurs dires étant un peu différente – si pour la plupart ils étaient nés dans la cave d'Ayn Wardeh et s'ils avaient été allaités sur les marches de l'entrée, ils étaient devenus libres de décider de ce qu'ils voulaient comme ils l'entendaient, parce que aujourd'hui ils n'y habitaient plus. "La maison Baz vend nos voix à chaque élection et met la main sur ce qui nous revient, mais les temps ont changé, à partir de maintenant, on s'occupe nous-mêmes de négocier nos affaires."

Ils vinrent de Sebnaï dans une camionnette chargée de quelques paillasses, sur lesquelles ils s'assirent, n'amenant avec eux qu'une grande marmite en cuivre. Pour les Mani', il ne s'agissait là que d'une petite promenade, le trajet jusqu'à Ayn Wardeh ne prenant guère plus d'une heure. Rien de comparable avec leur grande migration depuis les faubourgs de Homs, en Syrie, où, selon leurs dires, ils gardent jusqu'à maintenant de la famille. Il fallait entendre le récit immémorial de ces pérégrinations de la bouche du cheikh Hamad al-Mani', avant qu'il se fasse écraser par un véhicule de l'ambassade américaine près de Jisr al-Basha et que ses sept fils touchent des dommages et intérêts en dollars. Ce fut d'ailleurs la première fois qu'ils mettaient les pieds dans une banque. L'un d'eux se cogna contre la porte en verre dont il n'avait pas remarqué l'existence en entrant, tant elle était propre, ce qui lui valut de garder un hématome écarlate sur le front. Le directeur envoya un employé les prier d'attendre dehors le temps qu'on prépare leur transaction ; les guichetières, voyant que les clients commençaient à se retourner vers eux, s'étaient plaintes du spectacle qu'ils donnaient.

Nullement affligés de se voir ainsi mis à la porte, les fils de Hamad sortirent s'adosser contre le mur à côté de l'entrée et se mirent à rouler leurs cigarettes, le temps que vienne leur tour.

Nohad, les jours où elle terminait tôt sa partie de bridge et où elle se sentait d'une humeur enjouée, soit qu'elle en fût sortie gagnante, soit qu'elle eût réussi, même à une seule reprise, à demander et à réaliser le grand chelem, appelait Hamad afin qu'il vienne relater devant ses amies Colette Azzam, Mirna Abou Soleiman et Marie-Té – diminutif de Marie-Thérèse – l'histoire des Arabes du clan Mani'. Son fils Abbas l'accompagnait en haut et restait à côté de lui, sachant bien qu'il allait devoir reprendre pour elles tout ce que son vieux père dirait, dans ce baragouin dont il n'avait jamais adouci les consonnes, malgré de longues années passées au contact des citadins et des marchands de bétail. Hamad al-Mani' ne commençait en aucun cas à parler avant que Nohad ne lui eût posé la question dans les formes :

— Dites-nous, cheikh Hamad, comment les vôtres sont-ils venus d'Al-Muhammara ?

Il levait la main en bredouillant quelque chose qu'Abbas s'empressait de traduire dans un langage compréhensible pour les joueuses de bridge :

— Voilà bien longtemps, nous vivions à Al-Muhammara et il y avait dans l'une de nos tentes un jeune enfant qui tétait encore le sein de sa mère. Un beau matin, nous avons été réveillés par les cris du petit. Il ne voulait pas s'arrêter de pleurer…

Nohad l'interrompait pour prier Abbas de demander à son père s'il avait lui-même connu Al-Muhammara, à quoi Abbas répondait que celui-ci ne pouvait connaître cet endroit pour la simple raison qu'il était né au Liban. Le cheikh Hamad s'avisait en substance de la question et s'adressait à Nohad sur le ton du reproche, en allongeant lui aussi le *a* de son prénom :

— Vous ne me croyez donc pas, *sitt* Nohad ?

Quand elle lui demandait de poursuivre son récit, le cheikh Hamad toussotait et, sans prononcer un traître mot, se roulait une cigarette en prenant tout son temps, mesure de rétorsion à l'endroit de ces dames qui osaient mettre en doute l'authenticité de ses dires. Puis il reprenait :

— Sa mère est venue vers lui, croyant qu'il la demandait parce qu'il avait faim. Elle a voulu lui donner le sein, mais il l'a repoussée en criant de plus belle et en pointant le doigt sur l'occident. Ils ont essayé de lui parler, il ne s'est pas calmé. Ils l'ont pris dans leurs bras, il ne s'est pas calmé. Il pleurait en gardant le doigt pointé sur l'occident. Quand ils ont perdu espoir de le faire taire, le chef de tribu leur a demandé de charger leurs affaires sur les bêtes, avant de crier à pleins poumons : Vers l'ouest !… Voilà comment le clan des Mani' est parti d'Al-Muhammara…

Arrivé à ce point de l'histoire, le cheikh Hamad observait un silence, se relevait de sa chaise, droit comme un *i*, effectuait un salut militaire et se mettait soudain à chanter avec sa voix éraillée, tandis que son fils riait en essayant de le faire taire : "Allons, ô jeunesses arabes, ô mien cortège, et à pleine voix, entonnons : Vive le renouveau des Arabes[1]…" Il ne revenait à son récit qu'une fois l'hymne achevé dans son intégralité, ayant obligé Abbas à préciser à ces dames que son père l'avait appris à la télévision, qu'il le reprenait

1. Hymne du Ba'th, parti nationaliste arabe au pouvoir en Syrie.

plusieurs fois par jour et que, malgré cela, ses petits-enfants devaient sans cesse lui souffler les paroles.

De là, Hamad allait d'une seule traite jusqu'à la fin de son histoire, jusqu'au jour de leur arrivée :

— Sa mère le porte en tête de caravane. Il la tète et pointe le doigt sur l'occident. Ils marchent des jours et des nuits derrière l'enfant qui se remet à pleurer dès qu'ils descendent de leurs montures pour se reposer et dresser leurs tentes et qui ne se tait pas tant qu'ils ne se sont pas remis en marche. Il les épuise de fatigue. En chemin, toutes sortes de peuplades se joignent à eux et les quittent plus loin pour suivre une autre direction, tandis que d'autres les rejoignent : des clans de Tziganes qui frappent sur leurs tambours, jouent de leurs bombardes, lisent dans le marc de café ou dans le sable et leur prédisent de grandes choses ; des mages du Maghreb qui connaissent la formule de jouvence ; des fabricants de fausses dents ; des tisseurs de tamis ; des pasteurs qui mènent leurs troupeaux et qui leur affirment que s'ils n'égorgent pas toutes leurs têtes de moutons en ne conservant que leurs chèvres, alors ils affronteront de terribles calamités ; des soldats qui désertent en gardant leurs armes ; des clans de Kurdes qui ne comprennent pas l'arabe ; des fratries séparées du reste de leur tribu, qui vont en quête d'une terre d'asile. Un épais nuage de poussière annonce au loin l'arrivée de la caravane et les gens s'attroupent sur le bord des chemins pour les voir traverser leur bourgade, pieds nus et à moitié en loques. Les villageois les fêtent en faisant la ronde autour d'eux et en offrant le café à chacun, mais l'enfant pleure et pointe le doigt sur l'occident, les obligeant à toujours reprendre la route. Ils doivent affronter les bandits de grand chemin masqués derrière leurs turbans, qui les dépossèdent de tout ce qui brille et de tout ce qui tinte. Ils se font rattraper par les cycles de la vengeance : une nuit, alors qu'ils sont encore dans les environs d'Al-Muhammara, une femme est éventrée ; en représailles, on coupe la langue d'un homme dans les steppes de Syrie ; ensuite un nouveau-né est enlevé (on apprendra plus tard qu'il a été jeté dans le fleuve Barada) et des tentes sont incendiées. Ils se font aussi attaquer par des loups enragés. Des cochons sauvages envoient deux hommes à terre. Ils voient Antara ibn Shaddad* apparaître dans un éclair traversant le ciel, avant qu'un coup de tonnerre assourdissant éclate et que le froid s'abatte sur eux comme une pluie de graviers. Et le jour suivant, au milieu du désert, ils croient mourir de soif et voient des mirages. Ils égorgent un âne et le mangent, tandis que les rapaces affamés planent au-dessus de leurs têtes. Ils ont la plante des pieds en sang, la peau sur les os, leurs yeux s'enfoncent dans leurs orbites et ils commencent à voir double. Par une nuit de nouvelle lune, ils dorment à la belle étoile en se tordant de douleur et certains, pris de somnambulisme, se retrouvent à des lieues du campement. Quand leur sommeil s'apaise, ils voient en rêve des cavaliers armés de sabres et de kandjars, portant sur leurs épaules des oiseaux de proie, des faucons qu'ils lâchent sur les Mani' et qui leur crèvent les yeux. Ils poussent alors dans la nuit noire des cris de terreur et les chiens errants leur répondent, peuplant le ciel de leurs hurlements, mais au petit matin ils se réveillent dans des contrées où la flore printanière leur arrive jusqu'à la ceinture et où coulent des sources d'eau fraîche. Ils boivent et leurs dents se mettent à briller. Ils mangent de l'herbe et des feuilles. Après un jour de marche, ils arrivent à hauteur d'une citadelle aux mille colonnes construite par les djinns ; derrière elle, une plaine où poussent les blés s'étend à perte de vue ; et à droite, s'élève une montagne. Ils bifurquent et au coucher du soleil commencent à grimper. Très vite, tout le monde s'aperçoit que l'enfant a cessé de pleurer et qu'il refuse le sein de sa mère. Règne alors un calme profond, un bienfait que les Mani' n'ont pas connu depuis le jour où ils sont partis d'Al-Muhammara. Ils s'arrêtent de marcher pour goûter le silence et, quand ils se retournent vers l'enfant, ils le voient qui rit en montrant ses deux dents du haut. A cet instant, le chef de tribu crie : "On descend là !" Alors ils déchargent leurs affaires et dressent le campement.

Le cheikh Hamad n'omettait jamais la conclusion, qu'il énonçait lui aussi en riant et en montrant les quelques dents qu'il lui restait.

— Voilà, c'est comme ça que nous sommes venus jusque chez vous, *sitt* Nohad… disait-il en allongeant avec emphase le *a* de son prénom.

IX

Quand les autres descendirent rue Abdel-Wahhab-el-Inglizi et qu'il se retrouva seul à Ayn Wardeh, Réda al-Baz ne coupa pas d'emblée les ponts avec le monde extérieur. Au début, il quittait encore la maison, sortant au moins une fois par jour de sa chambre vêtu pour la ville, comme d'habitude avec une certaine élégance. Ces sorties intermittentes rappelaient beaucoup les raids inopinés que les assiégés s'enhardissaient parfois à lancer hors de leur fort afin d'assurer le ravitaillement des denrées en passe de manquer dans les réserves ou de porter un message à leurs alliés au-delà des lignes extérieures, forçant ensuite le siège dans l'autre sens pour rentrer sains et saufs, leur mission accomplie. Il descendit ainsi acheter des bouteilles d'eau minérale à l'échoppe de la vieille fille, sans renouveler l'expérience tant celle-ci le harcela de questions sur la santé de sa tante Nohad, et pourquoi ils ne la laissaient pas finir ses jours avec eux dans la maison, et quelle était la raison du déménagement de son frère à Beyrouth, et est-ce qu'ils s'étaient disputés tous les deux, et est-ce qu'ils avaient réglé le partage des biens, et pourquoi il n'était toujours pas marié, la vieille fille finissant par exprimer ouvertement sa consternation :

— Ce serait vraiment un crime de fermer la maison Baz…

Ou alors il se rendait dans une boutique de Hazmieh pour faire changer la pile de sa montre qui commençait à retarder et revenait très vite parce qu'il était tombé par hasard sur l'une de ses connaissances ou sur un ami de la famille, qui s'était précipité sur lui en l'interpellant, manifestement étonné :

— Réda ?

Comme s'il avait été surpris de le voir dans un magasin, comme n'importe quel client. En cause sans doute les nombreuses rumeurs qui circulaient autour du fils Baz et, plus généralement, de sa famille. Réda se contentait de lever la main, sans s'arrêter ni se retourner pour aller à la rencontre de celui qui l'avait interpellé avec tant d'empressement, lui signifiant qu'il l'avait bien reconnu mais qu'il n'en avait pas pour autant l'intention de s'engager dans de grandes discussions. Surtout, il ne tenait pas particulièrement à mettre son visage et ses mains sous les yeux de ce curieux à la voix tonitruante.

Il alla une fois à la Banque de la Méditerranée, où il avait déposé sa part de la vente des biens et des actions, et retira une importante somme d'argent. Il rendit aussi par deux fois visite à sa tante Nohad, dans la maison de la Divine Providence de Bhersaf, mais les deux fois il garait sa voiture devant l'entrée, en descendait avec un bouquet de roses blanches acheté en chemin et jetait un regard anxieux vers la terrasse et le petit jardin où les personnes âgées se reposaient, assises en rang d'oignons sur de vieilles chaises en paille. Sans doute était-il terrifié à l'idée de trouver Nohad parmi elles. Il s'avançait timidement vers l'entrée, voulant remettre le bouquet de roses à l'une des infirmières et s'enquérir auprès d'elle de sa tante. Elle lui disait qu'elle allait comme d'habitude ; il hésitait un peu à en demander davantage ; elle le rassurait : elle les réclamait parfois, mais ne tardait jamais à oublier.

— Elle demande souvent des nouvelles de Sarah… Qui est donc cette Sarah ?

— Elle ne parle pas de Soleiman Attiya ?

— Son nom ? Vous dites ?

— Soleiman Attiya.

— Non, elle n'a jamais prononcé ce nom-là.

— Et de Nadia Haddad ?

— La jeune femme dont la famille est dans le commerce du fer, au port de Beyrouth ?

— …

— Si, elle m'en a parlé une ou deux fois, mais pour se plaindre du fait qu'elle prenait votre famille de haut.

Réda esquissait un léger sourire avant de rejoindre sa voiture et de s'en retourner à Ayn Wardeh.

Quelquefois il allait au Club libanais des échecs, l'ultime société qu'il devait fréquenter. Là, dans les derniers temps, il disputa des parties suivies par un imposant public, restant toujours courtois, abandonnant avec le sourire chaque fois qu'il voyait ses positions percées, ne doutant jamais de la capacité de son adversaire à parcourir le reste du chemin vers une victoire qu'il savait désormais facile à atteindre, contrairement à ceux qui, par stupidité, poursuivaient le jeu jusqu'à son terme attendu quand leur roi se trouvait cerné de toutes parts, s'accrochant à l'espoir que leur adversaire commette la grosse bourde qui leur permettrait d'échapper à son emprise. Toutefois, il semblait avoir de plus en plus de peine à supporter les expressions et les petites rengaines des joueurs. Chacun de ces amateurs avait ses leitmotivs, ses formules comminatoires et ses interjections faussement admiratives qu'il lançait continuellement, non pas en réaction à un coup embarrassant de l'adversaire, mais comme une sorte de gymnastique verbale par laquelle ils combattaient l'engourdissement dans cette atmosphère d'absolue cogitation. Les jours passant, Réda se mit à exiger le silence le plus total, allant jusqu'à imposer au très redouté Dikran Shamilian, digne aspirant au titre de maître national, d'arrêter de ressasser sa légendaire mélodie arménienne – et certains chuchotèrent que, sans elle, Dikran serait incapable de réfléchir. La présence de Réda s'avérait de plus en plus pesante pour ses camarades du club ; dès qu'un joueur ou un spectateur laissait échapper un mot ou un rire, Réda poussait ce long sifflement qui le distinguait, "ssssssss...", gardant son fou en suspens au-dessus de l'échiquier et se refusant à le faire redescendre sur la nouvelle case qu'il lui avait choisie tant que ne régnait pas un silence absolu. Après quoi les membres du club se voyaient contraints de communiquer par signes et par petits clins d'œil dans son dos. Lorsque la partie s'achevait pour lui, il remettait son manteau, tournait les talons vers la sortie et, qu'il fût vainqueur ou vaincu, cela ne faisait aucune différence, les saluait sans les regarder :

— Au revoir, tout le monde !

Ils poussaient alors des soupirs de soulagement, interrompaient leur jeu pour s'accorder le petit moment de répit dont Réda les avait privés et se mettaient à converser et à rire dans un chahut extraordinaire, tout en manifestant leur irritation croissante face à son caractère décidément insupportable.

Et puis il vendit sa voiture, une Honda qu'il laissa à un prix ridicule – l'acheteur fut un proche d'Abbas, de ceux qui avaient sévi dans le commerce des bestiaux et qui s'étaient sans le moindre scrupule lancés dans l'importation de moutons de Turquie –, comme s'il avait voulu se priver à dessein de tout moyen de quitter Ayn Wardeh. Son plan ne rencontra pas un succès immédiat ; deux fois par semaine au moins, il continuait à glisser la tête par sa fenêtre et à appeler Abbas pour lui demander de ne pas quitter la maison, car il souhaiterait lui emprunter son véhicule pour aller faire un petit tour. Au bout d'une demi-heure, il descendait de l'étage. Avant de s'asseoir au volant de la 404, il battait longuement la poussière sur le siège du conducteur, mais sans grand résultat, Abbas venant alors à sa rescousse avec un grand morceau de drap. Tandis que Réda tentait de lancer le moteur, en s'y reprenant à plusieurs fois, Abbas restait debout à côté de lui pour le prévenir que le levier de vitesse sautait automatiquement de la troisième à la seconde, qu'il devait donc le retenir tout le temps en conduisant, et aussi que les freins étaient "à moitié morts". Quand la voiture avait rugi plusieurs fois de suite et que le *khawéja* réussissait à partir, il l'accompagnait en courant pour lui faire savoir, au cas où il voudrait s'attarder après la tombée de la nuit, que le phare avant droit était grillé. Puis il s'arrêtait pour s'assurer qu'il traverse la grand-route sans encombre, gardant la main sur son cœur tant sa crainte était forte que le moteur cale encore sans raison.

L'on vit ainsi Réda monter vers les villégiatures de montagne au volant de la Peugeot blanche après avoir fait le plein à la proche station Mobil – son propriétaire avait hoché la tête de consternation en constatant que le fils de Francis al-Baz conduisait cette voiture dans laquelle

Abbas al-Mani‘ transportait aussi bien des chèvres que des bonbonnes de gaz. Il partait comme ça, sans destination précise, au gré des routes qui grimpaient vers les hauteurs et peut-être sans autre but que celui d'assouvir un besoin impérieux de sortir. Il traversait les villages en trombe, les deux mains accrochées au volant, le dos redressé et les reins décollés du siège, comme s'il disputait une course dont il aurait été l'unique concurrent. Il se faisait insulter au détour des places par les gens qu'il couvrait de poussière, manquait d'écraser les poules qui fuyaient paniquées en battant des ailes, roulait dans les flaques d'eau stagnante en crottant les vêtements des femmes en chemin pour l'église. Et tel un cavalier qui, arrivé au bout du champ de courses, tire les rênes de sa monture et lui fait fléchir l'encolure pour rentrer à l'écurie, Réda faisait demi-tour sur un bas-côté pour rejoindre Ayn Wardeh avant que la nuit tombe et que les phares de la voiture d'Abbas lui fassent défaut.

Parfois encore, il descendait vers Beyrouth, s'approchait un peu des zones habitées de la banlieue sud, du côté du rond-point de Sayyad, et dès qu'il sentait dans le trafic le début d'un ralentissement, signe avant-coureur d'un embouteillage au milieu duquel il savait qu'il ne tiendrait pas, il se dépêchait de rebrousser chemin tant que la grande voie à double sens le lui permettait encore. Ou alors il tentait de descendre par le chemin de Tell el-Zaatar et, quand il se trouvait pris dans un semblant de bouchon, tournait au premier carrefour pour rentrer à Ayn Wardeh. Il fit aussi une tentative par le nord, en bifurquant au niveau d'Antélias, mais ne tarda pas à fuir la route côtière et à remonter vers les hauteurs.

Si, dans les derniers jours de ce mois de septembre, quelqu'un avait eu le loisir de suivre Réda al-Baz lorsqu'il prenait la voiture d'Abbas al-Mani', qui rejetait derrière elle un filet continu de fumée noire et odorante, et que cette personne avait fait un plan de ses pérégrinations successives en direction de Beyrouth, elle se serait aperçue qu'elles ressemblaient beaucoup à des manœuvres destinées à prendre une place forte par trois de ses flancs, chaque tentative se soldant par la retraite de l'assaillant, finalement contraint de se replier sur sa position de départ.

Et de fait, il rendit les armes peu de temps après. Il renonça à quitter Ayn Wardeh en voiture et quand l'idée lui prenait d'ouvrir la porte de sa chambre et de sortir, ce qui ne lui arrivait qu'une fois par jour, en fin d'après-midi ainsi que Bahiyya le faisait remarquer, comme si, à l'instar des détenus de la prison des Sablons, le spleen s'abattait toujours sur lui à cette heure – sa mère disait qu'il en allait ainsi depuis bien longtemps : dès que le jour commençait à pâlir, il fallait qu'il prenne le large afin de tromper sa solitude –, alors c'était pour descendre au rez-de-chaussée où Jojo et Margaret avaient laissé quelques meubles que la poussière rongeait et qu'initialement ils comptaient transporter dans leur appartement de Beyrouth. Cet appartement dans lequel Margaret serait plus malheureuse encore, sans doute parce qu'elle ne disposerait pas de l'espace suffisant pour aller et venir, ni d'un parquet pour faire claquer ses talons, ni encore d'un escalier en haut duquel elle se recroquevillerait pour sangloter après avoir noyé les fleurs dans leurs pots. Mais peut-être n'aurait-elle pu trouver ses aises qu'en une demeure dont elle eût choisi elle-même le mobilier et qu'elle eût arrangée peu à peu, pièce par pièce, sélectionnant chaque couleur de peinture, en accord avec un Jojo plus attentif qu'il ne l'avait été à ces petits détails si lourds de conséquences pour leur vie future ; une demeure pareille à celles qu'elle avait connues enfant, à Vienne, une demeure qui lui eût ressemblé de la même façon que la maison d'Ayn Wardeh ressemblait à Réda al-Baz, lequel n'avait pu se résoudre à l'abandonner et s'était pour cela jeté dans une longue guerre silencieuse.

Réda sortait de la chambre du coin pour aller tourner dans la maison, ouvrait les pièces qui renfermaient encore quelques armoires et chaises dont personne n'avait voulu, inspectait du regard les hauts plafonds, constatant que les plâtres tombaient par plaques et qu'il n'y avait plus rien à faire puisque les moulures en stuc arrivaient en fin de vie. Parfois il s'arrêtait devant une vitre pour observer son visage, mais parce qu'il ne supportait pas très longtemps de se voir, il s'empressait d'imprimer un mouvement à la fenêtre, faisant en sorte que son reflet se mêle à l'ombre des arbres ou, s'il se trouvait dans une pièce avec vue sur la route, au bâtiment en chantier qui laissait apparaître la mer par les ajours de ses étages inachevés. Il franchissait ensuite la porte principale de la maison pour se diriger vers le chêne, non sans avoir vérifié plusieurs fois par les fenêtres que l'endroit n'était pas occupé par les Mani' et leurs hôtes de passage, faisait deux pas pour s'asseoir sur le seuil, exactement sous l'arche choueirite du milieu, appuyait sa tête sur sa main et portait son regard au loin. Sans doute trouvait-il quelque apaisement dans le spectacle des voitures qui passaient sur la route et dans celui des navires qui restaient ancrés au port. Sauf s'il s'avisait soudain que Dounia était là derrière lui, où il n'avait pu la repérer, en train de jouer avec son petit frère – à qui les Mani' avaient donné le même prénom que lui – et de lui chanter "O Réda, ô mon chéri" ; Dounia, s'apercevant alors de la présence du grand Réda, détournait la tête en lâchant un petit cri de honte, comme si elle avait été prise en faute, puis se précipitait vers l'escalier pour rentrer dans la cave avec son frère aux pieds nus.

Avant qu'il se cloître définitivement, il fut aperçu plusieurs fois, apparaissant successivement aux deux fenêtres de sa chambre, vêtu des plus précieux articles de sa garde-robe, complet gris, cravate aux couleurs florales, écharpe de soie blanche. Ne sachant s'il devait ajouter à cela un manteau ou un léger pull-over en laine, il se penchait à la fenêtre ouest, avançant le plus possible son corps au-dessus du vide, et répétait l'opération à la fenêtre nord, comme si le temps avait pu différer d'une fenêtre à l'autre : ici, l'air de la mer ; là, celui des montagnes. Dans ses préparatifs minutieux, Réda faisait penser à quelqu'un qui aurait accepté l'invitation à dîner d'amis réputés pour leur élégance et leurs critiques vestimentaires intransigeantes et qui ne voudrait pas commettre de faute de goût. En attendant que la nuit tombe et que vienne l'heure de quitter la maison, il parcourait sa chambre de long en large, remplaçait l'écharpe de soie blanche par un mouchoir de poche assorti à sa cravate, revenait à son choix initial et, finalement, ce soir-là, ne quittait pas sa chambre. En matière de sortie, il en venait semble-t-il à se satisfaire de simples mises en condition, comme celles des acteurs de théâtre pour qui il est d'usage de faire une répétition costumée la veille de la première représentation.

Ainsi Réda s'est-il retranché dans sa chambre, reclus au point qu'un œil inexpérimenté et étranger à ces lieux éprouverait de grandes difficultés à distinguer sa silhouette derrière les fenêtres. Il perçoit chaque mouvement dans le voisinage, guette chaque signe de vie jusqu'à hauteur de la route et monte la garde derrière son rideau de dentelle dès qu'il conçoit le moindre soupçon sur la conduite d'une personne passant le long de la maison ou venant s'en approcher, tel ce jeune coiffé d'une casquette qui, ces derniers temps, s'est mis à rôder dans les parages – et qui manifestement ne lui revient pas –, installant son attirail de topographe sur le bord de la route et prenant de-ci de-là des mesures qu'il note sur son calepin. Aussi longtemps que le jeune reste courbé sur sa lunette, Réda ne quitte pas la fenêtre nord et ne le lâche pas des yeux une seule seconde jusqu'à ce qu'il replie son trépied, charge l'instrument sur son épaule et se dirige vers son véhicule pour quitter Ayn Wardeh.

Lorsqu'il se lasse d'observer les avancées des pions de *Deep Blue* sur l'échiquier, de peser le pour et le contre du sacrifice éventuel d'une tour ou d'un fou afin d'éviter que son roi ne se retrouve cerné de toutes parts, Réda retourne à ses fenêtres pour surveiller ce qui, à l'extérieur, serait susceptible de représenter une menace, en somme tout mouvement du côté du croisement ou de la colline aux trembles. Toute apparition furtive, toute présence étrangère sous le chêne constitue un danger potentiel, de la même manière que le déplacement de la reine ou la promotion du cavalier peut inaugurer des manœuvres visant à encercler le roi et, par suite, à lui porter le coup de grâce. Mais Réda, malgré sa vigilance, ne se dresse contre personne, ne voit pas d'inconvénient au bruit, ni même au tapage. Et quand Abbas lui a demandé de l'aider à chasser les promeneurs des samedis et dimanches, qui s'étaient mis à investir le rez-de-chaussée pour y faire leurs besoins et venaient eux aussi s'installer du côté de l'entrée principale, à l'ombre du chêne, il a levé la main en signe d'indifférence et ajouté en marmottant que la question était du ressort de son frère Jojo, que pour sa part cela lui était bien égal.

Les dernières apparitions que Réda fit à l'extérieur avant de se barricader définitivement dans la chambre du coin, en faisant installer la porte blindée, se produisirent par des jours pluvieux où les promeneurs n'étaient pas venus dans le pré attenant à la maison. Abbas entrait dans le salon, où il avait commencé à disposer ses cages en bois pour installer ses volées de pigeons, et tout à coup il apercevait Réda sortant discrètement par la porte de la cuisine ou, une autre fois, assis la tête entre les mains dans la pénombre, à la jonction des deux escaliers menant à l'étage, sur ce palier qu'ils se partageaient avec sa sœur Sarah lorsqu'ils étaient encore petits, elle descendant par la volée de droite et lui par celle de gauche, toute utilisation de l'escalier de l'autre constituant un acte d'agression et un motif de plaintes et de pleurs sans fin. En cet endroit où les Baz allaient vivre l'épreuve des nuits de combats.

X

Dans la maison, chacun avait ses repères et son coin attitré. Si l'on cherchait un membre de la famille, si quelqu'un était demandé au téléphone, on savait d'emblée où le trouver : l'après-midi, Julia était dans le salon, les mains invariablement affairées au crochet ; si Réda n'était pas dans sa chambre, c'est qu'il avait rejoint le Club libanais des échecs au restaurant *Al-Diwan* – ou ultérieurement, dans les derniers temps de la guerre, "Avec qui veux-tu qu'il soit ? Avec la fille Haddad, pardi !" ; Nohad était sur le balcon avec Soleiman Attiya ; Jojo faisait ses plans dans la salle d'armes... Seule Margaret ne s'était jamais trouvé un endroit à elle. Sortie de leur chambre à coucher, à elle et à Jojo, elle était perdue et errait sans savoir où aller. Elle ne s'habituait pas à la maison ; quand venaient les premiers froids, elle se mettait à traquer des courants d'air qu'elle était la seule à sentir, bouchait les interstices des fenêtres avec du papier adhésif et s'emmitouflait dans une épaisse *abaya**. Après toutes ces années passées à Ayn Wardeh, elle ne s'était jamais fait une place. Même la cuisine, elle y pénétrait en étrangère, comme les hommes ; elle appuyait son épaule contre le chambranle de la porte et regardait comment Saada s'y prenait pour hacher le persil du taboulé, en faisant passer le couteau de cuisine tranchant le long de son index, ou pour évider des courgettes aussi minces que le doigt, avec une telle habileté qu'elle n'en éventrait pas une seule ; Margaret faisait alors penser à ces touristes qui assistent bouche bée à la prestation d'un vendeur de jus de réglisse soulevant son aiguière de la main droite, le plus haut qu'il peut, en tenant de l'autre le verre le plus près possible du sol et, malgré une telle amplitude, le remplissant sans mettre une goutte à côté. Elle allait ouvrir des portes que jamais personne n'ouvrait et se prenait les pieds dans une chaise, ou trébuchait sur le seuil légèrement surélevé de la salle à manger : toujours dans le passage, Margaret.

Quand les tirs d'artillerie lourde commencèrent à retentir dans le ciel d'Ayn Wardeh, elle fut d'abord incapable de se maîtriser, comme une chatte se retrouvant au milieu de tambours qui crépitent. Tous les gens de la maison savaient de quel côté leur venaient les roquettes – du sud-est, "entre Hammana et Kfar Selouan, d'une batterie socialiste pointée sur notre camp", comme le certifiait Jojo, l'expert militaire de la famille qui, peu aidé par les circonstances, ni d'ailleurs, comme le lui susurrait Réda quand une dispute éclatait entre eux, par sa couardise, n'avait jamais véritablement reçu de baptême du feu –, si bien que lorsqu'ils couraient à l'abri ils allaient d'instinct se mettre côté nord. C'était comme si le fait de connaître la trajectoire des tirs, de se serrer les uns les autres, le dos contre le mur derrière la table de la salle à manger, en appelant Réda à ne pas "jouer les fortes têtes" et à vite descendre de sa chambre pour les rejoindre (là où, s'imaginaient-ils, ils seraient protégés par le nombre optimal de murs pouvant les séparer de la source des tirs), et le simple fait aussi de baisser la tête sous la table en s'accroupissant dans une position ridicule, c'était comme si tout cela les mettait hors d'atteinte. Et si Julia, persuadée que cette fois-ci les roquettes étaient tombées juste à côté de la maison, proposait : "Allez, on descend à la cave…", ils se contentaient alors de garder le silence pour lui signifier qu'ils refusaient de descendre plus bas encore, tenant tout de même à garder un minimum de dignité…

Margaret, si elle entendait une roquette siffler puis exploser dans la vallée et que Jojo était absent, se mettait quant à elle à courir dans tous les sens et allait ouvrir la porte d'entrée. Tout le monde avait beau lui crier de ne pas le faire, c'était plus fort qu'elle, il fallait qu'elle sorte, reviens, elle revenait, se retournait, n'aie pas peur, elle restait comme sourde, se cramponnant à l'oreiller dont elle s'était munie pour protéger sa tête, tellement elle était épouvantée, et finissant par agripper une chaise, une porte ou tout autre élément dont la stabilité lui permettrait d'apaiser ce corps qui ne lui obéissait plus. Il va falloir t'habituer, Margaret. M'habituer à quoi ?

En revanche, si Jojo se trouvait là au moment des tirs, elle gardait son calme, s'accrochant à lui comme un aveugle à son bâton.

Au début, ne saisissant pas la nature du péril qui menaçait la maison et les menaçait eux, du fait des combats, elle avait posé certaines questions délicates :

— Qui sont ces gens qui nous tirent dessus ?

— Les socialistes…

— Les socialistes ?

— Oui, les socialistes.

— Pourquoi font-ils ça ? Moi, à l'université, j'étais avec les socialistes, et mon père aussi…

— Ce sont les druzes.

— … ?

— Les druzes.

— …

Chaque fois qu'elle éprouvait des difficultés à comprendre quelque chose, elle s'abstenait d'en demander plus. Elle remettrait ces questions sur le tapis plus tard, quand l'occasion se présenterait, cherchant alors à savoir pourquoi les Palestiniens étaient avec les musulmans – n'y avait-il pas des Palestiniens chrétiens ? – et à résoudre d'autres énigmes de ce genre. Et quand commencèrent à parvenir à la maison des informations selon lesquelles on en était venu dans les rues de Beyrouth à arrêter les gens aux barrages et, suivant leur appartenance, à les enlever ou même à les assassiner, elle demanda, tout à fait sérieuse :

— Comment font-ils pour distinguer un musulman d'un chrétien ?

— Tu ne sais pas que chez nous la confession est inscrite sur la carte d'identité ?

— Et si, trouvait-elle à répliquer, la personne n'a pas sa carte d'identité sur elle, elle échappe à la mort ?

— Ils arrivent toujours à connaître sa confession…

— Comment font-ils ?…

N'obtenant pas de réponse, elle se risquait :

— … par son nom ?

— C'est ça, par son nom, finissaient-ils par acquiescer, n'en pouvant plus.

Elle se taisait un court instant, avant de reprendre :

— Réda, par exemple, c'est un prénom musulman ou chrétien ?

— Ils les reconnaissent en les voyant, ma chère !

— Comment ça ?

Et Nohad de supplier Jojo :

— Fais donc taire cette femme, je t'en supplie ! Qu'elle arrête avec ses âneries ! Comme si cette situation ne nous empoisonnait déjà pas assez l'existence…

Un jour, on vit arriver à Ayn Wardeh une Jeep de laquelle des hommes armés bondirent en faisant entendre leurs bruits de bottes et le cliquetis de leurs mitrailleuses. Ils exigèrent qu'on leur amène les Mani' de la cave, seulement Abbas et Bahiyya en fait, parce qu'ils voulaient les conduire au poste pour les interroger. Une demi-heure et on vous les renvoie. Nohad sortit pour les en empêcher : "Ils travaillent chez nous depuis plus de vingt ans et de toute façon ce sont des Arabes nomades, ils n'ont rien à voir avec tout ce qui se passe." Ce jour-là, Margaret multiplia les questions sur la différence entre "Arabes" et "musulmans", et comme on ne daigna pas lui faire la moindre réponse, elle s'en fut en agitant les bras.

Ce qu'elle ne savait pas, c'était qu'à Ayn Wardeh ils demeuraient à l'abri des destructions, des tueries et des arrestations, car ils se trouvaient à plusieurs kilomètres des positions du camp adverse ; que les tirs de canons 120 mm visaient tout au plus à contester la venue de l'émissaire américain Murphy ou à modifier les rapports de force au sein du gouvernement ; et que ces opérations restaient tout à fait ponctuelles. Ignorant tout cela, Margaret sentait chaque fois que la peur la précipitait dans des abîmes sans fond. Jojo tenta de lui faire comprendre la situation en l'emmenant dans la salle d'armes et en lui dessinant une carte assez approximative censée lui montrer qu'ils se trouvaient en zone amie, mais il y avait déjà dans son regard ce vide étrange qui rendait sa vue pénible, à quarante ans à peine. Elle errait dans les escaliers de la maison et passait ses longues heures d'insomnie debout, à regarder Beyrouth enveloppé dans une nuit qu'éclairaient les lueurs de la mer et quelques balles traçantes. Personne ne savait si cette mélancolie lui venait de ses épouvantes passées, de son éloignement de Vienne ou du mal d'enfant, de cet enfant qui lui aurait suffi à peupler la vacuité de son existence aux côtés de Jojo.

Au cours de ces nuits blanches, quand les affrontements s'intensifiaient et que se multipliaient les rumeurs selon lesquelles la bataille décisive approchait, de sorte que personne chez les Baz ne pouvait plus feindre l'indifférence et vaquer comme si de rien n'était à ses petites occupations, Julia à son crochet, Réda à ses échecs et Nohad à celles de ses amies qui pouvaient encore lui rendre visite malgré les combats, ils se contentaient tout au plus de deux bougies que Bahiyya s'escrimait à faire tenir dans des sous-tasses, une vers la porte du salon et une autre en haut des escaliers, sur le guéridon en bois. C'est là qu'ils s'entendirent pour installer la radio, à peu près à mi-distance entre la cuisine, le salon et les chambres à coucher, jusqu'où leur parviendrait l'annonce musicale des bulletins spéciaux d'information. Ils s'asseyaient dans la pénombre, chacun restant dans son coin, la plupart du temps sans rien dire ; et quand l'un d'eux s'en allait, on voyait son ombre immense danser sur les murs et sur les marches, par l'effet des bougies placées à distance l'une de l'autre. Tout ce qu'ils voulaient, c'étaient des informations ; ils vivaient sous la coupe de la radio, n'en pouvant plus d'attendre que la musique du bulletin spécial vienne interrompre les chansons de Fairuz ou les interminables opérettes épiques et qu'enfin ils puissent ouvrir grandes leurs oreilles, que Julia fasse le signe de croix, envisageant déjà le pire, et que Nohad devance le présentateur de sa question :

— Bon et alors ?!

Il se trouvait toujours quelqu'un pour vouloir mieux régler l'aiguille de la fréquence, de façon à empêcher les grésillements. Ne manquant jamais de perdre la station pendant plusieurs secondes, il soulevait contre lui un tollé général, se voyant reprocher de ne pas avoir laissé cette aiguille où elle était.

Au début, Jojo ne tenait pas à ce qu'ils accordent trop de crédit aux radios :

— Ceux qui nous fabriquent ces informations n'ont même pas le cran de sortir de leurs studios.

Une manière de leur laisser entendre que lui, en revanche, il jouait un rôle actif dans les événements et serait tout à fait en mesure de leur livrer des secrets militaires si l'un d'eux insistait un minimum. Ils découvrirent que derrière ses absences répétées, qui laissaient Margaret en proie à une inquiétude se traduisant chez elle par d'infatigables allées et venues entre l'étage et le rez-de-chaussée, que derrière ces cartes qu'il déployait sur la table de la salle d'armes et sur lesquelles il se penchait en compagnie de deux de ses amis ingénieurs, il y avait un projet consistant à repérer les positions de l'artillerie du Mouvement national* et, une fois déterminées leurs latitudes et longitudes, à préparer une offensive ciblée. Un projet bien vain puisqu'il apparaîtrait sans tarder que cette artillerie était montée sur des chars mobiles. Il fit une autre tentative au volant d'un Panhard dont il s'empara au nom du Parti libéral dans une caserne des forces de la Sécurité intérieure, tentative non moins malheureuse puisqu'on dénombra cinq blessés parmi les curieux qui étaient sortis sur les balcons de la caserne et qui assistaient à son petit défilé motorisé au moment où la mitrailleuse du blindé se déclencha par erreur. Finalement, il réintégra définitivement le cercle de la famille.

Si, au début de la guerre, Jojo avait pu s'imaginer comme un acteur à part entière de la lutte sur le chemin de la victoire, force était de constater que les missions que lui confiaient ses amis des Forces libanaises* devenaient de plus en plus modestes, et de moins en moins en lien avec les combats : les aider à réduire les frais d'approvisionnement alimentaire des garnisons ou appeler une ambassade pour obtenir un visa à un membre dirigeant en prévision d'un déplacement ultra-secret pour achat d'armes ou de matériel militaire de pointe. Il s'agissait toujours de missions de second ordre dont Jojo, par honte, n'osait trop se déclarer investi, et d'ailleurs elles allèrent en se raréfiant au point de faire de lui un élément totalement inactif. Il devrait dès lors se contenter d'ouvrir la porte de sa chambre toutes les heures et quart afin que la voix du présentateur lui parvienne, Bahiyya se dépêchant d'augmenter le volume aussitôt qu'elle entendait l'annonce musicale des informations – une mélodie qui continuerait à les faire tressaillir encore des années après la guerre, lorsqu'elle serait reprise en introduction d'une réclame pour un parfum féminin. Bahiyya se précipitait donc sur la radio pour monter le son, même si elle ne comprenait rien aux bulletins d'actualité, ignorant jusqu'aux noms des partis – elle applaudissait quand les gens de la maison applaudissaient à une nouvelle qui les mettait en joie ou partageait leur silence si le cours des événements n'allait pas dans le sens qu'ils souhaitaient.

Jojo finit par rendre les armes et les rejoignit dans ce qu'il nommait il n'y avait pas si longtemps "l'assemblée des femmes". Il s'installait à côté de Margaret en haut des escaliers, lui traduisait les informations sur les affrontements dans les souks du centre-ville ou sur la recrudescence des enlèvements, sortait sur le balcon pour lui montrer l'incendie des silos du port, lui rapportait une couverture de laine si le temps était au froid. Ils pouvaient rester éveillés des nuits entières, ne rompant jamais leur cercle autour de la flamme jaune qui dansait en faisant fondre la cire dans la sous-tasse avant que le dernier flash s'achève et qu'ils se résignent à l'idée qu'ils n'en sauraient pas davantage avant l'édition de sept heures et demie le lendemain matin, laquelle bien souvent ne faisait que reprendre les nouvelles de la nuit précédente. Jojo se targuait de pouvoir identifier chaque projectile et chaque source de tir ; dès qu'une explosion retentissait à ses oreilles, il ne pouvait s'empêcher de faire un rapport :

— Ça, c'est un mortier de 80 mm, un vestige de la guerre civile de 1958, disait-il pour se moquer de cette arme de faible puissance.

— Ça, c'est un RPG.

— Ça, c'est un canon antichar phalangiste… avant d'ajouter en chuchotant, comme s'il dévoilait une information classée secret défense : Ils l'ont pris à l'armée.

Ou alors, avec un hochement de tête réprobateur :

— Ça, c'est un missile antiaérien, de chez les Palestiniens… 120 mm, fabrication des pays de l'Est.

— Et qu'est-ce que c'est ? lui demandait-on.

— C'est une roquette qui vient de chez nous, de la carrière, répondait-il à voix basse.

Mais quand une explosion faisait trembler les fenêtres et tanguer les lustres du salon, Jojo se redressait pour hurler en levant le poing au ciel :

— Un 155 sur les zones habitées ? Ça, c'est un missile de champs de bataille, bande de fils de chiens !

Rares étaient les nuits où ils se couchaient satisfaits de la quantité d'informations qu'ils avaient entendues. Durant les premiers mois des combats, ils avaient besoin de toujours plus de faits : frappes localisées qui cloueraient le bec au camp adverse, opérations d'encerclement menées à bien qui verraient l'ennemi assailli dans ses fiefs les plus reculés, là où il croyait pouvoir souffler et ne s'attendait pas à être attaqué… Très vite, la radio ne suffit plus à répondre à leur besoin insatiable de nouvelles et Jojo se mit alors à donner des coups de téléphone – quand la ligne fonctionnait – à des amis "qui savaient", comme il disait avec un clin d'œil entendu, parce qu'ils dînaient chaque semaine avec le conseiller politique de l'ambassade américaine. Il les interrogeait après mille circonlocutions sur l'issue des affrontements dont l'écho était parvenu à Ayn Wardeh. La réponse qui lui était faite manquant de clarté, il tentait d'appeler un autre "ami", jusqu'au moment où le téléphone se coupait subitement – de quoi Jojo déduisait que l'ennemi avait commencé à pilonner les centraux téléphoniques –, et où ils se rabattaient, lui et les autres, sur la radio.

Ce qui suscitait chez eux le plus de dépit, c'étaient ces chroniques sur lesquelles s'ouvraient les bulletins d'information, où il était rendu compte des bons offices qu'un tel avait offerts et des appels téléphoniques que tel autre avait passés en urgence afin d'obtenir l'application de la trêve signée la veille. Et si le soir n'amenait que les nouvelles ordinaires de guérillas, d'échanges de tirs d'artillerie légère de part et d'autre du point de passage de Galerie Samaan, ou de "simples heurts" autour du camp de réfugiés palestiniens de Tell el-Zaatar – dont on pouvait voir les maisons de tôle en allant se tenir sur la colline aux trembles –, alors tout le monde regagnait ses appartements. Jojo prenait la radio sous le bras et allait s'allonger sur son lit pour chercher une station en baissant le volume au minimum de crainte de réveiller Margaret qui dormait comme d'habitude d'un sommeil agité sur le lit d'à côté – leur vie conjugale avait commencé avec deux lits séparés, puis ils avaient commandé un lit double qu'ils n'avaient utilisé que quelques mois, avant de revenir à la première option – et qui pouvait être en proie à une crise d'angoisse subite si elle se réveillait et ne le voyait pas couché à côté d'elle.

Il apprit par cœur la fréquence des stations ; dans le noir, il bloquait l'aiguille du poste tout à droite et remontait les fréquences à la recherche des radios qui n'interrompaient pas leurs programmes la nuit, comme La Voix du Caire, RMC Moyen-Orient, même s'il les tenait pour partisanes du camp adverse, ou la BBC – peut-être allait-elle faire état d'un événement dramatique négligé ou censuré par les rédactions des radios locales, parce que n'entrant pas en adéquation avec leurs orientations politiques. Le matin, tandis que Margaret et lui dormaient encore, Nohad envoyait Bahiyya frapper à la porte de leur chambre pour récupérer le poste, le remettre à sa place sur le palier et monter le son, car elle n'avait pas l'esprit tranquille avec ces explosions qu'elle avait entendues au loin pendant toute la nuit. Et si quelqu'un, en passant à côté, se hasardait à changer la fréquence pour chercher une autre radio, Nohad lui criait dessus depuis l'endroit où elle se trouvait, afin qu'il la remettre sur sa position initiale :

— Ce n'est pas l'heure des chansonnettes !

Quand Jojo se mit à prédire quotidiennement que la guerre serait longue, puisque, selon les informations dont il disposait, les Américains n'avaient pas encore décidé de mettre un terme au conflit, attendant pour ce faire des développements plus graves dans la région ; quand tout le monde renonça finalement à suivre les actualités heure par heure, parce que les lignes de front semblaient appelées à perdurer éternellement, que les combattants de leur camp avaient déçu leurs espoirs en se cantonnant dans les rues qu'ils contrôlaient, seule Nohad continua à écouter la radio. Elle dialoguait avec elle, lui rendant coup pour coup. Qu'il fût fait mention du Mouvement national, elle s'insurgeait, déniant formellement cette épithète à ces gens qui n'étaient "rien que des traîtres", si bien que la personne assise à côté d'elle ne pouvait comprendre un mot de ce que disait le présentateur. Elle ne se taisait pas tant qu'il ne s'était pas tu. Si l'ennemi annonçait dans un communiqué qu'il avait infligé des "pertes directes au camp des isolationnistes", elle vociférait :

— Menteur !

Entendant un jour dans une dépêche que les forces des Mourabitoun* avaient précipité les gens qui défendaient l'hôtel *Holiday Inn* par les fenêtres du vingt-troisième étage, ne sachant trop quoi répondre, elle éteignit la radio et la jeta par terre. Les dialogues de Nohad avec les présentateurs furent le premier signe que, pour elle, la guerre était perdue. Puis vint un jour où la radio ne leur fut plus d'aucun secours pour se tenir au courant. Tout le monde, Nohad y compris, s'en désintéressa. Bahiyya la récupéra pour la mettre dans la cuisine, où elle lui tiendrait compagnie quand elle serait à son travail, debout devant l'évier ; et de là, elle migrerait définitivement dans la cave des Mani', où Abbas faisait quelquefois la sieste en musique.

XI

— *Khawéja* Réda !... le déjeuner !

C'était une voix d'homme. Dans la bouche d'une femme. De cette jeune femme qui était l'hôte d'Abbas et Bahiyya al-Mani' depuis une bonne semaine et dont Bahiyya prétendait qu'elle était la fille de sa tante maternelle, un lien de parenté beaucoup trop secondaire aux yeux des Arabes pour qu'elle fût en position d'en savoir très long sur son compte. Ces cousins vivaient à Beyrouth, où ils s'étaient paraît-il mêlés à des gens de la pire espèce et Bahiyya, s'il arrivait qu'elle les croise, les trouvait méconnaissables, tant dans leur tenue vestimentaire que dans leur façon de parler. Néanmoins elle n'avait pu refuser l'hospitalité à cette femme, ne pouvant décemment la laisser à la rue.

Cette voix hésitante, on ne l'avait encore jamais entendue ici, toutefois on pouvait reconnaître en elle le râle caractéristique des Mani', adultes comme enfants, et cet accent dont ils ne s'étaient jamais départis depuis qu'ils s'étaient sédentarisés, débarrassés de leur keffieh et mis à conduire des voitures. Une façon de parler qui permettait à elle seule de les identifier comme tels. Elle instaurait d'emblée une distance entre ces supposés nomades, en particulier leurs femmes, et les gens des villes et des villages libanais qui s'enorgueillissaient de n'avoir jamais quitté l'endroit où ils résidaient depuis des générations et qui, s'ils avaient traversé une colline pour s'installer dans une municipalité voisine, gardaient l'histoire et les causes de ce déménagement gravées dans leur mémoire : "Notre grand-père a tué un tel dans tel village et il a dû s'enfuir jusqu'ici avec ses enfants." Outre ce parler Mani', il y avait donc chez la cousine de Bahiyya, qui donnait de la voix pour la première fois depuis qu'elle avait été vue dans la maison d'Ayn Wardeh, ce signe distinctif supplémentaire qui, quoique les non-Arabes de sexe masculin fussent censés détourner leur regard et ne pas lui vouer le moindre intérêt, attirait forcément l'attention : une voix d'homme dans la bouche d'une femme. Une voix comme étrangère à cette svelte personne qui se tenait quelques jours auparavant sur la plus haute marche de l'escalier de la cave, faisant saliver les fils et les petits-fils de Hamad al-Mani' venus s'assembler sous le chêne pour la voir, et qui faisait mine de les ignorer en plongeant son regard dans le vide, par dédain à l'égard de ce genre de bonshommes. A l'entendre appeler l'occupant de la chambre, on comprenait sans mal pourquoi elle se montrait si avare en paroles, même devant les harcèlements continuels de Dounia.

Elle appela Réda et sa voix retentit dans l'atmosphère placide des alentours de la maison. Aucune rumeur ne s'élevait, nul éclat de voix dans le pré de derrière, nul chant d'exil dans le bâtiment en construction. On aurait dit un jour chômé, alors qu'on était lundi, le lundi tant attendu de l'éclipse de soleil que les informations annonçaient depuis plus d'une semaine. Habituellement ce jour-là, le pré n'était peuplé que par les sacs plastique et les bouteilles vides laissés par les promeneurs du dimanche. Même la circulation semblait interrompue sur la route.

Bahiyya lui avait certainement appris comment interpeller Réda de ces quatre mots seulement quand le matin même, avant de s'enfuir auprès des siens à Sebnaï en lui laissant la garde de la maison, elle lui avait confié la responsabilité du "levage" du déjeuner jusqu'à la fenêtre du haut. Affolée d'apprendre que le soleil allait s'éclipser, elle avait inauguré sa journée par des ululements. Elle était allée réveiller Abbas et les enfants aux aurores avant de sortir sa cousine du lit sans le moindre ménagement :

— Debout ma jolie, c'est la fin du monde !

Elle s'était mise à courir dans tous les sens pour préparer un ballot de vêtements et prendre deux galettes de pain, en ne s'arrêtant pas de baragouiner et de haleter :

— Ça y est, pauvres de nous, c'est la zizanie dans les planètes !... Sous les bombes, en pleine guerre, on s'est pas laissé démonter... mais là, le soleil qui devient tout noir... Allez Abbas ! Lève-toi, on s'en va, j'ai trop peur !... Je reste pas là. Emmène-nous à Sebnaï, tant qu'à faire, autant mourir en famille...

Elle n'avait pas laissé à Abbas le temps d'hésiter, ni même de comprendre la situation ; elle s'était dépêchée de préparer le déjeuner de Réda al-Baz et de charger sa cousine de le lui monter. Il fallait que quelqu'un reste là. Et comme la cousine n'avait pas manifesté de craintes particulières – d'ailleurs elle ne manifestait jamais rien –, Bahiyya avait décrété que ce serait elle qui resterait, à quoi cette dernière n'avait opposé aucune résistance. Mais quand Abbas les installa dans la Peugeot, Dounia, le petit Réda et elle-même, quand il mit le contact et que le moteur fit entendre son habituelle pétarade, elle l'arrêta pour dépêcher Dounia à la cave :

— Dis-lui qu'elle ferme bien la porte de l'intérieur... A double tour. Et qu'elle n'ouvre à personne... Qu'elle donne le déjeuner au *khawéja* Réda et qu'elle rentre à la cave illico...

Dounia se dirigea vers la cave tandis qu'Abbas appuyait sur la pédale d'accélérateur pour chauffer le moteur et se préparer à décoller en soulevant la poussière, comme il le faisait chaque matin lorsqu'il partait en tournée. La fillette portait sur le nez des lunettes bleues en plastique avec lesquelles elle pourrait observer l'éclipse de soleil ; elle les avait probablement trouvées dans le pré en furetant avec son frère parmi les détritus des promeneurs du dimanche. Sa mère la rappela en criant :

— Dounia !

— Quoi ?

— Qu'elle n'ouvre la porte à personne, d'accord ? dit-elle en levant machinalement les yeux vers la fenêtre de la chambre du coin, comme si à cet instant précis, bien qu'obnubilée par son idée de fuir l'éclipse, elle venait de s'aviser de la bévue qu'elle commettait en laissant sa cousine seule avec le *khawéja* Réda.

Bahiyya lui avait dit comment elle devait l'appeler, mais elle ne l'avait pas prévenue qu'il pourrait tarder à hisser la corde s'il était comme à son habitude occupé à une partie d'échecs, concentré sur le prochain coup – "sa vie se résume aux jeux d'échecs..." disait parfois Julia lorsque ses amis lui demandaient par pure jalousie pourquoi son second fils n'était toujours pas marié. Et c'est pourquoi, au bout d'une minute à peine, elle l'appela de nouveau :

— *Khawéja* Réda !... le déjeuner !

Cette relance n'eut toutefois rien d'insistant et ne manifestait pas la moindre impatience ; elle le rappela avec la même intonation et la même voix d'homme, comme si elle repassait un enregistrement de son premier appel. Elle se tenait à côté du panier de nourriture, avec sa robe couleur de vin. Peut-être n'en avait-elle jamais porté une autre depuis son arrivée à Ayn Wardeh ; peut-être était-ce la seule qu'elle avait apportée, le jour où, sans prévenir, elle était venue frapper à la porte de sa cousine.

— Comment tu as fait pour trouver la maison, tu étais déjà venue chez nous ?

Elle avait souri.

— Tu es venue avec qui ?

Elle avait continué à sourire.

— Comment va ma tante ? Comment va la famille et tout le clan ?

Elle avait continué à sourire. Et Bahiyya avait été sur le point de la gifler.

Ses cheveux étaient tirés en arrière et attachés avec un soin que ses semblables ne se donnaient généralement pas la peine de prendre. Il y avait dans la simplicité de sa mise et dans la pureté de ses traits une élégance et une grâce que l'on ne pouvait s'attendre à trouver associées à cette façon de parler hommasse – mais du reste assez courante dans la bouche des femmes du clan Mani', notamment chez les grandes fumeuses de tabac à rouler et chez ces matrones aux traits rudes toujours fagotées dans des vêtements aux coupes abracadabrantes et aux couleurs d'origines indécidables. Ce ton d'apostrophe, celui d'un homme sur le point d'en venir aux mains, jurait avec la féminité sans bornes qui émanait d'elle. Et qui donnait bien du souci à Bahiyya. Non pas pour sa cousine, pour Abbas en fait.

Elle se tenait là sans lever les yeux vers la fenêtre, comme si elle n'attendait plus rien de son second appel. Ce regard détaché du monde environnant, c'était le même que celui par lequel elle avait affronté les yeux enflammés des hommes du clan Mani', le jour où ils s'étaient rassemblés pour examiner son cas et s'assurer qu'elle n'avait pas fui dans la cave d'Abbas à Ayn Wardeh en raison d'une grossesse hors mariage, ainsi qu'ils avaient pu l'entendre.

Elle regardait probablement ce que Bahiyya lui avait fait mettre dans le panier : du riz aux haricots, deux œufs durs, du fromage de chèvre et du raisin rouge à peine mûr, à en juger par les taches claires qui parsemaient ses grains. Souvent, lorsqu'elle préparait les repas de Réda, en forçant la dose sur les accompagnements au détriment du plat de résistance, Bahiyya avait l'esprit à tout autre chose qu'à sa cuisine. Et aujourd'hui, elle était terrifiée par l'éclipse de soleil.

La jeune femme restait debout, complètement immobile. Elle aurait sans doute été capable de se tenir ainsi toute la journée, avec sa fine silhouette et sa robe décolletée, juste sous la fenêtre ouest. Soudain le panier se mit à monter, mais avec une lenteur extrême, comme si celui qui le hissait, Réda al-Baz en l'occurrence, avait voulu tromper l'attention de cette inconnue, ou comme s'il était trop occupé à observer la détentrice de cette voix incroyable, qui l'avait appelé, puis rappelé encore une fois – ce qui n'était pas dans les habitudes de Bahiyya et Dounia lorsqu'elles sacrifiaient à ce rituel singulier auquel il les astreignait deux fois par jour. Quand elle s'aperçut que le panier s'était mis en branle, la jeune femme tourna aussitôt les talons. C'est ce que

Bahiyya lui avait recommandé de faire : mettre les assiettes dans le panier ; attendre qu'il le hisse ; rentrer à la cave. Chose étrange, elle ne leva à aucun moment les yeux vers la fenêtre afin d'apercevoir ne serait-ce que furtivement celui qui avait mis le panier en mouvement, ou même de suivre l'ascension des assiettes jusqu'à l'étage, comme le faisaient Bahiyya ou Dounia, avec une insatiable curiosité, chaque fois qu'elles apportaient son repas au cadet de Francis al-Baz. Elle s'acquittait de cette tâche avec l'aisance et l'assurance de qui l'aurait accomplie des centaines de fois. Le fait est qu'elle connaissait par cœur les fantaisies dont les gens, et en particulier les hommes, pouvaient être capables.

Elle repartit vers la cave en cambrant son corps et en inclinant légèrement la tête. A chaque pas qu'elle faisait, ses pieds se frôlaient avec grâce et sa robe venait loger ses plis entre ses cuisses, épousant les formes de ses fesses un peu charnues en comparaison de sa taille gracile. Entretemps, le panier s'était encore ralenti dans son ascension, jusqu'à s'arrêter complètement un peu avant d'atteindre la fenêtre. La jeune femme arrivait vers l'escalier et allait rentrer à la cave quand la corde se relâcha. Le panier, retombant de toute sa hauteur, percuta le sol. Normalement, il n'y avait aucune raison pour qu'un choc se produise lors de la redescente, à moins qu'on ne défasse le nœud reliant la corde à la poignée métallique de la fenêtre et qu'on ne laisse intentionnellement choir le panier. Or cette fois-ci, les assiettes produisirent un tel fracas que la jeune femme, par une sorte de réflexe élémentaire, se retourna vers la source du bruit. La corde avait peut-être échappé des mains de Réda, tout au spectacle de cette silhouette féminine, ou alors il n'avait pas supporté son indifférence et s'était mis en tête d'attirer son attention par un effet de surprise, pour l'obliger à lever les yeux, elle qui – du moins était-ce ainsi qu'il voyait les choses – se l'interdisait volontairement.

La jeune femme revint ; à chacun de ses pas, les pans de sa robe se glissaient entre ses cuisses. Elle se rapprocha du panier et se pencha, faisant ressortir ses rondeurs et laissant sa poitrine jaillir sous le regard de l'occupant de la chambre, qui à cet instant était certainement derrière son rideau de dentelle en train de dévorer la scène. Elle voulut s'assurer que les assiettes ne s'étaient pas renversées et entreprit de les remettre en ordre. Et comme si rester la tête en bas la fatiguait, elle s'agenouilla et posa le panier sur ses genoux. Seuls les deux œufs durs étaient tombés de leur assiette, finissant leur course au fond du panier. La jeune femme les prit et les remit en place. Les courbes de son corps s'accusèrent et ses seins s'offrirent plus généreusement encore aux yeux qui la surplombaient.

Elle écarta les assiettes les unes des autres, les examina pendant quelques secondes et ses yeux scintillèrent comme si elle venait subitement d'avoir une illumination. Elle s'avisa qu'elle se trouvait présentement seule, que Bahiyya n'était plus là pour surveiller ses faits et gestes, qu'elle ne pourrait être trahie par les indiscrétions de Dounia et qu'en somme elle était libre d'enfreindre les commandements de son intraitable cousine : tu mets les assiettes dans le panier et tu cries "*khawéja* Réda le déjeuner", tu attends qu'il remonte le panier et tu retournes à la cave sans traîner en chemin, compris ? – entre toutes les injonctions qu'elle adressait à Dounia et à sa cousine, Bahiyya devait répéter "compris ?" au moins cent fois par jour. Plutôt que de lever les yeux vers la fenêtre, la jeune femme se retourna vers l'entrée de la cave et vers le chemin d'accès à la maison. Un grand calme régnait, à peine perturbé par le ronflement d'un vieux tacot qui luttait dans une côte, ou par ce qui semblait être le bruit d'un petit générateur électrique. Même la volée de pigeons avait déserté le ciel voisin, comme si elle avait profité de l'absence d'Abbas al-Mani' pour aller s'aventurer loin de la maison.

Désormais tranquillisée quant à son environnement, la jeune femme se pencha de nouveau sur le panier de nourriture qu'elle avait déposé sur ses genoux et colla ses seins contre la bordure en roseau, à un degré tout à fait superflu pour ce qu'elle était supposée faire. Elle prit la grappe de raisin rouge par la queue, la leva à hauteur de ses yeux et la fit tourner entre ses doigts pour s'assurer qu'elle n'avait pas pris la poussière lors de la chute. Le sourire avide qui illumine le visage des enfants devant une pâtisserie dont ils connaissent déjà la saveur et dont ils sont très friands se dessina sur ses lèvres. De l'autre main elle arracha la ramille supérieure, celle qui, une fois soustraite, ne trahirait pas le fait qu'une partie manquait. Elle remit le raisin dans son assiette et se redressa légèrement, décollant sa poitrine de la bordure du panier. Pendant tout ce temps, la corde resta immobile, comme si celui qui la tenait là-haut veillait à ne pas lui imprimer le moindre mouvement, de peur de compromettre le spectacle.

Elle cueillit un grain, hésita un peu, le porta à sa bouche en y mettant trois de ses doigts et, à l'instant où elle sentit son exquise saveur acide, une petite grimace de plaisir se dessina sur son visage. Elle prit un deuxième grain, un troisième, introduisant chaque fois ses doigts entre ses lèvres, lentement. Quand elle eut fini la ramille de raisin, elle enleva le panier de ses genoux pour le poser par terre et se redressa sur ses jambes. Il y avait une grâce et une légèreté incontestables dans sa manière de s'asseoir à même le sol puis de se relever sans s'appuyer sur ses mains. La jeune femme se tint de nouveau dans l'attente. La corde demeurait immobile et le panier ne bougeait toujours pas. Tant qu'il ne le remonterait pas, elle resterait ainsi, les seins pointés et le regard dans le vague. Il est fort probable qu'en cet instant de désœuvrement elle repensa à Bahiyya qui avait fui loin d'Ayn Wardeh, car elle leva la tête vers le soleil alors au zénith, ce qui l'obligea à fermer les paupières un moment, continuant certainement à regarder le disque solaire gravé sur sa rétine.

Comme son attente durait, elle jeta encore un œil sur les assiettes. Et comme si celui qui se tenait là-haut n'attendait que ce signal, le panier s'ébranla et la corde se remit à monter très lentement. Cette fois non plus, elle ne l'accompagnerait pas du regard. Elle s'était de toute évidence tracé une ligne au-dessus de laquelle elle ne lèverait pas les yeux.

Elle fit de nouveau demi-tour pour rentrer à la cave. Le vent joua avec sa robe, soulignant les rondeurs de ses fesses et le galbe de ses jambes, mais elle resta dans une attitude de repli sur soi, indifférente au monde alentour. Même lorsqu'elle parvint en haut de l'escalier, où elle aurait logiquement dû se tourner un peu pour entamer la descente des marches, elle garda le buste bien droit et le regard fixe. Le panier demeurait en suspens, comme si son destinataire voulait une dernière fois tester sa réaction. En vain. Elle arrêta bien un peu son attention sur le panier mais ne leva pas les yeux vers la fenêtre de cette chambre étrangère. Lentement, elle descendit l'escalier de la cave et quand sa tête crépue, avec sa petite couette soigneusement attachée, eut tout à fait disparu, le repas acheva son ascension et Réda al-Baz tendit la main pour le tirer avec sa corde à l'intérieur de sa chambre, en prenant tout son temps. Au lieu de le rentrer, il le posa sur le rebord de la fenêtre, sortit de nouveau la main à l'extérieur et souleva la grappe rouge en la faisant tourner entre ses doigts, exactement comme l'avait fait la belle Arabe, pour retrouver l'emplacement de la ramille arrachée. A cet instant, il entendit la porte de la cave se refermer et la grande clé tourner dans la serrure. Un tour, puis un autre. Exactement comme le lui avait prescrit Bahiyya. Réda prit le panier, le rentra dans la chambre et referma la fenêtre.

Mais avant que Réda al-Baz emporte les assiettes sur la table et qu'enfin il commence à manger, sa silhouette fantomatique demeura plusieurs minutes encore érigée derrière le rideau blanc. Peut-être continua-t-il à guetter l'entrée de la cave, même si rien ne venait troubler la tranquillité qui régnait devant la maison ; les petits tabourets et les coussins restaient à leurs places sous le chêne, où personne ne prenait l'ombre. Un calme rare. Seules quelques feuilles de tremble tombées sur le seuil se prêtaient aux jeux de la brise automnale. Brusquement, alors que le soleil se trouvait toujours dans la voûte céleste, le jour déclina. Il ne s'agissait pas de l'un de ces nuages passagers qui, aux premiers jours du printemps, jettent parfois sur les terres de grandes taches sombres en laissant à l'horizon toute sa clarté. C'était plutôt quelque chose comme un soir soudain s'étendant à perte de vue et recouvrant Beyrouth d'un voile d'ombre et de silence. Aucune voiture ne passait sur la route et aucun ouvrier n'entonnait sa monodie sur le chantier voisin. Les pigeons étaient partis au loin en décrivant leurs cercles dans la nuée et les passereaux de la colline aux trembles semblaient avoir perdu leurs petites langues.

XII

Avant de prendre son visage d'assaut et de proliférer soudainement au décès de Nadia, les taches blanchâtres apparurent d'abord aux extrémités de ses doigts, sur les pouces et les index. Du jour au lendemain, comme si date avait été prise. Des bandes étroites le long et un peu au-dessous des ongles, auxquelles Réda n'accorda que peu d'attention au début, même s'il les inspectait de temps à autre, quand à certains moments de la journée il repensait à ses mains. Le mal ne tarda pas à gagner ses dix doigts ; il se déclara d'abord autour des ongles, avant de progresser en remontant jusqu'à la première articulation. Aussi longtemps que ces taches blanches – ou ces dépigmentations de la peau, selon le diagnostic courant – restaient circonscrites sur le bout de ses doigts, Réda pouvait aisément les soustraire à la vue d'autrui. Il les escamotait en rentrant le pouce sous l'index, quitte à laisser celui qui s'apercevait de ces manières singulières incapable de déterminer s'il était ce faisant en train de se gratter ou d'exécuter un de ces exercices par lesquels les enfants se mesurent les uns aux autres aussitôt qu'ils se découvrent quelque habileté manuelle, collant par exemple l'index au majeur et l'annulaire à l'auriculaire, écartant les premiers des seconds et formant le V de la victoire pour mettre leurs petits congénères au défi de les imiter. Mais lorsque le mal gagna tous ses doigts sans exception, dissimuler son fait aux regards lui imposait une gymnastique d'un genre plus compliqué qui consistait à maintenir de façon assez ridicule ses poings continuellement serrés, comme s'il se tenait prêt à parer des coups.

Il s'habitua tant à dissimuler ses mains qu'il ne pouvait plus s'allonger sur son lit sans les glisser dans son pantalon, craignant peut-être de façon inconsciente que son secret ne soit découvert pendant son sommeil. Il en vint, lorsqu'il s'asseyait pour discuter, à croiser ses doigts sur son torse, rentrant les premières phalanges de sa main droite sous la paume de sa main gauche, et inversement, dans la posture de quelqu'un qui écoute attentivement son interlocuteur. Quand il restait debout, il se contentait de garder les mains dans le dos, à la manière de Napoléon Bonaparte tel que les peintres se plaisaient à le représenter dans leurs portraits à l'huile et tel qu'il apparaissait dans les films américains ; comme Soleiman Attiya aussi, quand ils allaient converser avec son père Francis al-Baz en faisant les cent pas entre le chêne et l'entrée extérieure, ou qu'ils se tenaient tous les deux dans l'or du couchant, sur la plus haute marche du perron, le premier chuchotant ses poèmes au second qui hochait complaisamment la tête après chaque rime – la courbe formée par leurs deux silhouettes efflanquées s'intercalant alors entre celles des deux arches choueirites, de part et d'autre de la façade.

S'agissant des salutations, il se mit à éviter les poignées de main, ce qu'il compensait par d'abondantes inclinations de la tête, en donnant l'impression de témoigner un respect démesuré à autrui. Tant par envie de fuir ses contemporains qu'en raison de ses journées très prises par ses rendez-vous avec Nadia, il commença aussi à se défaire des liens d'amitié qu'il avait gardés ici et là, se limitant au commerce de son partenaire d'échecs, ce professeur de mathématiques qui camouflait sa maigreur dans son éternel costume gris, se protégeait la tête des rayons du soleil avec un journal et riait sans cesse parce qu'il était mal à l'aise ou parce qu'il voulait égayer ses interlocuteurs, mais d'un rire qui paraissait toujours grinçant. Après la mort de Nadia Haddad, ce professeur de mathématiques continua à venir par intermittence à Ayn Wardeh, jusqu'au jour où Réda se cloîtra dans sa chambre.

Lorsqu'il disputait une partie d'échecs en public, son problème était de déplacer les pièces tout en gardant ses doigts repliés. Dans les longs moments de concentration qui précédaient chaque coup, il joignait ses paumes l'une contre l'autre et les logeait entre ses cuisses, ou s'asseyait tout simplement sur ses mains, comme il le faisait parfois ; et lorsqu'il se décidait à bouger un pion, il le poussait très vite en sortant sa main droite et en la remettant aussitôt à sa place. De même, il se mit à manquer aux déjeuners pour ne pas avoir à montrer les taches blanchâtres de ses doigts quand il tiendrait les couverts et pour ne pas se voir assailli de reproches. Il ne voulait pas vivre encore une scène comme celle qu'il avait subie un jour où, souffrant d'une douleur aiguë à l'épaule, il avait offert à Jojo une occasion toute trouvée de se moquer de lui – "mon frère se soigne par ses propres moyens, c'est bien connu, il est plus savant que tous les médecins réunis !" –, tandis que sa mère essayait de lui faire promettre qu'il descendrait le lendemain matin à l'Hôtel-Dieu, se proposant d'appeler à sa place leur ami le Dr Mou'rib pour lui décrocher un rendez-vous rapide. Le Dr Mou'rib que chez les Baz on appelait toujours "le médecin de Camille Chamoun", une formule qu'on reprenait chaque fois qu'il était question de lui, comme si elle faisait partie intégrante de ses titres professionnels.

Il pouvait cacher ses doigts à tout le monde sauf à Nadia. Dès qu'ils se rencontraient tous les deux, c'était par les mains qu'ils commençaient. Ils s'asseyaient en silence dans le coin d'un café, l'un de ces cafés que leur patron n'avait pas encore osé rénover, n'étant pas tout à fait certain que la guerre soit bien finie, comme on le disait : il s'y était déjà laissé prendre ; un beau jour, on avait dit de la même manière que la guerre était terminée ; il avait repeint, renouvelé le mobilier et s'en était mordu les doigts parce qu'au bout de quelques jours une roquette était tombée non loin en faisant voler les vitres en éclats et en détruisant tout. Nadia avait insisté pour qu'ils se donnent rendez-vous dans ce café-là, *Le Chalet*, malgré sa clientèle âgée qui jouait aux dominos, fumait paisiblement le narghilé et reluquait les gens dès qu'ils poussaient la porte en verre pour entrer. Un établissement jadis fréquenté par des gens de toutes sortes, où l'on servait semble-t-il à manger, mais qui avec le temps était devenu un simple café réservé aux vieux messieurs. La première fois, il lui demanda pourquoi elle l'avait amené là ; elle hésita un peu avant de répondre :

— Comme ça… tu ne trouves pas cet endroit charmant ?

Elle désigna le jardin extérieur et les pins tout autour de cet endroit pourtant situé dans un quartier encombré de hauts et tristes immeubles.

Guère convaincu, il lui reposa la question plusieurs fois, jusqu'à ce qu'elle lui révèle la raison :

— Ici, mon père faisait des infidélités à ma mère… Il donnait rendez-vous à sa maîtresse dans ce café. Ils s'installaient dans le coin là-bas, se faisaient servir une pleine table de mezzés* et bavardaient en buvant de l'arak*.

— Nous, on ne trompe personne, alors pourquoi veux-tu qu'on fasse comme ton père et son amie ?

— Qui sait ? dit-elle après un petit instant d'hésitation. Après tout, peut-être qu'on trompe quelqu'un. Quoi qu'on fasse, on trompe toujours quelqu'un.

Puis elle ajouta, plus sûre de son opinion :

— Prenons un exemple, celui que tu voudras…

Réda la relança sur le sujet qu'elle cherchait visiblement à fuir :

— Comment sais-tu qu'ils venaient s'asseoir ici, précisément à cette table ?

— Ma mère m'a amenée un jour pour me les montrer… Elle m'a arrêtée sur ce trottoir, là en face, à côté du petit magasin de jouets, en me disant : Regarde-le, regarde comme elle l'a ensorcelé… Elle était grande, le teint très clair, avec de longs cheveux bruns. Quand mon père était absent de la maison, la plupart du temps à vrai dire, on fouillait dans les poches de ses vestes, de ses pantalons, dans ses papiers, à la recherche d'une trace d'elle, une photo, une lettre, un ticket qu'elle lui aurait donné et qu'on aurait pu brûler dans l'espoir que ça suffirait à désenvoûter mon père. Ma mère reniflait ses chemises et même ses sous-vêtements, et quand elle sentait ne serait-ce qu'une légère exhalaison de parfum féminin, la moindre odeur étrangère, elle jetait les habits dans le tambour de la machine à laver et mettait une bonne dose de lessive pour les débarrasser de toute cette impureté. J'avais neuf ans. Je me suis mise à réfléchir en secret à un moyen qui nous permettrait, à ma mère et moi, de le sauver des griffes de cette femme ; dès que je posais la tête sur mon oreiller avant de dormir, je nous imaginais en train de l'attacher à un arbre dans la forêt où, à la nuit tombée, personne ne viendrait la sauver, ou de l'écraser avec la voiture que je conduisais, avec ma mère à côté de moi…

— Et il t'aimait ?

— Je suis sûre qu'il m'aimait. Je l'ai vu pleurer, je veux dire j'ai vu des larmes couler sur sa joue le jour où j'ai attrapé une fièvre dont le médecin a dit qu'elle était très sérieuse et dont je n'allais me remettre qu'au bout d'un mois entier. Il ne m'embrassait jamais et ne jouait pas avec moi. Il était colonel dans la gendarmerie et, à ma connaissance, il a toujours exercé ses fonctions dans les prisons. C'était quelqu'un de très compatissant avec les détenus, il leur montrait même de l'attachement. Une fois, avec mon frère, il nous a emmenés poser pour un peintre barbu à petites lunettes qui écopait d'une peine pour faux-monnayage ; mon père l'autorisait à peindre et les autres prisonniers se moquaient de lui, s'amusaient avec son matériel, lui cachaient son pinceau et ses couleurs et l'obligeaient à les peindre dans des positions obscènes. Mon père lui avait demandé de faire notre portrait. Il lui a apporté une photographie en couleurs représentant un moulin à eau sur une rivière ombragée par de grands platanes. Le prisonnier l'a reproduite en nous plaçant sur un vieux pont de bois traversant la rivière. Le tableau est toujours accroché chez nous.

— Et comment avez-vous sauvé ton père de cette femme ?

— On ne l'a pas sauvé…

— …

Généralement, c'était Nadia qui faisait le premier pas. Elle prenait sa paume entre ses mains, examinait ses longs doigts fins et parcourait de l'index le sillon de sa ligne de vie. Il essayait de refermer son poing et lui disait avec un sourire dans lequel il s'efforçait de mettre un peu d'autodérision qu'on ne verrait bientôt plus sa ligne de vie. Elle le faisait taire. Elle aimait observer ses doigts, prêtant une personnalité à chacun, en particulier à l'auriculaire, tout seul dans son coin, et au pouce, qui assumait bravement les plus rudes besognes. Réda cédait et rouvrait sa main. Ces deux personnes toujours collées l'une à l'autre, et comme coupées du monde, c'était un spectacle plutôt inhabituel dans cette ville qui sortait tout juste de la guerre, de toute cette guerre, et les vieux habitués du café, qui épiaient leurs moindres gestes d'un œil ébahi, se demandaient bien où ces deux-là allaient chercher toute cette passion, à être toujours en train de se murmurer des mots doux et de jouer comme ça avec leurs mains, à aller avec leur histoire d'amour par ces rues et ces quartiers où pendant de longues années on n'avait guère conçu d'autre dessein que celui d'assurer le ravitaillement en nourriture et en électricité ou d'échapper aux tueries. Leur amour faisait partie de ces luxes simples auxquels ceux qui avaient vécu tout ce temps avec la guerre ne se sentaient plus capables de s'abandonner. Peut-être réinstaurait-il tout bonnement la vie, cette vie qui un jour ou l'autre allait bien devoir renaître dans ces tristes quartiers. En attendant, Réda et Nadia sentaient bien que leur attitude avait quelque chose d'incongru. C'est sans doute pourquoi, au début de chacune de leurs rencontres, ils avaient l'impression de ne rien avoir à se dire et passaient le premier quart d'heure à s'exhorter mutuellement à la parole en se tenant par la main. Ils se perdaient un peu dans leurs pensées, chacun regardant ailleurs, dans sa propre direction, jusqu'à ce que Réda se lance.

Généralement, il commençait par balbutier quelques mots épars, puis, prenant de l'assurance en se disant que ces mots qu'il essayait d'aller puiser au fond de lui-même ne tomberaient pas dans des oreilles malintentionnées, il se laissait aller sans qu'il fût possible de l'arrêter. Il lui disait par exemple qu'il avait besoin de découper le temps en petits bouts et de le domestiquer pour qu'il passe sans encombre, qu'il préférait savoir à l'avance ce qu'il ferait le matin et où il irait le soir, qu'il n'arrivait pas à laisser faire le hasard, ne supportant pas d'ignorer de quoi seraient faits ses lendemains. Quiconque chez les Baz l'aurait alors entendu parler avec une telle volubilité se serait demandé, surpris, d'où Réda sortait tous ces mots. La présence de Nadia le stimulait. Il s'étonnait toujours qu'il y eût des gens pour régler leur vie sur une idée : accumuler de l'argent, éduquer ses enfants ou même faire le bien. Lui, quoi qu'il fasse, il se heurtait au temps nu… Il enviait ces gens qui prêtaient aux choses de la vie plus de sens qu'elles n'en avaient et qui entouraient chacun de leurs actes de tout un cérémonial, les femmes avec leurs parures, les rois avec leurs protocoles, les maîtres queux avec l'ordonnancement de leurs tables et leur service. Parfois, il s'efforçait de donner une consistance à sa vie par de petits rites délibérés qu'il accomplissait en se levant le matin, à l'heure où il rentrait dans sa chambre pour se coucher, quand il recevait un ami ou qu'il était à table. Mais, voyant son frêle ouvrage s'effriter entre ses doigts, il riait de son fait et se résignait finalement.

Il parlait et elle regardait ses doigts, effleurait ses ongles, caressait sa paume, comme si elle cherchait à remédier par la chaleur du toucher aux froides blancheurs de ses mains. Les confidences de Réda faisaient boule de neige. Un mot simple par-ci, une petite impression par-là, puis les choses s'enchaînaient, une idée appelant l'autre, jusqu'à ce qu'il lui fût impossible de s'arrêter, se retrouvant comme pris au piège de la parole. Soit Nadia devait l'interrompre, ce qui arrivait rarement puisqu'en pareil cas elle avait le sourire jusqu'aux oreilles, manifestement aux anges, soit il s'arrêtait de lui-même au milieu de son monologue. Le garçon de café venait à leur table vider le cendrier, et, plutôt que de reprendre le fil de son propos lorsque ce dernier s'éloignait, il préférait se réfugier dans le silence, sa main dans celle de Nadia. Il lui arrivait aussi de se perdre dans les méandres de sa pensée et de caler brusquement, auquel cas il buvait quelques gorgées de son verre d'eau et, finalement, demeurait coi. Nadia ne se départait pas pour autant de son sourire bienveillant et continuait à le contempler. C'était à lui qu'elle souriait, non à ce qu'il disait. Ainsi en allait-il entre son père et sa maîtresse. Comme sans doute entre tous les amants.

Lorsque les taches blanchâtres se propagèrent sur tous ses doigts et sur plusieurs zones de ses mains, au point de rendre vains tous ses efforts pour les dissimuler, Nadia lui prit rendez-vous chez un de ses lointains parents dermatologue, un peu excentrique à ce qu'elle disait, mais très compétent, et diplômé de l'université de Columbia.

— Laisse-le débiter ses grandes théories. Tu verras qu'à la fin il te donnera le médicament approprié. C'est la seule chose qui compte.

Les étagères de son cabinet étaient pleines de biographies et de Mémoires – Churchill, de Gaulle, Kissinger… –, de livres révélations sur les secrets des services de renseignements internationaux, d'ouvrages de dermatologie et de pharmacopée, le tout voisinant avec une maquette de la tour Eiffel et deux bouteilles de whiskies rares. D'entrée de jeu, il l'abreuva de grands discours sur les politiques secrètes des grandes puissances, "qui a tué le roi Fayçal ?", "qui a renversé le schah d'Iran ?", "qui a mis le feu au Liban ?", la vérité se trouvant naturellement très loin de ce que les lecteurs de la presse et les spectateurs des journaux télévisés pouvaient naïvement s'imaginer. Il le harcela ensuite de questions du type "qui est responsable du sida ?", le sourire silencieux de Réda l'obligeant à reformuler ses interrogations sur un mode plus explicite : "Qui gagne des milliards de dollars dans la recherche et dans la commercialisation des traitements de toutes ces maladies dont il ne se passe pas une année sans qu'on en découvre une nouvelle ?" En guise de réponse, il choisit une boîte d'antibiotiques sur son bureau et posa le doigt sur le nom de la société pharmaceutique internationale. Ces radotages avaient en fait quelque chose de rassurant puisqu'ils tendaient à situer la maladie sur un tout autre plan que celui du face-à-face tragique du malade avec son corps. Ils la déplaçaient sur un terrain régi par la volonté des hommes, par les machinations des individus et par les grandes conspirations, ce qui signifiait en somme qu'il restait possible d'y remédier, en théorie du moins. Et les mains que Réda avait ouvertes devant lui ne faisaient à son sens pas exception à la règle :

— C'est la guerre, mon cher monsieur ! déclara-t-il sans hésiter, connaissant cette maladie par cœur. Si vous saviez le nombre de gens qui présentent ce syndrome aujourd'hui à Beyrouth. J'aurais dû faire des statistiques pour les mettre en rapport avec les périodes d'intensification des affrontements…

— La guerre ?

— Bien sûr ! Vous n'avez pas vécu les événements ici, au Liban ?

— Si.

— Voilà !

Les taches blanchâtres sur les doigts de Réda lui apportaient une nouvelle preuve du fait que les patients n'étaient en rien responsables de leurs maladies. Le dermatologue, qui avait été interrompu, repartit de plus belle dans sa logorrhée. Il se lança cette fois dans des prospectives toutes personnelles au sujet des retombées de la guerre, prédisant que ses effets seraient désastreux pour la nouvelle génération, et plus encore pour celle qui était à venir. Puis il se mit à énumérer les maladies non répertoriées qui avaient surgi avec les affrontements. Des maladies de la peau, surtout. Mais soudain, comme s'il s'était rendu compte qu'il avait suffisamment fait attendre Réda, il se redressa, changea de ton et, pour s'acquitter au plus vite de ses obligations, déclara assez laconiquement que les taches blanches pourraient s'étendre à son visage, en particulier autour des yeux et de la bouche, et qu'il n'était pas exclu qu'elles gagnent aussi ses parties génitales : le mal dont il souffrait était imprévisible et la médecine n'avait pas encore découvert de traitement…

— Une maladie sur deux relève de facteurs psychologiques.

Le visage de Réda n'exprima rien qui pût indiquer son assentiment ; il lui faudrait beaucoup de temps et bien des preuves éclatantes avant d'accepter cette idée que le corps ne fonctionne pas indépendamment des états d'âme et des fluctuations psychologiques. Le médecin lui dit qu'il allait lui prescrire le médicament recommandé, mais que toutefois il avait la conviction que la maladie était "là", tapotant alors sur sa tête avec son index, quatre ou cinq fois de suite.

Le lendemain de sa consultation médicale, ils étaient assis avec Nadia dans le même café, à la table où son père officier en charge des prisons passait jadis ses soirées avec son ensorceleuse au teint clair, et tandis que Nadia lui tenait la main, parcourant de son doigt le sillon de sa ligne de vie pour l'encourager à parler, il lui déclara qu'il avait vu en rêve les taches blanchâtres gagner le reste son corps, s'insinuer jusqu'à son cœur et le terrasser.

XIII

La maison a commencé à changer au début des années 1940, après le mariage de Francis avec une femme beaucoup plus jeune que lui. A cause de la guerre, les Baz ne furent pas en mesure de célébrer l'événement avec le faste dont ils avaient rêvé depuis des années et, pour couronner le tout, leur ami haut-commissaire de la République française ne put assister aux noces, ayant été rappelé à Paris par le gouvernement de Vichy qui voulait l'interroger à la suite de plusieurs rapports faisant mention de ses sympathies actives pour de Gaulle et la France libre. La jeune mariée, Julia, fille unique éduquée à l'école des sœurs de la Charité de Besançon, avait des idées et une personnalité bien à elle. Lesquelles ne plaisaient guère à Nohad.

— Nous, c'est à l'ancienne que nous aimons vivre. Ce que vous voyez là, ce sont les goûts de la maison Aractinji ! disait-elle en visant la jeune épouse de son frère et en pinçant ses lèvres fines pour insister avec mépris sur le nom Aractinji.

Elle répondait ainsi à ses invités qui lui demandaient ce qu'ils avaient changé dans le salon, avant de s'apercevoir par exemple que les doubles rideaux avaient été remplacés par une fine étoffe à travers laquelle on pouvait voir les trembles de la petite colline d'en face. Nohad eut à cette époque des mots cruels à l'égard de sa belle-sœur qui était la première femme étrangère à s'installer dans la maison. Elle la brocardait devant ses amis qui s'empressaient d'aller raconter comment Julia, lorsqu'elle disait à tout le monde que son parrain était l'amiral de la marine française Michel Deville, omettait toujours de préciser que ce dernier était l'amant de sa mère et qu'il la retrouvait dès que son père, très occupé par son trafic de pneumatiques et d'or entre le Liban et la Palestine, avait le dos tourné.

— Quand la nouvelle se répandait dans Beyrouth que la flotte française, commandée par Michel Deville, avait jeté l'ancre au port, les mauvaises langues disaient : Tiens, Khalil Aractinji a dû descendre à Jérusalem.

Toute femme qui entrait dans la famille Baz avait maille à partir avec Nohad. Même le passage éclair de Nadia ne se ferait pas sans histoires.

Julia, "la fille Aractinji", affirmait pour sa part qu'amener une idée nouvelle dans la maison lui avait chaque fois coûté une bataille. Des querelles, des cris, des pleurs – les siens naturellement – et la médiation des amis et de l'entourage pour réconcilier les membres de la famille.

— Au tout début, quand je suis arrivée à Ayn Wardeh, je n'osais pas faire grand-chose, j'avais peur d'eux... disait-elle en parlant toujours "d'eux", même si elle n'avait jamais eu que Nohad à affronter. Je faisais discrètement glisser le paravent d'un mètre sur la droite ou sur la gauche, je descendais le tapis mural de l'étage au rez-de-chaussée... Et le jour même, ou tout au plus le lendemain matin, je trouvais chaque élément du mobilier revenu à sa place.

A force de temps et de persévérance, elle put finalement mener son entreprise à bien, à tel point que les photographies remontant aux années 1920 et 1930 donnèrent l'impression d'avoir été prises dans une tout autre maison que celle où Jojo, Réda et Sarah avaient vu le jour.

Margaret aussi tenta de réaménager un peu la maison. Mais Nohad était toujours là qui veillait :

— Voilà que l'Autrichienne s'en mêle aussi !

Margaret était arrivée en des temps difficiles. Au temps de Jojo et de ses projets pour lesquels il ne trouvait pas de financements. Elle commit un jour un écart de langage, tenant entre l'allemand et le français des propos auxquels on crut comprendre que la maison manquait de "caractère". Elle faisait référence à la porte d'entrée et aux canapés assez quelconques qui meublaient le salon. Nohad crut devenir folle et pendant une semaine entière, quel que soit le tour pris par leurs discussions, elle remit sans cesse la question du "caractère" sur le tapis, que ce soit en ironisant sur "la fermeté de caractère des Autrichiens que Hitler n'avait pas mis une demi-heure à envahir", ou en faisant allusion au "faible caractère" de Jojo qui leur avait ramené cette étrangère simplement parce que l'adage disait "Européen, numéro un"... Nohad avait accordé un délai à Margaret. Trois ans, et même plus si nécessaire. Le temps qu'elle leur donne un fils. Elle ne lui demandait rien de plus que de se ménager et de prendre soin de sa santé. Toute la maisonnée se mit aux petits soins pour elle et guetta avec impatience les premiers signes de la grossesse. Qu'elle se plaignît d'un mal de dos, on se réjouissait ; qu'elle eût la nausée, on poussait des alléluias. Jusqu'au jour où, effectivement, ses règles tardèrent. La nouvelle donna lieu à un beau remue-ménage dans la maison Baz, mais au bout du troisième mois Margaret fit une fausse couche et dut subir un curetage. Pour sa deuxième grossesse, son gynécologue lui prescrivit un repos absolu. Nohad se mit à la servir, à lui apporter son repas et à lui tenir compagnie afin qu'elle ne s'ennuie pas trop à rester alitée. Mais au même stade elle fit de nouveau une fausse couche et le médecin invita Jojo à se soumettre à un examen. Jojo, que cette idée n'enchantait guère, atermoya, avec le soutien de Nohad qui ne voyait aucune nécessité à cela :

— Jusqu'à preuve du contraire, ce sont les femmes qui portent les enfants… Le problème vient forcément d'elle.

Le médecin leur conseilla alors de ne pas renouveler leurs tentatives.

Margaret se retira dans sa chambre, à elle et à Jojo, gratta les murs pour rendre la pierre de grès apparente et se mit à orner la pièce de tout ce qui lui tombait sous la main : pierres taillées ; poissons fossilisés ; sculptures ; simples cailloux aux formes insolites ramassés dans la nature ; bustes prétendument romains, dont elle savait qu'ils étaient des faux ; fragments de marbre coloré et petites poteries qu'on lui avait vendues pour d'authentiques antiquités phéniciennes, naturellement à un prix exorbitant.

La chambre de Nohad était quant à elle une sorte de grande penderie. Depuis trente ans, elle ne jetait jamais une robe, même défraîchie ; elle accumulait et accumulait, achetait et ne portait pas ce qu'elle achetait, préférant remiser son bien dans l'attente du jour de ses noces, même si aucun prétendant ne se profilait jamais à l'horizon. Elle s'était procuré un vieux modèle de chez Singer qu'elle avait mis dans sa chambre et qui lui servait de temps en temps à coudre ou à faire des ourlets. Toute cette montagne de tissus pour couvrir la nudité d'une femme qui n'avait jamais passé la barre des cinquante kilos ! Dans la chambre de Réda, il y avait en tout et pour tout un lit, une bibliothèque, deux tables basses et deux échiquiers dont les pièces restaient jour et nuit prêtes à engager une nouvelle partie. Un vrai ascète, Réda. Et si les papiers ou les journaux commençaient à s'empiler, d'un seul coup il les prenait et les jetait. La chambre de Sarah avait été réaménagée par Jojo quand elle s'était mariée et avait quitté la maison ; il en avait fait sa salle d'armes, en la décorant de cartes sur lesquelles il avait reproduit à la main les projets de partage du Liban en deux ou trois cantons, voire quatre selon les développements militaires (la Bekaa et l'Akkar à la Syrie, le Mont-Liban aux chrétiens, Beyrouth à part, et le Sud aux chiites... à supposer qu'Israël ne l'occupe pas). La chambre de Julia, depuis le décès de son mari Francis al-Baz, arborait sur ses murs une série de photographies qui, de droite à gauche en partant de la porte, retraçaient les grands épisodes de sa vie, depuis ce dimanche des Rameaux où on la voit soulevée par toute une foule de gens, tenant un cierge plus grand qu'elle à la main ; fondant en larmes à la nouvelle de sa nomination au titre de Miss Liban 1940, vêtue d'un costume marin ; lors de ses noces, appuyant sa tête contre celle de Francis al-Baz ; et pour finir un portrait de son fils cadet Réda, debout à l'extérieur avec une cigarette à la bouche, en train de contempler la mer au loin. Déjà.

Tout le monde prit l'habitude de fermer sa chambre à double tour en la quittant et de garder la clé sur lui, si ce n'est Nohad qui craignait de la perdre, et qui donc, une fois sa porte verrouillée, se hissait sur la pointe des pieds pour la mettre dans une cache secrète au-dessus du linteau. Les pièces communes, les escaliers, le balcon, l'entrée et le jardin restaient à l'abandon, tout au plus servaient-ils à accueillir les visiteurs non accoutumés, qui se faisaient d'ailleurs de plus en plus rares. Soleiman Attiya n'hésitait pas à monter tout droit dans la chambre de Nohad pour lui déclamer les poèmes qu'il avait écrits en français pendant qu'elle examinait son tarot en gardant sa bouillotte sur son estomac. Les amis de Jojo ne se réunissaient jamais ailleurs que dans la salle d'armes, où ils ne s'ennuyaient pas un instant entre leurs plans de guerre perpétuels et leurs projets fumeux de créations de sociétés commerciales pour lesquelles ils n'arrivaient pas à se mettre d'accord sur l'apport de capital et la répartition des parts, et pour lesquelles ils trouvaient des noms avant même de s'être entendus sur ce qu'ils voulaient acheter et vendre. Le professeur de mathématiques, qui portait hiver comme été le même costume gris foncé, passait chaque fois la porte d'entrée en saluant d'un signe de la main ceux qu'il trouvait au rez-de-chaussée ; et s'il jugeait nécessaire de solliciter auprès de quelqu'un la permission de monter, il s'arrêtait un peu, regardait à gauche et à droite, comme s'il se trouvait à une intersection, se contentait de sourire en ouvrant les paumes pour s'excuser, puis grimpait les marches d'un pas leste jurant un peu avec la gravité et l'intellectualité qui se dégageaient de son visage. Il arrivait parfois qu'une des épouses autrichiennes se rende à Ayn Wardeh, auquel cas celle-ci ne descendait pas de sa voiture, préférant envoyer quelqu'un appeler Margaret pour qu'elle vienne faire un petit tour avec elle sur les routes, histoire de reprendre leurs gazouillis en allemand, et rien qu'en allemand, ou alors, si elles n'avaient pas le temps d'aller se promener, pour rester à bavarder un peu sous les arcatures de l'entrée, Margaret ne l'invitant pas à l'intérieur et son amie ne s'attendant pas qu'elle le fasse.

Dès qu'elle en avait le temps, Bahiyya passait le balai et faisait le ménage, sans quoi les pièces et les escaliers de la maison restaient dans un triste état. Le canapé du salon expulsait un gros nuage de poussière lorsque quelqu'un s'aventurait à taper dessus avant de s'asseoir. Quand le temps était pluvieux, la boue traînée sous les pieds recouvrait le sol et ce qu'il restait du tapis, un produit bon marché fabriqué en Belgique qu'il n'avait dit à personne de tirer jusqu'à sa chambre. En période de sécheresse, les plantations réparties aux fenêtres et devant les entrées ne s'abreuvaient que si Margaret se prenait de pitié pour elles pendant ses quarts d'heure de déprime.

Les bégonias qui continuaient malgré la soif à chatoyer de tous les tons du rouge et du rose dans les pots alignés sur le rebord des fenêtres ; la collection de gravures représentant les villes et les communes du littoral libanais avec certains des métiers traditionnels pour lesquels elles étaient réputées, comme celui de fabricant de tarbouches et celui de vendeur d'eau ambulant, tels que les peintres orientalistes du XIXe siècle avaient pu les observer dans les rues de Beyrouth (une collection que Francis al-Baz avait acquise chez un vieux bouquiniste des quais de Seine lors d'un de ses voyages à Paris et qui depuis ornait le bas des escaliers intérieurs) ; les sabres anciens ; les escopettes suspendues au mur du salon, que le curé de la paroisse d'Ayn Wardeh avait empruntées pour les besoins d'une pièce de théâtre retraçant l'histoire de l'émir Béchir et d'Ibrahim

Pacha l'Egyptien et qu'il avait longtemps tardé à restituer ; toutes ces choses allaient peu à peu migrer vers les chambres.

A cette époque-là, Sarah leur fit parvenir un message dans lequel elle déclarait renoncer à sa part de l'héritage paternel (et être prête à appeler le notaire à ce sujet, parce que pour sa part tout allait pour le mieux, son mari ingénieur, qui travaillait au Koweït, ayant créé son entreprise). A une seule condition : qu'on lui donne le piano. Ils tinrent donc une réunion pendant laquelle Julia, privée de voir son unique fille, versa une larme, et décidèrent d'accepter. Ils lui expédièrent le piano, en oubliant de joindre le tabouret recouvert de velours bleu marine, qui resta comme un élément dépareillé et dissonant au milieu des autres meubles. On le donnerait finalement aux Mani' chez qui il ne tarderait pas à être recyclé en petit bois.

A la fin de la guerre, la maison semblait tombée en déshérence, et lorsqu'il arrivait que ses habitants se réunissent dans le salon, où la peinture des murs se craquelait sous l'effet des infiltrations d'eau, ce n'était guère que pour se lancer dans des jérémiades. Julia se plaignait de ses rhumatismes qui la faisaient souffrir, ou du temps, trop chaud ou trop froid ; Margaret de l'absence de signalisation sur les routes, ce qui lui valait sans cesse d'emprunter des sens interdits et de s'exposer à un accrochage, Margaret qui demandait pourquoi on n'utilisait pas les transports en commun au Liban et qui n'obtenait en guise de réponse qu'un soupir fusant ici ou là. Réda ne disait mot. Depuis qu'il était petit, il ne disait mot. Jojo ouvrait à pleines pages son journal, *L'Orient*, car il n'accordait aucun crédit à la presse arabophone. Il en lisait tout au plus un paragraphe mais persistait malgré cela à l'acheter chaque jour, s'énervant quand il ne restait pas d'exemplaire à la librairie où il avait l'habitude d'aller se procurer des romans policiers – et de se plaindre de cette époque où les gens négligeaient la lecture, petit propos routinier qu'il échangeait chaque fois, et toujours en français, avec la libraire. Il ne tardait jamais à le jeter à côté de lui, voyant ses doigts noircis au contact de son encre et de son papier "de plus en plus bon marché", comme il disait. Alors il passait directement à sa sempiternelle conclusion :

— La meilleure chose à faire, ce serait de quitter ce pays !

… Parce que les voitures vétustes et les camelots devenaient chaque jour plus nombreux dans les rues, que c'en était désespérant, comme le spectacle des nouveaux riches qui envahissaient les restaurants chic avec leurs rires tapageurs et "sans-gêne", parce que les salles de cinéma de la rue Al-Hamra fermaient les unes après les autres et que le port du voile se répandait de plus en plus chez les femmes. Se plaindre n'était pas une pratique nouvelle chez les Baz, qui depuis de longues années suivaient de près les signes annonciateurs de leur ruine. Ils les avaient vus s'enchaîner sans interruption depuis cette date où leur grand-père Youssef al-Baz avait écrit dans son journal : "Le départ des autorités françaises restera dans l'histoire de notre pays comme un jour funeste, celui qui aura marqué le début de la fin" ; puis, plus tard, avec son fils Francis, qui tenait Abd al-Hamid al-Sarraj* comme le grand responsable de leur déchéance, pour avoir envoyé de Syrie les armes nécessaires aux insurgés de 1958 inféodés au "bekbachi* Gamal Abdel Nasser", ainsi qu'il s'entêtait à l'appeler en refusant de lui accorder tout avancement militaire ou politique ; avec Nohad aussi, qui se répandait en invectives contre Fouad Chehab*, “un officier qui dirige le pays, ce n'est pas aberrant ?”. Nohad que les tirs matutinaux de 155 mm, pendant la dernière guerre, réveillaient terrifiée, qui se levait alors pour se tenir en chemise de nuit à la porte de sa chambre, l'œil droit comme chaque matin tuméfié par une allergie dont le médecin n'était pas parvenu à identifier l'origine, et qui se contentait d'un hochement de tête et d'un grommellement pour faire comprendre que tout ce qui arrivait n'était que la confirmation de ce qu'elle craignait depuis longtemps, “que nous soyons à nouveau victimes de la cupidité des Etats voisins”, et pour certifier que cette fois-ci “ce serait la bonne”. Les visiteurs qui montaient de Beyrouth après le lancement des projets de reconstruction, un peu plus tard, étaient bien mal inspirés de faire part aux Baz assemblés de leur enthousiasme pour les restaurations des monuments anciens de la rue Allenby et de leur émerveillement au spectacle des vieux sérails qui recouvraient leur lustre d'antan. Ils se voyaient alors interrompus et pris sous le feu des contestations :

— Ils ne font que piller Beyrouth !

Ou encore, les Baz se ralliant de manière aussi radicale qu'inattendue au parti des pauvres :

— Ils ont chassé les petits commerçants de leurs boutiques, où ils travaillaient sans se faire remarquer… Mais aujourd'hui, ces boutiques, qui va bien pouvoir les racheter, sinon les émirs saoudiens ?

Interdiction absolue de dire qu'on pouvait désormais sortir le soir et se promener sans crainte jusqu'à une heure avancée, ou que des restaurants et des boîtes de nuit à la mode ouvraient leurs portes à Jounieh. Il n'était de même pas très recommandé d'affirmer que l'aéroport international de Beyrouth était redevenu propre et qu'on y avait installé des tableaux d'affichage électroniques indiquant les arrivées et les départs comme à l'aéroport d'Orly. Il restait très déconseillé de se réjouir du fait que la commission du Festival de Baalbek se réunissait à nouveau pour reprogrammer des concerts dans le temple de Bacchus et qu'elle avait d'ores et déjà contacté Plácido Domingo pour la soirée d'inauguration.

Ils se retrouvaient, se plaignaient et se séparaient vite pour éviter les disputes ; celles-ci ne tardant jamais à éclater si la conversation se prolongeait outre mesure. Comme la vaisselle en porcelaine de Chine qu'il vaut mieux ranger en veillant à ce que les assiettes et les verres soient tous enveloppés séparément dans un papier journal et ne se touchent pas si l'on veut éviter la casse. Malgré la retenue de chacun, on se disputait. On s'accrochait un peu sur la politique, beaucoup sur ce qui touchait aux questions de la maison. La mainmorte familiale restait leur grande calamité. Le départ à la retraite de Saada, leur cuisinière, avait constitué pour eux un test assez révélateur. Pour la première fois, il était clairement apparu que tout le monde déployait tous ses efforts pour provoquer la discorde et que les moments de paix qui régnaient parfois entre eux n'étaient que des trêves bien nécessaires dans les clabaudages qui rythmaient leur quotidien et donnaient un sens à leurs vies ; s'ils se trouvaient à court sur tel sujet, ils ne tardaient jamais à relancer les hostilités sur tel autre. Le jour où ils furent contraints de rechercher une nouvelle cuisinière, l'une des femmes de la maison commença à dire :

— Moi, je ne mange pas... Je suis un régime rigoureux.

Une autre :

— Je n'ai besoin de personne pour me faire la cuisine, je me débrouille toute seule.

Réda, lui, ne disait rien.

Ce qui ne les empêcha pas de manger chaque jour ce que Bahiyya préparait de ses mains – sans naturellement se faire rétribuer –, se sentant toutefois tenus de prétendre devant les invités, y compris devant les plus familiers de la maison, comme Soleiman Attiya, qu'ils cherchaient une nouvelle cuisinière. Dès qu'ils se retrouvaient seuls, ils se disputaient à propos de la réfection de la toiture dont certaines tuiles étaient cassées, leur faisant tomber toutes les eaux du ciel sur la tête à la moindre averse. Qui leur trouverait l'artisan ? Qui commanderait les tuiles ? Qui paierait la facture et combien tout cela coûterait ? Ils ne parvenaient même pas à s'entendre sur le partage de la note d'électricité, ce qui obligeait le receveur à revenir plusieurs fois pour les trouver tous là et leur faire prendre honte. Et lorsque l'Etat se décida à collecter les factures de téléphone, ils se querellèrent comme d'habitude sur le paiement :

— Moi, je ne téléphone jamais et personne ne me téléphone.

Ou, en visant explicitement Réda :

— Que celui qui passe des heures à échanger des mots d'amour les paie, lui...

Pour régler la question, ils finirent par installer un compteur à pièces sur le téléphone du salon.

XIV

"Des soucis en veux-tu en voilà !" se plaisait à répéter Bahiyya sur tous les tons tandis qu'elle s'affairait à la cuisine, en ne s'arrêtant pas une minute de crier sur les enfants et de rappeler à Abbas ce qu'il devait faire dans le voisinage, apporter une bonbonne de gaz chez un tel ou déposer chez tel autre une livre de *qarisha**.

"Allez, mon grand gaillard, debout ! Si on veut vivre, il faut travailler..." lui disait-elle lorsqu'elle le voyait assis en train de rouler une cigarette, visiblement peu concerné par l'épopée quotidienne qu'elle menait de l'intérieur de la cave au pré de derrière, en passant par l'entrée et par l'indécrassable salon qui, depuis qu'il faisait office de pigeonnier, répandait une odeur abominable dans tout le rez-de-chaussée. Une guerre sans répit, à l'horizon de laquelle Bahiyya n'entrevoyait pas la lueur d'un salut, l'arrivée de sa cousine lui ayant même ouvert un nouveau front. Depuis, sans s'en rendre compte, Bahiyya ne supportait plus de voir Abbas dans leurs pattes.

— On n'a plus de café, allez, lève-toi, va nous en chercher à la boutique...

— Et celui que j'ai rapporté hier, vous l'avez déjà fini ?

— Bon, alors on a besoin de riz, allez, lève-toi...

Il se levait. Et parce qu'elle craignait qu'il ne revienne trop vite, la boutique se trouvant tout près, en descendant sur la route, elle lui rappelait qu'il devait passer chez son frère, s'assurant par là qu'il resterait au moins deux heures loin de la maison et de sa cousine. Quelques jours plus tôt, en effet, Khodr l'avait fait mander par l'un de ses fils, l'un des moustachus de qui il s'était fait accompagner à la dernière assemblée du clan Mani' à Ayn Wardeh. Une fois le message transmis à Bahiyya, le jeune homme était resté planté là à promener ses yeux dans tous les coins, jusqu'au moment où elle s'était enhardie à l'interroger :

— Qu'est-ce que tu attends comme ça ?

Comme il souriait et ne répondait pas, elle avait enfoncé le clou :

— Si c'est ma cousine que tu cherches, je lui ai interdit de sortir de la cave…

Il s'en était allé mort de honte.

Parce que, après Dounia et le petit Réda, elle ne pouvait plus avoir d'enfants, Bahiyya n'était plus très en confiance à l'égard d'Abbas. Sa belle-famille lui avait fait entendre des mots cruels, encourageant ouvertement son mari à prendre une seconde femme et lui défendant par son intermédiaire de se rendre chez le gynécologue que *sitt* Julia l'avait convaincue d'aller consulter. Sur cette question encore, ils avaient tenu une assemblée extraordinaire du genre de celle qui les avait réunis pour statuer sur le sort de la cousine.

— Nos femmes ne sont pas des jouets et il est hors de question que les médecins aillent les toucher, c'est tout.

Ils s'indignaient ostensiblement de la situation dans laquelle se trouvait Abbas, en dénombrant tous les enfants que ses frères avaient eus, et soupçonnaient secrètement Bahiyya de se limiter à deux enfants par simple caprice ou, dans le meilleur des cas, pour avoir trop côtoyé les Baz.

— A force de fréquenter les *khawéja*...

Elle ne se souciait guère de tout ce qu'on pouvait dire d'elle. Seulement, elle avait certaines craintes au sujet d'Abbas. Peur qu'il ne puisse sérieusement penser à prendre une seconde femme. S'il me fait ça, je jure que je prends mes affaires et que je m'en vais ! Le jour où elle ouvrit la porte et trouva sa cousine face à elle, avec une petite valise qui devait à peine contenir un vêtement de rechange, Bahiyya, avant même de lui demander ce qui l'amenait à Ayn Wardeh, se mit à lui tâter la poitrine en lui tirant à moitié sur les mamelles, à considérer sa grande taille et à lui demander de se tourner pour examiner son postérieur en poussant de grands cris d'étonnement :

— J'en crois pas mes yeux, comme tu as grandi ! Ma parole, c'est que tu es devenue une femme !

La féminité débordante de sa jeune cousine fut la première chose qui retint son attention. Et quand, en devant presque user de la contrainte, Bahiyya réussit à la faire parler, elle comprit à son langage nonchalant et à ses regards qui, même entre les quatre murs de la cave, paraissaient toujours plongés dans le lointain, que la jeune femme s'était sauvée du foyer familial et qu'à part elle elle n'avait personne chez qui aller. Bahiyya réalisa sur-le-champ qu'elle allait s'installer dans la maison en faisant de sa vie un véritable casse-tête. Depuis, elle ne la lâchait pas d'une semelle et surveillait chacun de ses faits et gestes, en accordant une attention particulière à sa manière de s'asseoir. Si elle s'apercevait qu'en croisant ses jambes sa cousine avait laissé par inadvertance sa jupe remonter au niveau de son genou – comme Bahiyya devait s'en rendre compte, la jeune femme ne cherchait sans doute pas délibérément à aguicher les hommes, même si elle n'était certainement pas sans savoir que le moindre mouvement de sa part suffisait à attirer leurs yeux sur elle –, elle lui demandait de couvrir ses cuisses ; et si celle-ci tardait à s'exécuter, elle tirait sur l'extrémité de sa jupe pour la redescendre de vive force jusqu'à sa cheville ; la cousine éclatait alors de rire comme si Bahiyya, en l'effleurant, l'avait chatouillée au point de lui faire perdre toute maîtrise d'elle-même. Bahiyya la regardait, n'en croyant pas ses yeux. Tout comme Abbas "le raté", qui la lorgnait sans vergogne. Elle l'avait cachée chez eux et par sa faute elle ne fermait presque plus l'œil de la nuit. Elle avait eu beau lui assigner un coin de la cave, lui installer un matelas en mousse par terre, planter des clous dans le mur et tendre un rideau pour l'isoler des regards, pour autant, elle ne s'en était pas trouvée plus rassurée. Son sommeil restait des plus légers ; elle craignait qu'Abbas ne se glisse subrepticement jusqu'au coin où "cette maudite fille" dormait à moitié nue, par ce froid contre lequel elle l'avait pourtant mise en garde plus d'une fois. Dès qu'elle percevait la moindre agitation dans la nuit, un toussotement, un miaulement, elle se levait en sursaut et hurlait :

— Abbas ! Où tu es Abbas ?!

La jeune femme pouffait derrière son rideau et Dounia, qui dormait tout contre le mur, se retournait dans son sommeil. Bahiyya ne retrouvait pas sa tranquillité et ne se recouchait pas tant qu'elle n'avait pas agrippé Abbas par la tête ou par le bras et qu'elle ne l'avait pas entendu grommeler et ronchonner à ses cris, ce qui lui permettait de s'assurer qu'il était bien en train de dormir à sa place. La "maudite fille" aimait prendre des bains. Une fois tous les deux jours et, lorsqu'elle consentait à se refréner pour ne pas fâcher Bahiyya, deux fois par semaine. Elle faisait chauffer l'eau, puis la mettait à tiédir dans la grande bassine de cuivre qui servait jadis aux bains des Baz et que Margaret n'avait pas voulu descendre dans leur appartement de la rue Abdel-Wahhab-el-Inglizi, faute de place. Bahiyya s'alarmait et la poussait aussitôt derrière le rideau. Là, la jeune femme retirait ses vêtements et commençait à se savonner encore et encore avant de se rincer en s'asseyant sur un petit tabouret en bois et en versant de l'eau sur son corps avec un godet. Aussi longtemps que durait cette cérémonie du bain, Bahiyya cessait de courir dans tous les sens pour monter la garde à l'entrée de la cave, de peur qu'Abbas n'arrive précisément à cet instant critique. Elle se mettait en faction devant la porte, armée du balai à long manche qu'elle utilisait depuis que son petit balai en paille lui cassait le dos, et gargouillait des récriminations :

— Elle se prend pour qui ?… Il faut aussi qu'elle me fasse attendre… *Sitt* Nohad passait un savon entier à chaque bain et elle mettait deux fois moins de temps… Qu'est-ce que j'ai fait au bon Dieu pour qu'il m'envoie cette fille-là ?

Quand sa patience était à bout, elle entrebâillait la porte de la cave et lui criait :

— Allez ma belle, ça suffit, j'ai autre chose à faire… Il faut que j'aille faire à manger !

Elle avait bien essayé de l'impressionner en lui disant tantôt que prendre des bains sans modération nuisait à sa santé, tantôt que la cave n'était pas un endroit très sûr, qu'elle devait veiller à toujours rester présentable parce qu'il y avait peut-être, à ce qu'on disait, un trou quelque part dans le plafond et que du niveau supérieur quelqu'un pouvait voir tout ce qui se passait dans la cave. Et Bahiyya d'ajouter, toujours pour lui faire peur, que parfois, en particulier quand elle se trouvait seule, elle se sentait observée. Mais contre toute attente la jeune femme ne parut pas outre mesure effrayée ; au contraire, elle se mit à scruter les voûtes de la cave et les nombreuses brèches qui sillonnaient le plafond dans l'espoir de découvrir cette ouverture dont Bahiyya craignait tant l'existence. Cette idée ne quittait pas son esprit et chaque fois qu'elle voulait prendre son bain elle commençait par explorer le plafond, puis se déshabillait lentement, un vêtement après l'autre, comme si elle le faisait sous cet œil qui, à n'en pas douter, la regardait. Cela l'amusait semble-t-il au plus haut point. Aussitôt seule dans la cave, elle dénouait ses cheveux et faisait exprès de relever sa jupe pour laisser voir ses cuisses, persuadée que quelqu'un était là en train de l'épier.

Mais ce qui préoccupait Bahiyya plus encore, c'était la raison profonde qui avait amené cette jeune femme à Ayn Wardeh, une raison dont elle croyait le secret bien gardé au sein du clan tant que Khodr al-Mani‘, le frère d'Abbas, n'aurait pas définitivement statué sur son sort. C'était sans compter avec les enfants, sans compter surtout avec le fait qu'au moment où ils discutaient entre eux il pouvait se trouver quelqu'un pour les écouter avec un intérêt tout à fait insoupçonné.

Les deux fillettes écoutaient la radio qui diffusait des chansons et des airs connus. Il s'agissait très probablement du poste autour duquel les Baz avaient veillé pendant les longues nuits de la guerre ; il lui manquait un ou deux boutons, la petite antenne était cassée, mais le volume demeurait suffisamment élevé pour effrayer les oiseaux. Dounia le posait sur un tabouret en bois à l'ombre du chêne et restait debout pour converser avec la blondinette aux pieds nus qui habitait avec ses parents non loin d'Ayn Wardeh, sous un toit qui lui valait l'opprobre de Dounia, deux pièces sans meubles, sans portes et sans fenêtres dans un chantier de construction que ses propriétaires avaient laissé inachevé à cause de la guerre, à l'état de squelette, et dont les baies avaient été recouvertes de tissus bariolés.

— Vous, vous habitez dans un campement, c'est pas comme nous, nous on habite dans une vraie maison.

C'était la copine de Dounia. Elle ne venait la voir que l'après-midi et passait la majeure partie du temps les yeux rivés sur les fenêtres de la chambre du coin. Depuis le jour de l'éclipse, Dounia ne quittait plus ses lunettes en plastique, les gardant même le soir en se couchant ; parfois, Bahiyya les lui enlevait du nez une fois qu'elle s'était endormie, auquel cas elle les remettait le matin pour aller fureter à droite à gauche, inspecter le paysage familier des alentours de la maison, coller son museau sur la radio ou sur les tasses de café toujours éparpillées sur la table afin de les voir comme pour la première fois à travers la teinte bleu foncé de ses verres. La blondinette aurait bien voulu les essayer, juste une fois, juste le temps de voir le monde tel que Dounia le voyait. Mais Dounia dansait en se trémoussant pour la narguer, haussait les épaules et s'éloignait de sa copine de peur qu'il ne lui vînt à l'idée de les lui arracher du nez. Elle la tenait toujours à une distance suffisante lorsqu'elles se parlaient, en haussant la voix à cause de la musique tonitruante de la radio.

— Tu connais ma cousine ?

— Qui c'est, ta cousine ?

Elle s'en voyait, Dounia, avec cette fille qui ne comprenait jamais rien.

— T'sais, la femme, là, qui fait toujours sa coquette et qui dort chez nous derrière le rideau…

— Et qu'est-ce qu'elle a ?

— Ben il paraît qu'elle aime beaucoup les hommes…

La blondinette se tut, comme si elle réfléchissait à la question, puis demanda :

— Et elle a pas un homme ?

— Nan, elle a pas un homme, reprit-elle pour se moquer. Ma mère dit qu'elle est vachement belle et qu'aussi elle en a peur pour mon père ! Tu vois ce que j'veux dire ? Elle a peur pour lui à cause d'elle et elle a pas le cœur de lui dire parce que si elle lui dit c'est sûr qu'il va mal le prendre…

Après ces révélations, faites sur le ton enjoué de quelqu'un qui peut s'attendre à des développements croustillants, elle s'approcha de sa camarade, la prit par l'épaule et lui souffla la suite à l'oreille en regardant vers la chambre du coin, une suite qui devait très certainement être en rapport avec M. Réda al-Baz, à en juger par les abondants clignements d'yeux de la petite blonde. Tout à coup Dounia s'éloigna d'elle et, sans arrêter de guigner vers la fenêtre, recommença à parler tout haut pour déclarer sur un ton grave, comme si elle voulait être entendue de Réda :

— Tu vas voir, son frère, il va venir la zigouiller.

— Quand ça ?

— J'sais pas…

Elle poursuivit en prenant une mine effrayée :

— Un jour ou l'autre. Une nuit, quand on sera en train de dormir. Et le matin quand on se réveillera, on la trouvera morte.

— Avec quoi il va la zigouiller ?

— Avec un couteau, répondit Dounia en faisant passer son pouce horizontalement sur son cou. Pas avec notre couteau, il apportera un couteau avec lui.

L'autre ouvrit de grands yeux, prenant elle aussi un air terrifié :

— Mais pourquoi ?

— Je t'ai pas dit qu'elle aimait les hommes ?

— Et alors, si elle aime les hommes, qu'est-ce que ça fait ?

Dounia ne lui répondit pas. Elle se contenta de lui sourire d'un air narquois et de souffler en constatant une fois de plus le manque de perspicacité flagrant de sa copine. Soudain, elle eut une idée lumineuse et courut vers l'escalier de la cave en reprenant à tue-tête la chanson de la radio. Elle revint au bout de quelques secondes, traînant derrière elle l'une de ces cravates démodées dont Jojo avait laissé tout un stock à Ayn Wardeh. Une cravate jaune sur laquelle étaient brodés de petits chiens noirs. Dounia la noua autour de sa taille et monta le volume de la radio ; les pigeons s'envolèrent du toit pour décrire un cercle complet dans le ciel puis revenir s'aligner à leur place. Elle commença à agiter ses hanches au rythme de la musique, qu'elle jugeait appropriée pour le genre de danses qu'elle voyait à la télévision. Elle avait retenu le mouvement du haut du corps le plus loin possible vers l'arrière et les ondulations du poignet. Dounia dansait et son amie l'applaudissait sans grande conviction.

A cet instant, comme toujours à cette heure-ci, le panier du déjeuner retomba en heurtant le sol et les assiettes s'entrechoquèrent dans leur petit fracas habituel. C'est la blondinette qui s'en avisa la première, Dounia se trouvant alors très occupée à régler ses pas sur le rythme de la chanson. Elle alla lui murmurer quelque chose à l'oreille puis, sans attendre sa réponse, courut sous la fenêtre pour arriver avant elle et pouvoir emporter à sa place les assiettes vides à la cave. Dounia dénoua à toute vitesse la cravate de sa taille, arrêta la radio et la prit sous son bras. Elle s'approcha de son amie, qui était en train d'enlever les assiettes du panier, et se mit à la frapper, en la poussant sur le chemin qui conduisait à la route et en la réprimandant :

— C'est pas ta maison, va-t'en !

Et quand elle la vit revenir sous le chêne pour lui rapporter la boîte de chewing-gums :

— Prends la boîte de chewing-gums avec toi et ne remets plus jamais les pieds ici… Compris ?

Chaque fois qu'un membre de la maisonnée les surprenait ensemble, Dounia s'efforçait du mieux qu'elle pouvait de se dédouaner d'elle, en faisant mine de ne pas la connaître et en suggérant qu'elle venait tout juste de la rencontrer. La blondinette la laissait faire sans regimber. Elle leva les yeux vers la chambre de Réda, avec cet espoir qu'une fois le panier de son déjeuner redescendu il fût resté à sa fenêtre pour observer ce qui se passait en bas. Il ne servait à rien de fâcher Dounia si Réda tournait le dos à la scène.

— Toi, tu sais même pas lire et écrire. T'es même pas allée à l'école… Eh ben tu vois, moi je sais écrire ! lui dit-elle en désignant le mur sur lequel elle avait pris l'habitude d'inscrire ses petits slogans.

Comme sa copine hésitait à se mettre en marche, elle renchérit :

— Et ton père il s'est marié combien de fois ? Tu sais qui est ta mère, au moins ?

La blondinette laissait Dounia la chasser et la traiter comme une vulgaire inconnue, en se disant qu'après tout il y avait quand même certains avantages à tirer de sa compagnie, mais à cet instant précis elle la vit ramasser un caillou et le jeter dans sa direction, sans parvenir à l'atteindre dans sa fuite.

— Va-t'en d'ici ! Nous, on n'est pas des Arabes comme vous ! lui cria Dounia.

La petite blonde savait pertinemment qu'elles redeviendraient amies dès l'instant où elles se rencontreraient sur la route, le lendemain, et qu'elles iraient toutes les deux courir derrière les voitures qui s'arrêtaient à la station-service pour vendre leurs chewing-gums et leurs roses aux automobilistes.

Dounia reprit la radio et les assiettes du repas pour les redescendre à la cave, un peu gênée de savoir qu'à ce moment Réda était à sa fenêtre en train de l'observer, tandis que son amie poursuivait son chemin en direction de la route, avec la boîte de chewing-gums à la main, se retournant tantôt vers la chambre du coin, tantôt vers le chêne, afin de voir si un événement quelconque allait survenir en son absence. Entre-temps, un jeune homme d'une trentaine d'années, vêtu d'une chemise blanche, les cheveux ébouriffés et le pas hésitant, surgit à l'entrée de l'allée. Il était apparu tout à coup. Aucune voiture ne s'était arrêtée pour le déposer. Il avait dû venir à pied, et peut-être de loin. Voyant la fillette blonde marcher dans sa direction, il s'arrêta pour l'attendre, en parcourant du regard ces lieux qui lui étaient manifestement inconnus. La petite s'immobilisa bien avant d'arriver à sa hauteur, songeant sans doute à faire demi-tour pour retourner sous le chêne où Dounia achevait de rassembler ses affaires, mais finalement elle se rapprocha. L'homme lui demanda quelque chose et elle se retourna en pointant le doigt sur l'endroit duquel elle venait de se faire chasser. Il hocha la tête puis repartit d'où il était venu, en descendant vers Beyrouth, la blondinette prenant pour sa part la route dans le sens de la montée, vers la station-service et le bourg d'Ayn Wardeh. Elle passa à côté du jeune topographe qui prenait jour après jour ses mesures avec ses instruments toujours plantés au même point, s'arrêta un peu à sa hauteur, le temps qu'il la fasse déguerpir d'un geste de la main, et poursuivit son chemin en se retournant plusieurs fois.

Si quelqu'un avait alors attentivement observé la fenêtre nord de la chambre, celle qui donnait sur la route, il aurait remarqué que Réda suivait la scène de la fillette blonde, du jeune à la chemise blanche et de ce topographe qu'il gardait constamment à l'œil de derrière son rideau en dentelle.

XV

Tous les deux, ils s'étaient rencontrés dans l'entrée d'un immeuble, dans le quartier de Karm el-Zeitoun. Elle et lui, ainsi qu'une bonne trentaine de passants et d'écoliers rentrant chez eux pour midi, avaient été surpris par les tirs d'artillerie lourde, en ce jour qui devait compter parmi les derniers de la guerre et qui, à en croire la radio, s'annonçait suffisamment calme pour permettre à chacun de se rendre à son travail. Certains avaient arrêté leur voiture au milieu de la route pour foncer à l'abri. Un bruit provenant de l'un des étages atteints par une roquette, ou par ses éclats, emplissait la rue. C'était le cri continu et désespéré d'une femme. On aurait dit un appel au secours lancé par quelqu'un qui voyait à l'instant même une vie lui filer entre les doigts.

Dans l'entrée de l'immeuble, tout le monde parlait en même temps. Sauf elle. Une dame informait la jeune fille qui se tenait à côté d'elle, et qu'elle ne connaissait ni d'Eve ni d'Adam, de l'endroit où elle était en train de se rendre quand les roquettes avaient commencé à pleuvoir. D'autres gens, supposant que cela puisse intéresser quelqu'un, racontaient ce qui les occupait à l'heure précise où ils avaient entendu les explosions. Des bavardages. Pas un cri. Pas une protestation. Juste la nécessité pour chacun de s'assurer qu'il serait encore capable de poursuivre son chemin jusqu'à sa destination initiale aussitôt que les tirs cesseraient. Juste le besoin de parler qu'éprouvent des gens qui échappent à de grands et soudains périls, à cette mort dont le cri continu de la femme, à l'étage, leur rappelait toute l'éventualité.

Elle, elle ne prêtait aucune attention à ce qui se passait autour ; elle était adossée au mur et portait sa petite valise contre sa poitrine pour se protéger, les yeux plongés dans le vide, vers la rue, vers la seule source de lumière. Réda ne prenait lui non plus aucune part aux bavardages ; sans toutefois se montrer avare de sourires polis à ceux qui lui adressaient la parole, il gardait le silence. Peut-être parce que ce jour-là il n'avait pas eu peur. Quand une roquette explose, il y a toujours une minorité de gens qui ne s'effraient pas ; non par bravoure, mais plutôt parce que leur corps ne perçoit pas comme il le devrait les signaux du danger.

Ils sentirent elle et lui leur présence mutuelle par des regards furtifs qu'ils échangèrent chaque fois qu'une des personnes venues s'abriter dans cette entrée d'immeuble tenait un propos digne d'intérêt ou lâchait un mot cocasse. Le calme semblait revenu et le cri de la femme avait cessé. Certains se mirent à sonder la rue des yeux en songeant à sortir, mais beaucoup, qui savaient d'expérience que les tirs n'étaient sans doute pas terminés, préférèrent ne pas s'aventurer dehors et attendre encore un peu. Et de fait, un nouveau projectile explosa. Les regards de Nadia et Réda se rencontrèrent pendant de longues secondes, comme s'ils s'étaient rendu compte ensemble que l'instant fatidique était arrivé, l'instant de la rémission ou celui de tous les dangers. Quand les tirs d'artillerie s'arrêtèrent à nouveau – un arrêt qui semblait cette fois-ci définitif et allait permettre aux gens de quitter l'entrée de l'immeuble pour regagner leurs maisons – et qu'une femme se frappa le front avec la paume de la main en se souvenant subitement qu'elle avait laissé le feu sous ses casseroles le temps de descendre à l'épicerie acheter des filtres à café et un kilo de sucre, leurs yeux se croisèrent une fois encore et ils pouffèrent de rire, se trouvant sur le point de se parler. De toute évidence, ils ne pourraient se soustraire à la nécessité d'entrer en contact. C'était comme s'ils s'étaient toujours connus. L'entrée de l'immeuble se vida et la rue se dépeupla peu à peu ; ils se retrouvèrent en tête à tête, chacun adossé à son mur à attendre que l'autre fasse le premier pas. A partir de cet instant, ils ne sauraient jamais comment faire pour se quitter.

Nadia travaillait dans une société qui vendait du matériel médical, tensiomètres, ustensiles chirurgicaux et bien d'autres choses encore, instruments de mesure pour le diabète, lits, sérums. Elle s'estimait heureuse d'avoir trouvé cet emploi avec sa licence de biologie, un diplôme qui menait la majorité de ses détenteurs au chômage ou à l'enseignement, un métier pour lequel elle ne se sentait aucun penchant. Elle faisait ses tournées avec sa voiture de fonction dans les hôpitaux et les cliniques, présentait ses accessoires et ses échantillons, et touchait un pourcentage sur les ventes. La société lui payait son essence, elle rencontrait des gens fort sympathiques, entretenait d'excellentes relations avec son directeur qui l'invitait souvent dans son bureau pour lui offrir un café. Sa promotion rapide avait suscité la jalousie de bon nombre de ses collègues, lesquels se plaisaient à penser qu'il y avait entre elle et leur chef une histoire personnelle. Elle s'efforçait de toujours les traiter avec gentillesse, se gardant bien de riposter à leurs allusions fielleuses et à leurs regards rudes. Réda lui demanda un jour si cette fréquentation des hôpitaux lui avait permis de se faire à l'idée de la mort. Elle lui répondit qu'elle faisait son possible pour s'y habituer, même si elle avait la conviction que l'homme ne pouvait s'habituer à la mort, parce qu'il ne la verrait à aucun moment, pas même à sa dernière heure.

— …

— C'est une idée que j'ai reçue de mon professeur de philosophie au lycée et que je n'oublierai jamais. Elle m'aide beaucoup à faire face. Et puis, de toute manière, je ne pense pas beaucoup à moi-même, je pense plutôt à la mort de ceux que j'aime.

Elle ferma les yeux de manière à prévenir la peur, comme si, pour l'avoir souvent envisagé, elle connaissait bien ce scénario catastrophe.

— Qui donc ?

— Mon neveu, par exemple. Ou ma mère…

Elle hésita un peu avant d'ajouter en souriant :

— Et toi aussi, désormais. Tu es content ?

Elle habitait à Sinn el-Fil, dans un petit appartement à la portée de ses moyens. Une chambre, un salon et une petite cuisine. Elle avait longuement bataillé pour arriver à vivre seule et à acheter le mobilier qui lui plaisait, particulièrement en ces temps de guerre. Elle pensait avoir réalisé son rêve d'indépendance, même si un peu après l'arrêt des conflits elle s'était parfois prise à vouloir revenir chez sa mère.

Ils se retrouvaient tous les jours. Une fois achevées ses tournées dans les hôpitaux, elle passait au bureau en coup de vent pour le rejoindre au plus vite et il ne prenait quant à lui jamais d'engagements après quatre heures, l'heure où elle terminait son travail. Il avait même chamboulé ses rendez-vous hebdomadaires d'échecs, perdant au passage un certain nombre de ses partenaires. Au début, ils se retrouvaient au café que Nadia avait choisi. Le café de son père et de son ensorceleuse. Elle restait interdite lorsque Réda lui demandait de parler d'elle-même.

— J'aime autant t'écouter.

Il insistait.

— Je ne sais pas quoi dire, je t'ai dit tout ce que je savais de moi-même dès le premier jour.

Il riait et insistait encore, jusqu'à ce qu'elle lui demande de lui poser des questions précises.

— Pourquoi tes parents t'ont-ils appelée Nadia ?

— Mon prénom de naissance, c'était Saloua. C'est comme ça qu'on m'a appelée jusqu'à l'âge de dix ans. D'ailleurs certaines de mes amies d'enfance, celles que j'ai connues à l'école primaire, continuent jusqu'à aujourd'hui à m'appeler Saloua quand je tombe par hasard sur elles et qu'elles me reconnaissent…

Le visage de Réda s'illumina à cette découverte :

— A partir de maintenant, je vais t'appeler Saloua, comme ça, nous aurons nos petits noms…

— Attends un peu d'entendre la fin de l'histoire… Un jour, une parente est venue voir ma mère pour lui annoncer que mon père aimait une autre femme, qu'il lui avait loué un appartement et que lorsqu'il prétendait être retenu par son travail il allait en fait coucher avec elle. Dans cette histoire, il n'y avait qu'une chose qui rendait ma mère folle de rage. “Et il appelle ma fille comme elle ?” Voilà ce que j'ai entendu de sa bouche des centaines de fois, sur tous les tons, jusqu'au jour où mon père a accepté de me donner un nouveau prénom, en laissant ma mère choisir. Et c'est ainsi qu'elle a choisi Nadia…

— Pourquoi Nadia ?

— Je crois qu'elle aimait bien une actrice qui s'appelait comme ça. Elle prétendait que c'était le nom d'une sainte. Une sainte dont je n'ai jamais trouvé la moindre trace…

Le café se vidait de sa petite clientèle d'hommes âgés habitués à se coucher tôt et ils restaient tous les deux à se tenir par la main. Les dimanches, il l'invitait à Ayn Wardeh où ils passaient la journée et une partie de la nuit dans sa chambre, Réda ayant pris soin d'appeler le professeur de mathématiques pour l'informer qu'il avait des choses à faire et ne pourrait jouer aux échecs. Il n'en sortait qu'une ou deux fois pour aller chercher quelque chose à manger ou rapporter une tasse de café de la cuisine. Il profita un jour de l'absence de toute la famille, ou presque, pour lui faire visiter la maison, lui montrer les pièces dans lesquelles il évoluait depuis sa plus tendre enfance, retracer pour elle l'histoire de chaque élément du mobilier, du grand miroir au tapis persan en passant par le piano, feuilleter avec elle les livres de la petite bibliothèque de son grand-père, lui présenter les personnes dont les photographies étaient suspendues aux murs : son père chassant dans la plaine de la Bekaa en compagnie de deux amis ; Jojo, Sarah et lui dans un avion qui semblait en suspens dans les airs, devant une toile de fond sur laquelle avait été peint un ciel chargé de nuages ; son aïeul Francis en armes, coiffé de son tarbouche…

Nadia cessa soudain de venir à Ayn Wardeh, se dérobant constamment aux invitations de Réda ; et quand ce dernier aborda la question avec quelque insistance, elle se contenta de répondre :

— Je ne sais pas… Il y a quelque chose dans votre maison, une sorte de tension que je n'arrive pas à supporter.

Leurs rencontres se tinrent dès lors dans son appartement de Sinn el-Fil.

Là, ils commençaient par s'asseoir sur le sofa. Elle posait la tête sur son torse et il lui caressait les cheveux. Chaque fois, elle le lui demandait. Elle fermait les yeux. Elle aurait voulu rester ainsi toute l'éternité. Mais il ne tenait pas en place et se levait pour aller et venir dans le salon, allumer la télévision, ne rien trouver d'intéressant, éteindre. Assieds-toi, tu me fatigues. Il revenait sur le sofa. Elle inversait les rôles, lui faisait poser la tête sur ses genoux dans l'espoir de le garder un peu plus longtemps, et parcourait avec ses doigts le contour de ses yeux, de son nez, de sa bouche, comme si elle les dessinait. Ils parlaient et parlaient encore. Parfois, ils s'enlaçaient. Vers minuit enfin, elle le priait de s'en aller parce qu'elle devait se lever tôt et allait avoir une longue journée. Quatre rendez-vous dans quatre hôpitaux situés à des lieues les uns des autres. Ils restaient une demi-heure à la porte sans rien dire, les yeux dans les yeux.

— Qu'est-ce qu'il y a ? lui demandait-elle au bout d'un moment.

— Rien, je te regarde et je ne me lasse jamais.

Il lui donnait un long baiser. Aucun bruit, aucun mouvement ne se faisait entendre dans l'immeuble. Elle le repoussait avec délicatesse.

— Un voisin pourrait passer.

Ils revenaient au point de départ.

— Qu'est-ce qu'il y a ? lui demandait-il.

— Rien, on s'appelle demain.

Ils se caressaient pour se dire au revoir. Il fermait derrière lui et s'en allait. Il revenait frapper à la porte au bout de quelques secondes. Il s'était souvenu de quelque chose qu'il voulait lui dire ce soir. Il avait peur d'oublier le lendemain. Elle ne trouvait pas la force de résister et l'agrippait pour l'empêcher de repartir. Jusqu'à deux heures du matin, jusqu'au moment où la fatigue leur tombait dessus. Et comme ça tous les jours.

Il lui parla des choses qu'il aimait, de *La Mer* de Debussy, qu'il adorait écouter en jouant aux échecs, de quelques livres qu'il gardait en mémoire, d'un tableau à l'huile dont il rêvait d'acquérir l'original. Elle l'avertit qu'elle ne voulait pas se marier, ni avoir d'enfants, parce que la guerre n'aimait pas les enfants. Il la fit rire de sa façon d'être toujours en branle-bas, de sa tendance à ne jamais s'arrêter – il citait sa mère qui ne se souvenait pas de l'avoir déjà vu s'avachir tant qu'il gardait encore un peu d'énergie pour rester debout – et à dormir comme un mort aussitôt qu'il se couchait.

Il lui parla de ses années d'université et, se prenant au jeu de la parole, lui raconta qu'avec l'un de ses amis ils allaient s'asseoir côte à côte sur les marches d'entrée du College Hall, à l'université américaine, pour se mesurer à cet exercice qui consistait à identifier les appartenances des étudiants. Il savait reconnaître les membres du Front populaire pour la libération de la Palestine* à leurs moustaches, à leur mine maussade et à leur teint mat, les phalangistes* à leur coupe de cheveux, à la couleur de leurs chemises et à leur regard ombrageux. Il regardait la cheville de telle jeune femme et se prononçait, définitif :

— Arménienne.

Et voyant la cigarette qu'elle avait à la main :

— Une ancienne du collège protestant.

Il exerçait également son sport favori hors de l'enceinte de l'université. Il reconnaissait les gens de la campagne à leur façon de tout dévorer des yeux et de marcher en zigzaguant sur les trottoirs ou entre les voitures, sachant que les gens de la ville, eux, marchaient "le long du mur" en s'efforçant de prendre le moins d'espace possible. Il n'était pas aussi performant dans le quartier des souks. Certes, il pouvait identifier les Kurdes du marché aux légumes à leur tête et les gens du Nord à leur parler languide, mais dès qu'il arrivait du côté de l'immeuble des lazaristes ou de la place Debbas, il s'emmêlait les pinceaux.

— C'était curieux comme à cet endroit les Libanais se ressemblaient tous !

C'était à la veille de la guerre. Il abandonna ensuite l'université et continua de se livrer à l'examen des visages, des regards, des façons de marcher et de se vêtir. Comme une manie dont il ne parvenait pas à se débarrasser. Chaque fois qu'il descendait à Beyrouth, il se prenait encore à attribuer une appartenance aux passants, aux vendeurs des magasins, aux automobilistes et même aux agents de la circulation. La vieille dame bien pomponnée qui cavalait à petits pas derrière le jardin des jésuites, une ombrelle multicolore à la main, avait tout l'air de descendre de quelque grande famille melkite catholique ; à coup sûr, elle vivait seule avec une servante sourde dans une vaste demeure haute de plafond dont les murs étaient en grès. Le jeune qui attendait son taxi, un sac en plastique noir à la main, c'était un chiite du Sud qui rentrait exténué après une longue journée à l'appartement qu'il partageait avec la famille de son frère, à Ghubayri. Le sexagénaire famélique avec ses lunettes à double foyer, qui errait à Bab Idriss, qui faisait quelques pas puis s'arrêtait pour regarder les façades propres et les intérieurs vides des bâtiments restaurés, semblait quant à lui sorti de nulle part. Il appartenait certainement à cette catégorie irréductible de noctambules qui rôdaient avant-guerre entre le *Parisiana** et les souks ; il revenait après une longue absence sur ces lieux qu'il avait bien connus jadis… Cet exercice machinal exténuait Réda qui rentrait à la maison l'esprit agité par mille hypothèses. Il en vint, lorsqu'il prenait sa voiture, à s'interdire de regarder les passants et même les enseignes des magasins, qui suffisaient à le lancer dans des conjectures sur leurs propriétaires, leur communauté, leur degré de richesse, l'architecture de leur habitation et même la couleur de leurs vêtements…

Leurs conversations s'achevant, Réda et Nadia se quittaient et, pendant les quelques petites heures qui les séparaient de leur prochaine rencontre, ils se voyaient l'un l'autre en chaque chose et en chaque lieu. Pour elle, toutes les voitures de marque Honda, grises ou non, évoquaient Réda et pour lui, tous les hôpitaux, les pharmacies et, même les insignes des médecins sur les voitures évoquaient Nadia. Toute chevelure blonde coupée court était celle de Nadia et tout col de veste remonté était celui de Réda. Toutes les héroïnes des quelques romans qu'il lisait étaient Nadia et tous les joueurs d'échecs étaient Réda. Ils ne différaient que durant leur sommeil : elle le voyait souvent en rêve, dans des songes dont elle ne voulait pas lui faire part, “on ne doit les raconter à personne”, disait-elle ; lui, il n'avait pas vu l'ombre d'un rêve depuis l'âge de dix ans environ.

Lorsque, dans les derniers temps de la guerre, la situation devenait tendue au point de rendre les voies de circulation de Beyrouth et de ses banlieues extrêmement risquées, empêchant Réda de descendre d'Ayn Wardeh à Sinn el-Fil – quoiqu'il lui fût bien souvent arrivé de prendre le volant malgré les avertissements diffusés par les radios, et même, une fois, de tomber entre les mains d'éléments armés qui l'avaient retenu une bonne heure durant, n'arrivant pas à se mettre d'accord sur le sort qu'ils devaient lui réserver, l'enlever ou le relâcher –, alors ils se jetaient sur le téléphone afin de se rassurer l'un l'autre par des questions haletantes du type :

— Je t'ai appelée il y a une demi-heure et je ne t'ai pas trouvée, où étais-tu passée ?

— …

— Comment es-tu habillée maintenant ?

— …

— Dans quel coin de ton appartement es-tu ?

— …

— Où as-tu passé la soirée, hier ?

— …

— Avec qui ?

— …

Le reste du temps, ils ne disaient rien, se contentant de sentir la présence de l'autre au bout du fil. Au début, Jojo s'était étonné de voir son frère rester de longs moments l'oreille collée au téléphone et ne pas prononcer un mot, comme s'il écoutait son interlocuteur. Il se mettait alors derrière la porte ou en bas de l'escalier pour attendre que vienne le tour de parole de Réda. Le silence durait parfois plus d'une demi-heure et n'était guère interrompu que par un soupir de Sinn el-Fil ou un toussotement d'Ayn Wardeh. Ensuite venait la petite question :

— Quoi ?

Et toujours la même réponse, tout aussi sommaire :

— Rien.

Puis un silence, puis une question :

— Tu veux qu'on raccroche ?

Réponse pleine de tendresse :

— Au contraire, je voudrais qu'on ne raccroche jamais.

Ainsi jusqu'à ce que Nadia, la main engourdie à force de tenir le téléphone, lui demande la permission de mettre un terme à la conversation. Réda reposait le combiné et Jojo remontait dans sa chambre, en proie à de sérieux doutes quant à "l'équilibre mental" de son frère.

Un jour, il se rendit à son appartement de Sinn el-Fil et ne la trouva pas. Elle lui avait laissé sur la porte une lettre écrite en français :

Mon cher Réda,

Je voudrais que tu me donnes un peu de temps pour réfléchir à ce qui m'arrive. Ne m'appelle pas au téléphone et ne viens pas me voir à l'appartement. Laisse-moi te rappeler, tu veux ? Avant de te rencontrer, je me couchais épuisée et je ne faisais pas le moindre rêve. Mes journées étaient remplies par des rendez-vous de travail et des tournées qui me mettaient dans un état de défi permanent. Je parlais avec les gens, je buvais un café ou j'allais déjeuner avec eux, ils me faisaient part de leurs soucis et je les écoutais aimablement. Je sortais le soir, je dansais, je rentrais à la maison, je lisais et je me couchais. Et puis je t'ai rencontré. Je ne sais pas ce que tu m'as fait, mais c'est comme si j'avais été arrachée à ma vie et que j'en étais devenue spectatrice. La peur s'est installée en moi, maintenant je me méfie de mes collègues, j'ai peur de la foule dans les rues, je sursaute chaque fois que j'entends la sonnerie de ma porte ou de mon téléphone. Je n'arrive plus à éteindre la télévision derrière moi quand je pars au bureau, alors je choisis un programme, généralement la chaîne d'informations française, juste pour que la vie continue à tourner dans l'appartement. Est-ce cela ma vie ? Tu m'as transmis ta maladie, par ton petit sourire taquin, par cette façon que tu as de m'embrasser, par l'air ambiant, je ne sais pas, je ne sais pas.

Nadia.

XVI

La voiture de Jojo – une Jeep rouge que devant sa bande d'amis il prétend toujours être sur le point de changer – entre dans l'allée de la maison et Réda quitte alors sa fenêtre pour se poster derrière la porte en se préparant à accueillir sa mère. Après les excuses diverses et variées qu'il a invoquées pour remettre la chose au lendemain, après la médiation – en allemand – de Margaret, Jojo a cédé aux demandes que sa mère lui renouvelait depuis plusieurs jours et finalement consenti à l'emmener à Ayn Wardeh, à condition qu'ils poussent jusqu'à Bhersaf pour passer prendre des nouvelles de Nohad à la maison de la Divine Providence. Il la conduit jusqu'à la maison et l'attend dans sa voiture, sans monter avec elle à l'étage. Il est tout à fait capable de ce genre de comportements : déclarer à brûle-pourpoint, en jurant sur la mémoire de son défunt père, qu'il ne "mettra pas les pieds" à Ayn Wardeh aussi longtemps que Réda y vivra, et s'entêter à rester une demi-heure, voire plus, les bras croisés au volant de sa voiture, à écouter les vieilles chansons françaises en réglant son autoradio sur Radio Nostalgie, jusqu'à ce qu'il se lasse de jouer les victimes et donne deux coups de klaxon pour annoncer que la visite est terminée.

Julia monte à Ayn Wardeh vêtue de l'une de ces robes du dimanche qu'elle met pour aller à l'église ou pour rendre visite à des malades à l'hôpital, avec une broche dorée en forme de grappe de raisin épinglée à la boutonnière et un petit sac à main au fermoir lui aussi doré, pur produit de la mode des années 1960. Avec sa mise en plis, ses pommettes poudrées et ses bracelets en or massif – les deux seuls qu'elle n'a pas vendus et qu'elle garde toujours au poignet, ne pouvant les enlever qu'à grand renfort de savon et de frictions épuisantes –, Julia Aractinji est l'incarnation d'une élégance devenue surannée dès la fin des années 1960. Chaque fois, elle apporte à Réda des sous-vêtements neufs, du linge et des pâtisseries, entre autres choses. Elle pousse la porte tout doucement, comme quelqu'un qui entre dans la chambre d'un dormeur qu'il ne voudrait pas réveiller. Elle le trouve debout derrière la porte, en train de l'attendre avec un grand sourire aux lèvres. Avant même de l'avoir vue.

— Comment ça va, mon fils ?

Il s'approche de sa mère, qui l'embrasse deux fois. Il lui tend une chaise, elle s'assoit en posant son petit sac à main sur la table, croise ses mains et examine longuement son visage. Directement son visage, pour mesurer la progression des taches blanchâtres autour de ses yeux et de sa bouche. Comme si elle venait faire un constat des dégâts. Et quand elle en décolle son regard, c'est uniquement pour le poser sur ses mains :

— Tu prends tes médicaments bien régulièrement ?

Il s'attendait à ces questions ; il s'y est préparé dès l'instant où il a entendu le moteur de la Jeep ronfler en entrant sur le chemin de la maison.

— Alors ?

Il dit oui de la tête, bien qu'il ne prenne pas ses médicaments régulièrement, voire pas du tout. Il les aura égarés et peut-être en aura-t-il même oublié le nom. Son sourire le quitte dès qu'elle commence à le questionner. Il trouve une échappatoire en refaisant son lit, ce qui lui permet de lui tourner le dos un petit moment et de soustraire son visage et ses mains à sa vue.

— Pourquoi tu ne vas pas voir le médecin ?

Il s'enfuit au fond de la chambre en haussant les épaules. Il ouvre le frigidaire et reste un bon moment penché dessus pour ranger les pommes et le raisin que sa mère lui a apportés, en plus du reste.

— Je me suis laissé dire que tu ne sortais jamais de ta chambre…

— …

— Pourquoi donc, Réda ?

A partir de là, il ne prend même plus la peine de hausser les épaules, ni de hocher la tête. Il se met à essuyer avec maniaquerie la poussière qui recouvre la porte de son armoire à vêtements. Chaque minute qu'il passe avec elle le meurtrit. Il va jusqu'à la table basse et se penche sur l'échiquier pour réfléchir au prochain coup qu'il jouera sur *Chessmaster*. Il replace les pions en espérant de cette manière échapper au joug de sa mère.

Il connaît déjà toutes ses questions. Elle sait bien qu'elle n'obtiendra pas la moindre réponse, mais elle demande quand même :

— Et tu donnes bien tes vêtements à Bahiyya pour qu'elle les lave ?

Elle ne peut pas s'empêcher de demander ce qu'elle a à lui demander. Lui, il se dérobe et, comme s'il craignait que ses mots ne le giflent, esquive ses questions en se déplaçant de l'échiquier à la fenêtre, où il pourra lui tourner le dos. Aussi longtemps que dure son petit interrogatoire, il ne peut la regarder dans les yeux. Il scrute le paysage, la roche sur laquelle un petit chêne a surgi, ou la forêt d'immeubles dans la grisaille de la banlieue beyrouthine. Elle, elle le regarde. Elle le traque. Elle sait bien qu'elle l'ennuie copieusement, mais c'est plus fort qu'elle. Elle ne lui donne aucune nouvelle de leur vie à Beyrouth, pas plus que de Nohad. Rien. Seulement des questions qui le concernent lui.

— Et tu manges bien ?

C'était la dernière. Il lui a répondu par un grommellement plus ou moins affirmatif. L'interrogatoire est terminé. Julia se tait. Elle ne dira plus rien jusqu'à la fin de la visite. Elle lui a dit tout ce qu'elle avait à dire et continuera à le dévisager ou à observer ses mains chaque fois qu'il se retournera, ne serait-ce que furtivement.

Il règne dans la chambre un silence que seuls quelques bruits de dehors viennent troubler. Il ne peut supporter et ce silence, et les regards de sa mère. Il se met soudain à parler. Un flux de paroles qui semble parti pour ne plus s'arrêter. Des petites nouvelles de la vie comme elle va et comme elle vient jusqu'à sa chambre, qu'il lui donne pour qu'elle cesse de le dévisager.

— J'ai demandé à Abbas d'arroser les deux cerisiers derrière la maison. Je crois qu'ils vont donner des fruits à la belle saison. Mais comme d'habitude on n'en verra pas la couleur…

Autant parler aux murs. Il enchaîne sur une autre question, plus susceptible d'appeler une réponse de sa part :

— Tu as vu la maison des Samaha, avec sa façade restaurée et ses tuiles neuves ?

Ou :

— Les parties de campagne des samedis et dimanches se déploient maintenant jusqu'ici, sous le chêne. Si on veut être tranquille, il va falloir mettre une clôture du côté du pré. Les gens laissent derrière eux plein de saletés que la municipalité ne vient pas ramasser…

Tant que sa mère restera assise comme ça à le dévisager, Réda ne s'arrêtera pas de parler, de raconter dans les moindres détails tout ce qu'il voit par les fenêtres de sa chambre et de la rassurer par des petites nouvelles de nature à la persuader que la vie suit son cours et que son fils Réda est encore de la partie, qu'il ne meurt pas à petits feux, cloîtré à Ayn Wardeh. Il parle pour soulager sa mère, laquelle ne fléchira pas pour autant ; elle ne le contredira sur rien, ne l'approuvera en rien et ne se départira pas de son silence. C'est la seule arme dont elle dispose. Il cherche à se dérober avec ses petites anecdotes et elle le ramène sans cesse dans la chambre avec ses regards. Il ne s'arrêtera pas de parler. De tout et n'importe quoi.

Il va ouvrir son armoire à vêtements, disparaît derrière la porte quelques secondes et revient.

— Cette lettre est arrivée d'Autriche pour Margaret. La poste fonctionne à nouveau. Tu te rends compte ? De Vienne à Ayn Wardeh, elle n'a pas mis plus de six jours…

Elle prend la lettre et la pose devant elle sur la table.

— Je crois qu'il y a une erreur dans les factures d'électricité. C'est absolument n'importe quoi. Deux cent mille livres pour un mois, c'est insensé, n'est-ce pas ? Je n'ai que le *Chessmaster*, une lampe et le frigidaire…

La prendre à témoin ne sert à rien. Elle ne parlera pas. Il se dirige vers la fenêtre, espérant trouver là-bas quelque chose de nouveau à dire pour combattre le mutisme de sa mère. Jojo est assis au volant de sa voiture. Aucune trace des Mani‘, à croire qu'ils se cachent dès qu'il vient. Il regarde au loin. Beyrouth.

— Tu t'habitues à la vie beyrouthine ?…

— …

— Qui vient vous rendre visite ?…

Rien. Personne. Son inspiration tarit, et avec elle ses chances d'obtenir ce qu'il attend de ces bavardages, qu'ils remplissent la chambre et détournent de lui les yeux de sa mère. Elle est à deux doigts de pleurer. C'est comme si, depuis qu'elle était assise là à le regarder, elle avait une larme qui montait et que maintenant cette larme s'apprêtait à couler.

C'est Jojo qui les sauve de cette situation. Il appuie sur le klaxon, signalant à sa mère qu'il va falloir descendre. Les traits de Réda se détendent tout à coup et il se remet à sourire pour lui dire au revoir, comme il souriait lorsqu'il attendait qu'elle pousse la porte de sa chambre. Cependant, elle ne descend pas au premier signal. Réda sait qu'elle attendra le second coup de klaxon. De longues minutes de silence passent. Les pires instants de supplice sont précisément ces dernières minutes, pendant lesquelles Réda ne sait quoi faire, comment se tenir, où s'asseoir. Elle se retourne vers lui. Elle parle ; il pousse un soupir de soulagement.

— J'ai vu une femme que je ne connaissais pas dans la cave. Jojo n'aime pas que les Mani‘ soient trop nombreux ici… Il dit qu'ils pourraient bien investir le rez-de-chaussée si on les laissait faire…

Plutôt que de lui répondre, il va de nouveau jusqu'à la fenêtre et parcourt du regard l'entrée de la maison, du côté du chêne.

— Quelle femme ? l'interroge-t-il soudain, avec un œil pétillant de curiosité, première émotion véritable depuis l'arrivée de la voiture de sa mère sur le chemin de la maison.

C'est comme s'il cherchait, par cette manière de lui retourner la question, à lui arracher des informations ou une opinion sur cette jeune femme. Il aimerait bien en savoir plus, mais Jojo ne laisse pas à sa mère le temps de répondre : il donne le second coup de klaxon, en gardant le doigt appuyé plus longtemps que la première fois, pour bien signifier que sa patience a atteint ses limites. Réda s'approche d'elle. Elle l'embrasse deux fois et sort en refermant la porte derrière elle comme elle l'avait poussée en entrant, comme quelqu'un qui ne voudrait pas réveiller une personne qui dort. Elle ne pleure pas devant lui. Elle commence à pleurer en descendant l'escalier et éclate en sanglots en arrivant dans la pénombre du rez-de-chaussée. Elle s'arrête un peu en bas, sort son mouchoir et essuie soigneusement ses larmes avant de passer la porte d'entrée. Si Jojo la voyait pleurer, ça le mettrait en colère.

Mis à part sa mère Réda ne laisse personne d'autre qu'Abbas entrer dans sa chambre. Le jour où ils ont installé la porte blindée entre les deux étages, il lui a remis un double de la clé, en lui demandant de ne la donner à personne.

— Au besoin, la porte de ma chambre est facile à démonter…

Dès qu'elle a su que son fils avait définitivement cessé de sortir de la chambre du coin, Julia a insisté auprès d'Abbas pour qu'il passe le voir de temps à autre. Elle craint au fond d'elle-même qu'il ne meure et que personne ne s'en rende compte. La plupart du temps, Abbas monte juste après avoir rapatrié sa volée de pigeons dans le salon. Mais une seule fois par semaine, car s'il passe plus fréquemment, Réda refuse d'ouvrir la porte.

Il commence par l'appeler :

— *Khawéja* Réda !...

Ensuite, il frappe. Il ne tourne pas le bouton blanc de la porte tant que sa voix ne lui est pas parvenue :

— Entrez.

Il le trouve en pleine partie d'échecs face à l'écran de son ordinateur ; il est assis dos à la porte et ne se retourne pas quand Abbas entre et qu'il lui lance un petit bonjour, auquel il ne répond pas. Abbas vide la corbeille à détritus dans un sac qu'il apporte avec lui, et s'efforce de mettre un peu d'ordre, ou d'en faire mine parce qu'il n'est pas très doué pour les choses ménagères et qu'il ne sait comment – et avec quoi – enlever la poussière, ni comment plier les vêtements jetés en tas sur le lit, et où les ranger ; s'il le faisait, il ne ferait qu'aggraver la situation.

Il fait un peu le tour, regarde aux quatre coins de la chambre, va jeter un œil dans la salle de bains, recule dans un aveu d'impuissance, propose d'envoyer Bahiyya pour qu'elle nettoie un peu, pas de réponse, s'approche de la fenêtre occidentale. Les murs sont nus, à l'exception d'une photographie de *sitt* Nohad jeune en compagnie de deux amies habillées en garçons, qui est accrochée en face du lit. Abbas reste là un bon moment, en évitant soigneusement de regarder Réda. Il attend seulement qu'il lui dise de prendre l'argent sur la table. Abbas voit l'argent sur la table dès qu'il entre dans la chambre et il sait qu'il va le lui donner pour qu'il paie les factures d'électricité, en lui disant de garder la monnaie sachant qu'ils le nourrissent et qu'ils s'occupent de lui. Il attend que Réda lui demande de prendre l'argent et s'y refuse chaque fois en disant :

— Votre bonté suffit à nous combler, *khawéja*.

Au début, Réda insistait encore et encore, jusqu'au jour où il s'est rendu compte que le détachement d'Abbas n'exprimait en rien un refus et où il a décidé de ne plus lui répondre. Et de fait, Abbas ne tarde jamais très longtemps à s'approcher de la table, à mettre l'argent dans sa poche et à se diriger vers la sortie.

*

Plus tard, Abbas affirmera aux enquêteurs que, lors de sa dernière visite avant l'accident, il avait trouvé Réda anxieux. Qu'il portait de beaux vêtements et qu'il avait mis une cravate, comme s'il se préparait à sortir. Que ce jour-là il y avait une drôle d'odeur dans la chambre, une forte odeur de parfum – dont il pensait que Réda s'aspergeait les cheveux. Que l'échiquier était éteint, que c'était bien la première fois qu'il le voyait éteint, que ça l'avait étonné. Que Réda était allongé sur son lit et qu'il n'y avait pas d'argent sur la table. Contrairement à d'habitude. Que tout brillait de propreté. Qu'il tenait entre ses mains un papier et qu'il le lisait.

— Et vous l'avez lu, ce papier ? lui demanda l'un des enquêteurs.

— Moi ? Je ne sais pas lire et quand on est obligés, Bahiyya et moi, on n'a que notre fille Dounia…

Il lui avait semblé que Réda se préparait à sortir, comme avant, alors il s'était aussitôt redirigé vers la porte. Mais Réda l'avait retenu et s'était levé pour aller vers la penderie. Lui, il avait cru qu'il allait lui chercher l'argent, mais à sa grande surprise il l'avait vu rapporter un pistolet et deux chargeurs. Réda s'était assis à la table et lui avait proposé une chaise, en lui demandant de s'asseoir à son tour.

Abbas déclara que cela ne l'avait pas beaucoup rassuré. D'habitude, il ne l'invitait pas à s'asseoir.

Réda s'était alors mis à extraire les balles l'une après l'autre, en s'amusant à faire entendre chaque fois le petit tic métallique qui se produit quand la balle sort et que la suivante vient se coller à l'extrémité du chargeur. Il les avait toutes alignées sur la table avant de les disposer en cercle, puis en carré ; ensuite il s'était mis à les soupeser une à une de la main, à lire les lettres et les chiffres gravés sur le culot de chaque douille et à séparer celles qui avaient un point rouge sur leur capsule de celles qui n'en avaient pas ; leurs nombres respectifs s'étaient avérés égaux entre les deux chargeurs. Il avait tiré la partie mobile à fond et appuyé sur un poussoir. Le pistolet s'était désarticulé en deux parties et une vis avait roulé sur le sol. Réda s'était vite baissé pour la ramasser et la reposer sur la table. Il avait alors démonté son arme jusqu'au plus petit élément, la crosse, le canon, la culasse. Après, il s'était reculé un peu pour avoir une vue d'ensemble des pièces métalliques qu'il avait disposées sur la table, bien en ordre à côté des deux chargeurs vides et des balles.

Abbas ajouta que le "*khawéja* Réda" n'avait pas remonté le pistolet devant lui, qu'il lui avait donné l'argent comme d'habitude et que, lui, il était parti. Peu convaincus par la version d'Abbas, les enquêteurs exigèrent plus de détails.

— Il ne vous a rien demandé ? Il ne vous a informé de rien ?

— Non…

Chez les Arabes Mani‘ et leurs cousins, on a une méfiance viscérale à l'égard des gens en uniforme, comme de tous les représentants de l'Etat, d'ailleurs. Cette méfiance fait qu'ils ne peuvent s'ouvrir à eux. Même avec le receveur des factures d'électricité, ils ne savent faire autrement que de louvoyer.

— Quel type de pistolet ?

— Quel type de pistolet ? Je vous jure que je ne connais rien aux pistolets.

Les enquêteurs n'étaient guère satisfaits des témoignages d'Abbas et, comme toujours, il se trouva parmi eux quelqu'un pour juger que le seul moyen de faire éclater la vérité passait par les coups et pour lui donner une grande gifle sans sommation. Abbas manqua de tomber de sa chaise, se rappelant soudainement que Réda lui avait ce jour-là posé une seule question : “Qui est cette femme qui habite chez vous ?”

— Et qu'est-ce que tu lui as dit ?

— Ce que je lui ai dit ? “En quoi ça pourrait bien vous intéresser”, je lui ai dit.

— Pourquoi tu lui as dit ça ?

— Qu'est-ce que le *khawéja* Réda aurait bien pu avoir à faire des Arabes ?

— Et qu'est-ce qu'il t'a demandé d'autre ?

— …

Les enquêteurs, qui pour certains avaient été membres des milices armées pendant la guerre, se dirent que la violence était décidément toujours aussi efficace, et l'un d'eux le gifla une deuxième fois.

— Qu'est-ce qu'il m'a demandé ? Je vous jure, il ne m'a rien demandé… Ah si, il m'a demandé si je connaissais la personne qui allait venir la tuer.

— Et qu'est-ce que tu lui as dit ?

Inutile de le frapper encore. Cette fois, Abbas était terrorisé et manifestement disposé à dire toute la vérité. Ce fut du moins l'impression qu'il leur donna.

— Ce que je lui ai dit ? reprit Abbas en s'interrogeant lui-même.

— Ne répète pas la question, imbécile, réponds !

— Je lui ai dit que personne n'allait venir la tuer, pourquoi quelqu'un serait donc venu la tuer ?

— C'est ce que tu lui as demandé toi ?

— Non, ça, je ne lui ai pas demandé, je vous le demande à vous.

— Tu nous le demandes ?

L'un des agents se contenta de lever la main, sans le frapper.

— Et après ?

— Après ?

L'enquêteur, un auxiliaire de la PJ, faillit perdre ses nerfs. Il le prit par le col de sa chemise et lui dit, en gardant les dents serrées :

— Ne répète pas la question après moi, c'est compris, espèce de crétin ?

— D'accord, d'accord… Il a ri comme s'il se moquait de moi, parce que je ne savais rien.

— Qu'est-ce qu'il a fait après ça ?

— Il n'a rien fait… Si, si, il a décroché la photo de sa tante qui était au mur, ensuite il est retourné s'allonger sur son lit, sans enlever ses chaussures, il a mis ses mains sous sa tête et il a commencé à regarder la photo.

Ce détail surérogatoire, une initiative en laquelle l'agent vit une rouerie tout à fait déplacée, valut à Abbas une dernière gifle, sans cérémonies cette fois-ci.

XVII

Nohad est assise entre ses deux amies égyptiennes, exactement sous la peinture de son grand-père Francis l'aïeul avec son air renfrogné, qui se trouve accrochée au centre du mur, dans un grand cadre en bois plaqué. A gauche, un rideau sombre retombe jusqu'au sol ; ayant été rabattu sur lui-même, il ne semble guère plus large que les épaules de la jeune fille placée à droite de Nohad. Les motifs clairs de ce rideau jurent un peu avec ceux du tapis persan qui recouvre toute la surface de la pièce, mais il est très probable que leurs tons s'accordaient harmonieusement dans la réalité et qu'ils s'accommodaient aussi fort bien avec l'étoffe des deux fauteuils dans lesquels sont installées Nohad et celle de ses amies déguisée comme elle avec un costume d'homme ; la troisième jeune fille, habillée pour sa part d'une élégante robe d'été, se trouvant à moitié assise sur l'accoudoir de Nohad.

Ce cliché en noir et blanc a été pris en 1939, comme on peut le lire au verso à côté de la mention “Nohad al-Baz avec les filles d'Alexandrie”. Depuis cette date, et depuis que Julia, “la fille Aractinji”, est arrivée chez eux, l'agencement de la maison a beaucoup changé, et quiconque irait aujourd'hui faire le tour du rez-de-chaussée et de l'étage pour découvrir sous quel angle cette photo a été prise aurait bien du mal à retrouver la trace de ce mur dont les tableaux et les tentures ne laissent aujourd'hui qu'une toute petite surface nue. Une chose frappe d'emblée l'attention dans cette photo : Nohad, qui a dissimulé sa chevelure sous un tarbouche, ressemble à s'y méprendre à Francis. La manière dont elle est assise fait que rien ne trahit sa petite taille et de plus elle porte ce costume d'homme, sans doute déniché dans la penderie de son frère.

En observant le cliché plus attentivement, on peut discerner dans les yeux de la fille Baz une sorte d'hésitation à se donner ainsi en spectacle. Car ce déguisement ne répond aucunement à des nécessités d'ordre théâtral, comme on pourrait le croire ; il résulte d'une simple envie de jouer à se travestir. D'ailleurs, il semble bien que, au moment où elle pose devant l'objectif du photographe, Nohad ne soit pas tout à fait rassurée quant à l'issue de ce petit badinage. L'amie qui est elle aussi travestie baisse pudiquement les yeux, comme pour bien signifier que revêtir un costume masculin, tenir entre ses doigts une cigarette – à une époque où il restait très mal vu pour une femme de paraître avec une cigarette, même sans l'allumer, c'était déjà en soi une manière d'entrer dans la peau d'un homme –, porter des chaussures à lacets et une cravate, tenir la tête droite pour maintenir le tarbouche en équilibre… que non, toute cette mise en scène n'est pas de son fait et que l'idée vient de la maîtresse des lieux.

La veste masculine de Nohad est anthracite, celle de son amie, noire, et tandis que le travestissement de Nohad fonctionne à merveille, son amie a négligé – à dessein peut-être – un petit détail qui suffit à lui seul à trahir sa féminité : ses socquettes transparentes qu'elle a gardées et que l'on aperçoit à cause de sa façon de se tenir elle aussi les jambes croisées. La jeune fille assise au bout du canapé porte une robe à fleurs et un chapeau à long ruban. Elle a le cou et les bras nus et prend une pose charmeuse, le regard alangui et le corps abandonné. Elle tient son petit sac de dame d'une main et passe l'autre avec coquetterie dans sa chevelure retombant sur ses épaules. On la dirait contrainte de suppléer à la pénurie ambiante de féminité causée par la défection de ses deux amies et c'est comme si elle ne pouvait tenir le rôle de la femme qu'en surjouant, avec une telle outrance qu'à côté les deux autres paraissent beaucoup plus naturelles, malgré l'embarras qu'elles éprouvent dans leurs vêtements d'hommes.

Nohad est encore jeune. Elle doit avoir comme les deux autres la vingtaine, bien qu'on ne puisse exclure un âge un peu plus avancé pour son amie travestie. Ce qui est néanmoins certain, c'est que Nohad ignorait alors qu'elle resterait vieille fille. Sans doute croyait-elle toujours, camouflée dans les vêtements de son frère, que sa vie serait une heureuse partie de plaisir à l'abri du temps qui passe et que son existence allait être faite de soirées à l'hôtel *Saint-Georges* et de perpétuelles invitations à dîner. Elle n'avait pas encore pris la mesure du fardeau que représenterait pour elle la maison Baz. Comment sinon aurait-elle pu folâtrer ainsi ? Et comment se serait-elle autorisé cette frivolité que ses neveux ne lui connaîtraient jamais ? Elle qui, le jour où le premier obus de mortier atterrit derrière la maison en faisant voler en éclats les vitres du rez-de-chaussée, alors qu'ils étaient tous attablés pour le déjeuner, se redressa, attendit que tout le monde ait repris son souffle, ordonna à Bahiyya qui avait eu une peur bleue de rejoindre sa petite famille dans la cave et se mit à les servir elle-même, interdisant à quiconque de quitter sa chaise tant qu'elle n'aurait pas apporté le café dans leur service en porcelaine de Limoges le plus luxueux :

— S'ils arrivent à nous faire lever de cette table, ils arriveront à nous chasser de la maison et ensuite à nous faire quitter le pays !

Un beau jour, le service en Limoges disparut. Jusqu'à la dernière tasse. C'était l'époque où ils se disputaient le mobilier de la maison et où Nohad, rendue impotente par son arthrose, commençait à ne plus pouvoir quitter sa chambre. Avait également disparu le tableau de Massoud entouré de dindons à côté du dattier, qui était accroché au bas de l'escalier. Là, nul ne pouvait manquer de le voir. C'est Massoud lui-même qui avait décidé de cet emplacement. Il se tenait en permanence à côté pour amener les gens à venir l'admirer, tentant chaque fois de les conduire dans la foulée à l'extérieur afin de leur montrer l'endroit où il avait posé pendant deux heures sans bouger. Après sa mort, personne n'envisagea de changer le tableau de place. L'auteur du vol connaissait sans nul doute sa valeur, et peut-être était-il l'un des nombreux visiteurs auxquels Massoud avait révélé que sa cote avait augmenté depuis que César Gemayel était devenu un peintre célèbre. On n'osa alors mettre personne en cause, mais lorsque le service en porcelaine de Limoges se volatilisa à son tour, on poussa des cris accusateurs. Abbas et Bahiyya furent les premiers visés. C'est Jojo qui descendit les voir ; il se posta sous le chêne et appela Abbas de dehors.

— Soit vous rendez le service en Limoges, soit vous faites vos valises et ciao !

— Le service en quoi, *khawéja* ? s'enquit Abbas de l'intérieur.

— Les tasses et les sous-tasses… Rendez-les immédiatement !

Après une brève hésitation, il ajouta :

— De toute façon, on va bientôt avoir besoin de la cave…

Jojo faisait référence à ce fameux projet viticole qui avait comme tous les autres été planifié dans les moindres détails, sur le papier du moins, et qui n'attendait que le prêt de la banque. C'était le grand projet de la maison, au fiasco duquel trois générations de Baz avaient œuvré depuis qu'un expert français passé dans le pré derrière la maison avait déclaré que ces pentes douces pourraient bien donner un vin "royal". Encore meilleur que le bordeaux si un expert supervisait le travail.

Abbas sortit et, réalisant de quoi on l'accusait, déclara :

— *Khawéja*, les Arabes ne sont pas des voleurs…

Jojo partit d'un rire moqueur. Bahiyya, dépitée, répliqua :

— On est chez nous ici, comment on pourrait voler ?

— C'est bien ça, ils sont chez eux, c'est tout à fait ça, la maison est à eux…

Personne n'était là pour les soustraire à la méchanceté de Jojo. Nohad était dans son lit et ne pouvait entendre tout ce tapage depuis sa chambre. Quant à Julia, elle était partie en visite chez des amis. Abbas allait pour charger les matelas dans la Peugeot quand Réda apparut à la porte principale et commença à échanger des mots avec son frère :

— De quel droit tu les chasses ?

— De quel droit tu m'en empêcherais ?

— Ils vivent ici depuis des années, nous n'étions même pas nés quand ils sont arrivés, tu ne sais donc pas ?

— Ils nous volent. On en a assez d'eux…

— Pas moi…

Leurs altercations étaient vives mais brèves, et il se produisit cette fois-ci ce qui se produisait chaque fois : Margaret s'approcha de Jojo, lui dit quelque chose en allemand, après quoi il rentra à l'intérieur de la maison en grommelant.

Ils ne mirent pas Nohad au courant de la disparition du service en Limoges. Ils ne la tenaient plus au courant de rien. Une décision qui remontait au jour où ils avaient vu Bahiyya descendre de sa chambre avec un sourire inaccoutumé sur les lèvres. Son visage parlait pour elle, mais lorsque Réda lui demanda ce qu'elle avait, elle n'osa d'abord pas répondre. Devant son insistance, elle finit par passer aux aveux : Nohad lui avait demandé de bien nourrir le paon et de faire attention à ne pas lui donner des pois chiches parce qu'il n'aimait pas ça et que ça le faisait vomir.

— Le paon ?!

Le dernier volatile de cette espèce qu'ils avaient eu chez eux était mort de vieillesse, précisément pendant cette nuit de Nouvel An au cours de laquelle s'était déroulé le coup d'Etat manqué des officiers du Parti social nationaliste syrien*, soit trente ans plus tôt !

Nohad croulait sous le poids des contrariétés : le mariage de Jojo avec une Autrichienne qui ne lui avait pas donné de petits neveux et avec qui elle n'était jamais parvenue à s'entendre ; le tempérament difficile et étrange de Réda ; Sarah qui avait épousé un musulman et qui avait définitivement coupé les ponts avec la famille ; sa belle-sœur "sur qui on ne pouvait vraiment pas compter". Et de la même manière qu'un mal de tête ou des grelottements peuvent être les symptômes précurseurs d'une maladie, cette pensée soudaine pour le paon fut le premier signe de sa retraite irrémédiable dans le passé. Elle fit d'un seul coup descendre le monde de ses épaules. Tantôt elle demandait ses manuels d'écolière et ses cahiers d'écriture, tantôt elle pressait Bahiyya de lui sortir son trousseau de mariée de sa penderie et de ses malles pour l'étaler aux quatre coins de la chambre, sur le fauteuil et les chaises, et commencer à préparer les serviettes de bain, les chapeaux, les chaussures, en se disant qu'elle devait se décider à se marier, et qu'il était grand temps, parce que les mites entamaient déjà ses chemises de nuit et ses corsages. Si elle venait à entendre depuis son lit la sonnette de la porte, elle se mettait à crier à qui était susceptible de se trouver à portée de voix qu'il devait dérouler le tapis sur la table et sortir un nouveau jeu de cartes, parce que ses amies – qu'elle nommait alors une à une : Colette Azzam, Mirna Abou Soleiman et Marie-Té – étaient arrivées pour leur partie de bridge hebdomadaire. Le plus étrange, c'est qu'une fois ses instructions données elle ne sortait pas de son lit, n'enfilait pas ses vêtements pour aller accueillir celles qu'elle imaginait en train d'attendre derrière la porte, n'appelait pas Bahiyya pour qu'elle l'aide à descendre jusqu'à la salle de jeu ; elle se contentait de se retourner d'un flanc sur l'autre en gardant sa bouillotte contre son estomac et ne redemandait à aucun moment qui avait frappé. Quand elle commença à oublier les prénoms de ses neveux et qu'il devint de plus en plus difficile de satisfaire à ses exigences, on la fit transporter à la maison de retraite de Bhersaf, sans la moindre objection de sa part.

Elle quitta la maison en laissant donc cette photo qui allait prendre place dans la chambre de Réda, face au lit, cette photo sur laquelle elle posait entre ses deux jeunes amies, sous le portrait de Francis l'aïeul dans son grand cadre en bois plaqué. Le fondateur de la maison et la vestale du foyer. Peut-être Nohad l'avait-elle arrachée de son album un jour qu'elle était en train de le feuilleter, voulant renier le temps de l'inconséquence, le temps de ces enfants d'Egypte dont les parents, ruinés du jour au lendemain par l'effondrement des cours du coton, s'étaient soudain souvenus qu'ils avaient un autre pays, un pays qui les avait vus naître, là-bas, de l'autre côté de la Méditerranée. Ils avaient fait leurs valises et traversé la mer jusqu'à Beyrouth où, leur répétait-on, ils gardaient de la famille, des cousins grassouillets qui continuaient à porter le tarbouche et qui les aimeraient comme leurs frères, même s'ils lorgneraient quelque peu sur leur argent. Ils rentrèrent sans le sou et malgré cela on vint les attendre sur le port. On les reconnut aux traits de leurs visages. On rit avec eux, en s'étonnant d'entendre dans la bouche de ces parents le dialecte des fils du Nil. Ils parlaient l'arabe – et qu'est-ce qu'ils pouvaient parler ! –, mais ne l'écrivaient pas ; pour cela, ils utilisaient le français. Parmi eux, Soleiman Attiya était le lettré dont ils sollicitaient l'arbitrage en cas de désaccord linguistique. Ils revenaient avec des patronymes qui sonnaient comme des noms d'oiseaux. Les hommes portaient le chapeau de travers et les femmes, volubiles, passaient leur temps à disserter. Ils firent la connaissance de Nohad, qu'ils apprécièrent, et la maison d'Ayn Wardeh devint leur repaire champêtre. Ils allaient y lire leurs poèmes, jouer à ce jeu qu'ils avaient apporté avec eux, “tu oses ou tu dis la vérité ?”, organiser leurs sauteries dans la douceur des nuits d’été, attendre bras dessus bras dessous sur la colline aux trembles que l’aube se lève sur la mer, railler entre soi les Beyrouthins et leur gloriole, boire chaque vendredi le vin frais pour savourer avec plus de délice encore les poissons que leur avait choisis Francis al-Baz et fêter leurs anniversaires en n’oubliant jamais personne.

Avant l’heure de leur troisième migration, cette fois-ci de Beyrouth vers les quatre coins du monde, ils regrettèrent quelque peu Alexandrie. Ils avaient apporté avec eux un goût prononcé pour les déguisements, ce qu’attestent les nombreuses photos de représentations théâtrales données dans la maison d’Ayn Wardeh, comme celle où l’on voit Massoud avec de ridicules moustaches dessinées au charbon, incarnant Antar dans la pièce de Shukri Ghanem, et comme celles qui montrent Soleiman Attiya dans différents rôles, dont celui de la servante Georgette dans *L’Ecole des femmes*. Soleiman qui, chaque fois qu’il venait leur rendre visite, bien qu’en traînant de plus en plus les pieds à mesure que le temps passait, ne pouvait s’empêcher, quand il disait bonjour et au revoir, de couvrir Jojo et Réda de baisers goulus, ne desserrant pas son étreinte tant que leurs petits corps n’avaient pas tressailli et que leurs oreilles n’avaient pas rougi de pudeur.

L’inclination du poète de langue française pour la gent masculine faisait partie des rares excentricités, peut-être même la seule, dont les Baz dans leur ensemble savaient s’accommoder sans ciller ou lancer des piques. Un silence absolu régnait à Ayn Wardeh sur ce qu’on pouvait entendre ailleurs de ses fréquentations, de ses amis du tout-venant qui lui menaient la vie dure et le déplumaient dès qu'ils avaient réussi à le prendre par son faible. Même Massoud qui avec l'âge perdit toute forme de retenue ne se laissa jamais aller à la moindre niaiserie sur le sujet. Ils pouvaient se montrer féroces avec la moindre pluie non prévue au programme mais acceptaient Soleiman Attiya comme il était. Seule une brève allusion échappa un jour à Julia, qui regardait la photo de Nohad habillée en homme avec ses deux amies égyptiennes :

— Elle a sûrement voulu faire plaisir à Soleiman !

Elle était à cent lieues de vouloir blesser qui que ce soit et pourtant cette simple plaisanterie avait bien failli déclencher d'interminables affrontements entre Nohad et elle.

Parmi les vieux papiers de la période égyptienne se trouve aussi ce carton d'invitation : "Sous les auspices de Mme Hötzinger et du général en chef de la légion d'Orient, nous avons l'honneur de vous convier à la représentation d'une comédie en trois actes, *La Seconde Surprise de l'amour*. Le 24 mars 1938 dans le salon de la maison Baz." Le profit dégagé par ces mises en scène allait à l'Association d'amélioration de la race chevaline arabe, aux Amis du Musée national ou à d'autres bonnes œuvres. Outre les photos, il resta de toute cette activité théâtrale une malle pleine de costumes : un habit royal avec sa couronne, des sandales de légionnaire romain, une tenue de noces et des masques en carton-pâte. Comme personne ne vint jamais la réclamer, cette malle fut abandonnée dans le coin d'une pièce, où elle demeurerait après le déménagement de Jojo, Margaret et Julia à Beyrouth.

Jean Cocteau vint en personne assister à l'une de ces réjouissances. On monta en son honneur une pièce qu'il avait écrite et la représentation, pour laquelle il fallut faire venir des chaises de Beyrouth, lui plut tant qu'il ne s'arrêta pas d'applaudir. Il avait les cheveux ébouriffés et un regard d'aigle. Des femmes qui n'avaient jamais mis les pieds à Ayn Wardeh jusqu'à ce jour s'attroupèrent autour de lui pour roucouler comme des colombes en le tripotant sans vergogne. Nohad n'avait jamais pu tolérer qu'une femme se livre à ce genre d'effusions, comme d'ailleurs à toute forme de minauderie vis-à-vis du sexe opposé. La séduction ne faisait pas partie de son vocabulaire. Elle est tombée amoureuse de lui, il est tombé amoureux d'elle, elle n'est pas tombée amoureuse de lui, il n'est pas tombé amoureux d'elle : voilà les seules possibilités que Nohad pouvait concevoir entre un homme et une femme, toujours sur le mode du coup de foudre et de l'arrêt définitif du destin. Tout le reste, les œillades, les grandes toilettes et les décolletés, n'était pour elle que futilités et vaines ambitions. Tout cela n'avait à son sens rien à voir avec le désir. Comme si, de cela, les femmes restaient dépourvues et que leurs numéros de charme servaient en réalité d'autres fins, tels l'argent et la renommée.

Il se peut qu'elle se soit mis en tête cette idée de la femme au contact de ses amies égyptiennes qui ne se lassaient jamais de parler d'amour, qui avaient appris tous les vers que les poètes avaient écrits sur le sujet, qui ne vivaient que pour jeter le grappin sur quelque jeune nabab, qui l'une après l'autre avaient vu leurs souhaits exaucés par des hommes d'affaires possédant de petits châteaux dans la campagne anglaise ou des sociétés à Paris et Genève, et qui avaient quitté Beyrouth à la première occasion. Nohad avait quant à elle longuement attendu de rencontrer celui qui s'accommoderait de son caractère impossible. Peut-être s'avisa-t-elle finalement qu'elle appartenait à cette catégorie de femmes incapables de faire ce dont on croit les personnes de leur sexe – et au premier chef les filles d'Egypte – douées par nature : séduire les hommes et les attirer dans leurs filets. C'est en effet ainsi qu'elle apparaît sur cette photo qu'elle arracha un jour de son album, voulant probablement oublier cette part d'elle-même qui ne lui plaisait guère. Travestie en homme, elle semble plus dans son élément. Son attitude n'est pas celle de quelqu'un qui badine avec les appartenances sexuelles – sans doute son amie joue-t-elle pour sa part, et ce jeu la conduira au mariage avec le fils d'une grande famille de banquiers alépins émigrés eux aussi à Beyrouth ; sans le savoir, Nohad ne fait qu'anticiper son destin futur et donne à voir ce qu'elle aura toujours été : une femme passée à côté de sa féminité.

Avec la guerre et la "dispersion des bien-aimés", comme elle aimait à dire, Nohad ne garda dans son entourage que de rares amis ; et parmi les enfants d'Alexandrie, seulement Soleiman Attiya, sur lequel elle veillerait comme sur un trésor.

XVIII

Passé l'effet de nouveauté, la guerre perdit très vite de son empire sur les esprits. On n'en attendait plus grand-chose et chacun dans la maison s'en désintéressa pour vaquer à ses occupations : Nohad à ses vains espoirs de redonner vie à la table de bridge, ne serait-ce qu'une fois par semaine, étant même prête pour cela à inviter celles à qui elle n'avait jamais accordé la faveur d'un bonjour ; Jojo à un projet qu'il échafaudait dans la salle d'armes en compagnie de quelques amis, voulant importer par voie maritime une cargaison entière de vitrages afin de "changer en or" chaque roquette qui tombait ; Margaret tantôt à ses céramiques proto-phéniciennes, tantôt au club des Autrichiennes épouses de Libanais ; et Réda à ses échecs.

— Ce jeu me suffit, c'est une guerre permanente.

Ainsi se dérobait-il si on lui demandait son opinion lorsque, certains après-midi, il se joignait aux autres dans le salon pour écouter le passage en revue monotone des événements de la veille. Et si on l'obligeait à se justifier sur sa constante indifférence aux malheurs qui s'abattaient sur le pays, il relatait l'histoire de ce soldat britannique de la Première Guerre mondiale qui, prenant un jour une tranchée allemande avec son bataillon, trouva là un échiquier sur lequel une partie avait été entamée. Les deux joueurs et tous les hommes assistant au match avaient été tués dans l'explosion d'un obus mais, chose extraordinaire, les pièces étaient restées en place. Le soldat britannique s'empressa alors d'inviter l'un de ses compagnons à finir la partie...

Quand les combats faisaient rage, que les voies de communications étaient coupées et que Réda se trouvait condamné à rester seul à Ayn Wardeh, sans aucun moyen de se rendre au café *Al-Diwan*, les membres de la maisonnée pouvaient mesurer son supplice. Il errait comme une âme en peine, lisait un peu sur le balcon, ne tenant pas en place plus d'un quart d'heure et reposant alors son livre pour monter dans sa chambre et redescendre aussitôt improviser quelques notes dissonantes au piano – Margaret demandait depuis plus de six mois qu'on s'occupe enfin de faire accorder l'instrument, un vœu auquel personne ne répondait –, ensuite, il faisait un tour complet de la maison en marchant à toute allure et en regardant par terre comme s'il s'agissait d'une opération de reconnaissance militaire, allait jusqu'à la colline aux trembles où il se tenait un moment à regarder l'horizon en mettant sa main en visière, comme s'il tentait de repérer un point précis, ramassait un caillou qu'il lançait le plus loin possible en direction de la vallée, puis, lassé, s'en retournait d'un pas lourd sur le balcon, afin de lire tout au plus une page, abandonner son livre, grimper de nouveau l'escalier jusqu'à sa chambre et entamer une nouvelle partie, "sans entrain" d'après ses propres déclarations et d'après les dires du professeur de mathématiques, son fidèle partenaire qui n'osait plus s'aventurer à Ayn Wardeh dès qu'il entendait à la radio le moindre avertissement du type : "situation instable sur toute la zone du front", ou "les observateurs craignent une recrudescence des affrontements"…

Seul l'appareil d'écoute téléphonique parvenait à le distraire des échecs et à redonner un peu de vie à la maison. Jojo l'avait un beau jour sorti du coffre de sa voiture pour le porter directement dans la salle des armes et des cartes, en demandant à Abbas de l'aider. Ils l'avaient rentré par la grande porte enroulé dans une toile de tente militaire kaki, avant de traverser le rez-de-chaussée, Jojo le tenant par-devant en regardant à gauche et à droite pour ouvrir la voie à Abbas qui l'imitait à sa suite, sans savoir exactement ce qui justifiait toutes ces précautions. Il avait passé un certain temps à l'installer et à monter cette antenne dont les fines barres métalliques formaient cette croix qui allait rester comme un emblème sur le toit de la maison après que l'appareil d'écoute aurait lui-même complètement disparu. Il s'était ensuite enfermé plusieurs jours durant pour écouter, tout seul ou avec ceux de ses amis qui se trouvaient là, sortant seulement pour annoncer à la maisonnée des informations que personne n'avait pu apprendre par la radio ou par la presse. Il ne put garder longtemps l'usage exclusif de son arme secrète – en réalité, il s'agissait d'une antiquité dont le Parti libéral avait voulu se débarrasser, ayant fait l'acquisition d'un appareil japonais dernier cri qui permettait à la fois d'écouter les communications, de coder les messages qu'il émettait et de décoder ceux qu'il interceptait. N'arrivant plus à éloigner les gens de la maison et les invités qui campaient à la porte de la salle d'armes, il se vit contraint de le transporter dans le salon.

Exception faite de Julia qui emportait son ouvrage de crochet partout où elle allait, ils négligèrent peu à peu leurs occupations pour se réunir autour de l'appareil dont Jojo actionnait les boutons, en se tenant bien à côté, à la manière de ces montreurs de boîtes à merveilles qui venaient sur les places des villages au début des années 1950. C'était lui qui sélectionnait les fréquences, obligeant les autres à écouter des communications assommantes dont il s'efforçait de suggérer qu'elles revêtaient pour lui un intérêt capital. Il exigeait un silence absolu lorsqu'il voulait suivre la conversation entrecoupée de sifflements qu'un homme d'affaires beyrouthin échangeait avec son associé genevois sur les cours de la Bourse de New York et sur les mouvements à la hausse ou en repli des actions, Jojo faisant alors mine de prendre bonne note de ces "tuyaux" qu'il comptait bien mettre un jour à profit pour réaliser l'affaire de sa vie. Le reste de la maisonnée le priait de changer de fréquence, voulant écouter cette femme dont la ligne était plus audible et dont ils ne connaissaient que le prénom, Janine, laquelle passait son temps à téléphoner à ses amies pour les mettre au fait de ce qui s'était dit, lors du dîner qu'elle avait organisé chez elle la veille au soir, entre le colonel syrien, "tu sais, ce grand et beau jeune homme dont je t'ai parlé la dernière fois", et "M. le ministre", de qui elle était une confidente, à savoir que le pays devrait encore affronter six mois difficiles et qu'ensuite la situation irait soit vers une embellie, soit vers le chaos, Janine conseillant enfin à son amie de transférer une partie de ses comptes au Crédit lyonnais, en France, ou dans n'importe quelle banque suisse, au cas où. Réda les rejoignait parfois avec le professeur de mathématiques – qu'il devait inviter plusieurs fois à venir s'asseoir, faute de quoi ce dernier pouvait rester planté dans un coin avec son sourire gêné ; ils écoutaient un moment avant de retourner à leurs échecs, Réda déclarant en partant qu'il n'aimait pas écouter les gens à leur insu, de la même manière qu'il n'aimait pas regarder une personne qui dormait. Ils cédaient alors leurs places aux connaissances de la famille qui résidaient dans les environs et qui, ayant eu vent de l'existence de cet appareil chez les Baz, s'étaient mis à venir sans rendez-vous à Ayn Wardeh, redonnant ainsi à la maison un dernier sursaut de vie sociale. Nohad, qui n'avait pu retenir une petite larme en voyant la maison se remplir à nouveau, tenait absolument à préparer chaque fois un taboulé dont elle proposait à chacun une assiette de ses mains tremblantes. On mangeait alors en écoutant les responsables du camp palestinien de Chatila rendre compte de mouvements très suspects, “stop”, et de l'installation d'unités d'artillerie tout autour du camp, “stop”, puis demander aux cadres de l'OLP à Tunis de mettre le “frère Abou Ammar*” personnellement au courant. Pour remercier Nohad de son accueil, les hôtes de la maison revenaient le lendemain avec un gâteau surmonté d'une miniature en sucre bleu du temple de Bacchus – celui de Baalbek –, au faîte duquel était planté un petit drapeau libanais en nougat avec son cèdre vert au centre. Ils pouvaient alors suivre attentivement les communications de cette fille qui s'obstinait à brouiller les instructions qu'elle transmettait aux milices des Forces libanaises en utilisant un système de codes mêlant les chiffres et les lettres, “S, 203, OMAR, 15, BOULBOUL”… On interrompait donc Réda dans sa partie pour qu'il vienne en urgence décrypter, un exercice dans lequel il était passé maître, pouvant traduire le message d'une traite aussitôt qu'il se terminait.

Ils s'habituèrent à la présence de ces gens qu'ils ne voyaient pas et en vinrent peu à peu à ne même plus ressentir la nécessité d'un contact visuel entre ceux qui parlaient et ceux qui écoutaient. C'était comme s'ils n'avaient nul besoin de les avoir face à eux pour leur donner un visage, leurs voix suffisant amplement à dire qui ils étaient, à quoi ils ressemblaient, quelle était leur façon de se tenir et de s'asseoir chez eux ou dans le bureau depuis lequel ils parlaient avec leur téléphone sans fil. On entendit la guerre plus qu'on ne la vit ; on entendit les responsables des opérations donner des ordres que l'on comprenait à demi-mot, "la marchandise vous arrivera dans une demi-heure, ne l'utilisez qu'en cas d'extrême nécessité" ; on entendit les combattants des deux camps faire fi du langage réglementaire en s'invitant sur la fréquence de leurs adversaires pour leur lancer des insultes et injurier mères, frères, femmes, Jésus-Christ et le prophète Mohammed. On suivit aussi un mois durant les conversations quotidiennes d'un jeune homme et d'une jeune fille qui, à partir de minuit et jusqu'à une heure du matin, ne se lassaient pas d'échanger des mots d'amour et des reproches galants ; et celles d'une femme et de son fils étudiant dans une université de Montréal, à qui elle se plaignait de la présence d'un franc-tireur dans la rue Habib-Pacha-Saad, du côté de l'Ecole supérieure des lettres sur la route de Damas, qui l'empêchait de descendre faire ses provisions à l'épicerie ; ils entendirent aussi – et là ils n'en crurent pas leurs oreilles – un homme appeler son médecin, docteur, je ne sais pas comment vous dire, quoi donc, vous n'allez jamais me croire, parlez enfin, et le patient de lui apprendre, par des formules pudiques et des euphémismes entrecoupés de mille excuses, ne m'en veuillez pas mais il faut que je vous dise… que deux jours auparavant, alors qu'il était en train de "dormir" avec sa femme, une grande explosion avait secoué l'immeuble de fond en comble, qu'à cet instant il se trouvait dans un état de forte excitation – un détail arraché par une question du médecin –, qu'ils avaient tous les deux eu une peur bleue, qu'ils étaient sortis sur le balcon pour constater les dégâts et qu'au bout d'une demi-heure les choses avaient repris leur cours normal, à l'exception toutefois du pénis de monsieur qui était resté en érection, comme jamais, qu'est-ce que je fais docteur, je suis comme ça jour et nuit, ça fait deux jours que je ne suis pas allé au magasin, pour qui je passerais… Dans la maison, les femmes pleuraient de rire en échangeant des regards entendus et on fit un tel raffut que personne ne put entendre les prescriptions du médecin.

Mais leurs petits divertissements furent de courte durée puisque les combattants des milices et des organisations ne tardèrent pas à passer à des techniques de transmission plus perfectionnées, de sorte que la plupart du temps les seules communications que Jojo parvenait à intercepter étaient celles des agents de la circulation ou des hommes de la Sécurité intérieure, par exemple un sergent-chef qui perdait patience et allumait sa radio pour demander au poste d'envoyer l'équipe de relève, parce que ses gars et lui commençaient à mourir de faim ; ou celles des capitaines des navires croisant au large, qui hurlaient dans toutes les langues imaginables ; ou encore celles des employés d'Electricité du Liban qui se traitaient de tous les noms en se disputant sur les rationnements de courant. En somme, des gens qui n'avaient guère de secrets à trahir. Et puis un jour, alors que les Baz et leurs hôtes étaient en train d'écouter la fréquence de la PJ de Beyrouth et que le poste central annonçait le vol d'une Mercedes dans la localité de Sakiet al-Janzir, le cinquième en moins de deux jours pour ce modèle 190 de couleur noire, Jojo décida de changer de fréquence pour chercher quelque chose de plus croustillant et ils entendirent la voix d'une femme qui appelait :

— Mounir…

C'était comme si le Mounir en question se tenait juste devant elle et qu'il ne voulait pas répondre, ou comme s'il dormait et qu'elle essayait de le réveiller.

— Mounir, réponds-moi…

Julia releva le nez de son crochet, s'apercevant du ton très inaccoutumé de cet appel, et lorsque la femme cria pour la deuxième fois sans recevoir de réponse, tout le monde tendit l'oreille en constatant l'inquiétude qui emplissait sa voix. Comme toujours, Soleiman Attiya demanda à la personne assise à côté de lui de lui expliquer ce qui se passait, ayant remarqué le sérieux qu'affichaient les visages mais ne pouvant entendre ce qu'on disait parce que, comme souvent depuis quelque temps, il avait oublié son appareil auditif à la maison. Quelqu'un appela Réda et le professeur de mathématiques pour qu'ils descendent dans le salon, car quelque chose de singulier était en train de se passer, et à cet instant Mounir répondit à mi-voix, rassurant sa mère en lui disant qu'il n'avait pas faim, qu'il ne se serait jamais attendu à ne pas souffrir en recevant une balle, qu'il avait juste un peu froid, en particulier aux mains et aux pieds. Un grand silence se fit dans le salon. Les invités s'étaient arrêtés de manger leur taboulé et les bruits de mâchoires et de dents qui broyaient les feuilles de laitue avaient cessé. La femme lui demanda si le sang continuait à couler de sa plaie et s'il se sentait la force d'aller chercher de l'aide chez un voisin de palier. Il lui répondit que les voisins d'en face avaient pris peur et s'étaient enfuis dans la montagne dès le début des affrontements. Même Dounia, qui était en train de vider les cendriers, comprit que l'heure était grave et s'arrêta de circuler au milieu de l'auditoire pour écouter attentivement. Le silence régnait dans le salon. La femme ne parlait pas, l'homme ne parlait pas. On entendait seulement les grésillements sur les ondes. Nohad ne put se maîtriser plus longtemps et hurla, lui ordonnant de dire quelque chose. Le partenaire d'échecs de Réda, qui tenait encore à la main le journal dont il se protégeait du soleil, demanda si l'homme était mort. La femme appela de nouveau, la voix étranglée par des larmes qu'elle avait de plus en plus de mal à contenir. Mounir. Puis elle le supplia de faire quelque chose, n'importe quoi, descendre dans la rue s'il s'en sentait capable, demander à la première personne venue de l'aider. Mais aucune réponse ne lui parvint. L'une des dames vint rompre le silence qui s'était abattu sur le salon des Baz par une quinte de toux, ne parvenant plus à se retenir. Tout en essayant de reprendre son souffle, elle s'excusa de ce si soudain accès, sans doute dû aux épices du taboulé, précisa-t-elle avant de se remettre à tousser, ses yeux sortant chaque fois de leurs orbites. Et tandis que tout le monde se retournait pour voir cette dame se précipiter vers la porte du jardin, à deux doigts de s'étouffer, Jojo, l'oreille collée sur le poste d'écoute, crut entendre l'homme dire quelque chose. On écouta de nouveau : Tu sais maman, c'est bien plus facile que je ne l'aurais imaginé, en fait, c'est presque rien... Margaret cria à Jojo d'éteindre le poste parce qu'elle ne pouvait plus supporter, mais voyant qu'il ne lui prêtait aucune attention, elle se rua vers la sortie en se bouchant les oreilles et alla s'asseoir sous le chêne, bientôt rejointe par Dounia, qui n'oublia pas de se munir du paquet de cigarettes et des allumettes. La femme appela son fils une fois encore pour lui dire qu'elle l'aimait et qu'il ne devait pas avoir peur. Je t'aime, n'aie pas peur, n'aie pas peur, se mit-elle à lui répéter sans s'arrêter, comme si elle n'attendait plus la moindre réponse de sa part, ou comme si, en fin de compte, elle ne voulait plus qu'il lui réponde. Julia s'effondra à son tour en suppliant Jojo soit d'éteindre le poste, soit de changer de fréquence, à quoi il se refusa, rappelant à tous qu'à l'origine il avait rapporté cet appareil pour son usage personnel, parce que le pays traversait des événements majeurs dont il était supposé se tenir au courant régulièrement, mais qu'on l'avait obligé à le mettre ici, dans le salon, et puis que la guerre était la guerre, que les cœurs sensibles n'avaient qu'à écouter les chansons de Fairuz à la radio. Jojo se répandit en longs discours qui empêchèrent tout le monde d'entendre ce que la femme disait à son fils, laissant éclater sa rancœur contre la maison et vitupérant son style de vie. Les hôtes se sentirent soudain de trop et, devant l'imminence d'une querelle familiale, ils entreprirent de se retirer en s'excusant. Nohad attrapa la main de Soleiman Attiya et le conduisit à l'étage, où Julia les avait précédés pour s'enfermer à double tour dans sa chambre, incapable de retenir plus longtemps ses larmes. Puis ce fut le tour de Jojo qui, dans un accès de colère, abandonna l'appareil et se dirigea vers la porte d'entrée à la recherche de Margaret, tandis que la femme continuait à parler à son fils :

— Mounir ! C'est juste une petite blessure, n'aie pas peur…

— …

Les derniers à quitter le poste furent Réda et son ami le professeur de mathématiques. Mais plutôt que de remonter tous les deux finir leur partie d'échecs ou en engager une nouvelle, ils se séparèrent là, sans échanger un mot ou un petit signe de la tête, chacun partant dans sa propre direction, Réda vers l'escalier, pour monter dans sa chambre, et le professeur de mathématiques vers la porte, pour rentrer chez lui.

— Mounir ! Garde les yeux ouverts… Tu m'entends, Mounir ?

La voix de la femme continua à habiter seule le salon.

— N'aie pas peur, Mounir…

C'était comme un disque qui tournait dans le vide.

Soudain le professeur de mathématiques revint, ouvrit la porte, se dirigea vers l'appareil et l'éteignit. Il le scruta pendant quelques secondes, puis, comme quelqu'un qui aurait attendu trop longtemps l'occasion de régler un compte, il lui administra un coup de poing en s'arrachant un cri de douleur. Il prit alors son poing dans son autre main, lâcha un rire proche du jacassement et repartit. Un silence tenace s'empara de la maison. Durant une bonne semaine, ses habitants chuchotèrent chaque fois qu'ils étaient obligés de parler. Le bourdonnement des avions passant dans le ciel d'Ayn Wardeh depuis la réouverture de l'aéroport de Beyrouth électrisait l'atmosphère. On ne supportait plus la sonnerie du téléphone, ni les rires de Dounia, ni encore le bruit des camions qui grimpaient la côte. Et il y avait même toujours quelqu'un pour trouver à redire aux froufroutements que les feuillages des trembles faisaient entendre lorsque le vent soufflait.

XIX

Dounia se rendit compte que quelque chose d'inhabituel était en train de se passer sous la fenêtre du coin, aussi empoigna-t-elle la main de sa copine blonde pour l'empêcher d'approcher. Ce jour-là, elles étaient revenues plus tôt de la route, d'abord parce que le soleil tapait et ensuite parce qu'à force de harceler les clients de la station-service en frappant aux vitres de leurs véhicules elles avaient réussi à se faire chasser par le patron rondouillard. Ce dernier connaissait bien les deux fillettes. Elles lui rendaient régulièrement de petits services, mais de temps à autre elles le poussaient à bout :

— Maintenant ça suffit ! Rentrez chez vous…

Elles s'engageaient sur le chemin d'accès à la maison Baz – la blondinette avait dû insister pour que son amie la laisse venir avec elle et cette dernière avait exigé cinq cents livres contre le droit de l'accompagner – quand Dounia aperçut la jeune femme qui logeait chez eux sortir de la cave et se diriger sous la fenêtre de Réda, les mains chargées des assiettes du déjeuner. Depuis deux jours, sa mère pouvait à peine marcher, conséquence d'une glissade dans l'escalier qui lui avait valu un gros bleu à la cheville. Son pied droit la faisait hurler dès qu'elle le posait par terre. Tout ce qu'elle pouvait faire, c'était alors de s'asseoir pour faire la vaisselle, d'étendre sa jambe sur une chaise pour préparer à manger, d'envoyer sans cesse Abbas en courses et, si Dounia était encore à errer sur la route, de charger sa cousine d'apporter le repas au *khawéja* Réda.

La jeune femme s'avançait d'un pas gracieux et languide sous la fenêtre du coin quand, soudain, le panier se mit à remonter. Ce devait être la nouvelle épreuve à laquelle Réda voulait la soumettre. Il tirerait sur la corde juste avant qu'elle dépose les assiettes dans le panier et attendrait de voir sa réaction. Lorsque Dounia vit le panier s'élever avant même que la cousine ne soit arrivée à sa hauteur, elle préféra rester où elles se tenaient avec sa copine, juste après le croisement, bien consciente que si elles s'avançaient sous le chêne et apparaissaient dans le champ de vision de Réda et de la jeune femme elles compromettraient sans doute la suite des événements et manqueraient sûrement quelque chose.

La cousine ne releva pas la tête en voyant le panier remonter. Arrivée au pied de la fenêtre, elle déposa les assiettes par terre et attendit, vêtue de son éternelle robe couleur de vin et les cheveux noués avec un petit ruban noir – l'une de ces coquetteries qui agaçaient Bahiyya au plus haut point –, que Réda daigne faire redescendre la corde. Pendant ce temps, Dounia et sa copine essayèrent de disparaître complètement derrière un petit buisson d'églantines, seule cachette se trouvant à leur portée. La jeune femme attendit de longues minutes sans bouger et sans lever la tête avant de se décider à faire quelque chose. Elle regarda ensuite partout autour d'elle, se pencha pour reprendre les assiettes et se dirigea tout droit vers l'entrée de la cave, comme si elle s'était acquittée de ses obligations vis-à-vis de Réda, lequel ne voulait visiblement pas de son repas.

Voyant les choses prendre ce cours qui ne promettait plus rien d'intéressant, Dounia faillit se remettre en marche vers le chêne. Il arrivait en effet que le *khawéja* Réda refuse de prendre son repas et qu'il s'abstienne par conséquent de faire monter le panier – si, un ou deux jours avant, sa mère lui avait apporté des fruits et des pâtisseries, il s'en contentait. Mais la jeune femme, au lieu de redescendre les assiettes vers la cave où Bahiyya l'attendait, continua jusqu'à l'entrée de la maison, gravit les quelques marches du perron, passa sous les arcatures choueirites et s'engouffra dans le rez-de-chaussée.

— Elle monte chez lui ! cria Dounia à sa copine.

— Chez qui ?

La petite blonde avait toujours un train de retard et Dounia, plutôt que de lui répondre, se faufila entre les épines pour rejoindre le pré, afin d'observer la suite des événements de derrière la maison – du côté par lequel s'introduisaient les promeneurs du dimanche –, où personne ne pourrait la voir. L'autre, qui en était encore à essayer de comprendre la situation, lui emboîta le pas. Elles arrivèrent essoufflées vers la première fenêtre du rez-de-chaussée et Dounia ordonna à sa copine de se baisser en continuant d'avancer, de telle sorte qu'on ne puisse les repérer depuis l'intérieur. Elles parvinrent au niveau de la fenêtre qui donnait sur l'entrée. Dounia colla son nez sur le coin du carreau en interdisant à son amie de l'imiter tant qu'elle n'aurait pas pris connaissance de ce qui se passait.

La jeune femme tenait encore les assiettes dans ses mains ; elle s'avançait lentement, en regardant aux quatre coins de la maison déserte et s'arrêta au pied de l'escalier de gauche, gardant le dos tourné vers la fenêtre depuis laquelle Dounia l'épiait. La porte blindée qui défendait l'accès à l'étage supérieur était fermée. Elle tressauta en entendant une porte s'ouvrir en haut, certainement celle de Réda qui avait dû la voir monter les marches du perron au lieu de redescendre dans la cave. Quand le cliquetis métallique de la porte blindée résonna dans le vide du rez-de-chaussée, elle déposa les assiettes sur la première marche de l'escalier et fit demi-tour, comme si elle voulait repartir d'où elle était venue.

— Où vas-tu ?

Elle resta comme pétrifiée sur place, sans se retourner vers la voix.

— Où vas-tu, comme ça ? Il faut que tu apportes le déjeuner en haut…

La jeune femme pivota sur elle-même et s'approcha très doucement de l'endroit où elle avait laissé les assiettes, comme si elle s'apprêtait à exécuter l'ordre de Réda. A un instant donné, elle se tourna vers la fenêtre, obligeant Dounia à se baisser en toute hâte et à agripper sa copine, de crainte qu'elle ne se redresse subitement. Il restait debout, sans bouger, le haut du corps dans la pénombre et les jambes dans la lumière. Elle arriva au niveau de l'escalier, attrapa la rampe en regardant vers le haut et, ne pouvant distinguer les choses tout à fait clairement, enjamba les assiettes pour gravir trois marches dans sa direction. Il se décala un peu vers la gauche afin de se placer bien au sommet de l'escalier sur lequel elle s'était engagée.

— Dounia ! Il descend vers elle ! chuchota la blondinette.

Dounia la frappa une fois de plus pour la faire taire et se baissa en l'attirant avec elle :

— Prends tes cinq cents livres et fous le camp.

La blondinette la supplia d'un regard plein de sincérité. Dounia se laissa attendrir un peu, mais la prévint :

— S'il nous voit en train de l'espionner, *sitt* Julia va nous jeter à la rue ! T'as compris, fichue imbécile ?

Ils restèrent tous les deux face à face ; lui, le haut du corps toujours dans la pénombre et elle tenant la rampe. C'était la première fois qu'elle levait les yeux vers l'occupant de la chambre. Après un long moment de silence, Réda décida d'entrer en action : il descendit une marche, puis deux, ne se trouvant dès lors plus qu'à une faible distance de la jeune femme, puis trois, laissant son visage apparaître dans la lumière crue du jour qui pénétrait par les fenêtres de derrière, où les fillettes étaient cachées.

Dounia entendit la cousine rire, un rire ample et masculin fait d'une suite de petits cris saccadés qu'elle ne parvenait pas à réprimer. On aurait dit une sorte de hoquet. Chaque fois qu'elle pouffait, son buste était secoué de petits soubresauts. Dounia rit à son tour. Sa copine n'osa pas l'imiter par crainte de se voir encore réprimandée, néanmoins elle remua les yeux dans tous les sens. Réda remonta immédiatement l'escalier et, par une sorte de réflexe inconscient, porta la main à son visage pour le cacher. Ses doigts tremblaient. La jeune femme fit elle aussi quelques pas en arrière, gardant la main sur la rampe et les yeux droit sur le visage de Réda qui se trouvait de nouveau dans la pénombre. Pendant un instant, tandis qu'elle descendait à reculons, elle sembla avoir réussi à se maîtriser, ne faisant plus entendre que de petits bruits voisins du miaulement, comme une sorte d'écho à ses éclats de rire précédents. Mais en atteignant la première marche elle mit le pied dans l'une des assiettes qu'elle ne se rappelait pas avoir déposées là et chancela. Elle tenta de reprendre son équilibre en faisant un autre pas en arrière et sa chaussure tomba pour atterrir au milieu des assiettes qui s'entrechoquèrent alors sans se casser. Finalement, elle réussit à se stabiliser en arrivant en bas.

Reprenant son souffle, elle constata son œuvre, releva la tête vers Réda, au sommet des marches, et explosa à nouveau de rire. Une série de petites détonations à répétition qu'elle renonça cette fois-ci à vouloir étouffer. Elle s'en donna à cœur joie, s'esclaffant tantôt à cause des plats renversés au milieu desquels gisait sa chaussure, tantôt à cause de Réda, qui se tenait immobile dans la pénombre, comme pris de court par tous ces événements.

— Ça suffit ! Tais-toi ! lui cria-t-il à pleins poumons afin de couvrir ses éclats de rire interminables.

Comme elle ne se taisait pas, il cria encore une fois. Son intonation indiquait clairement qu'il était sur le point de perdre tout contrôle de lui-même. Dounia pinça le bras de sa copine pour l'avertir que les choses atteignaient leur paroxysme. La jeune femme n'obéissait pas, pire, elle se tordait de rire. Les yeux de Réda sortaient de leurs orbites et, brusquement, il se rua sur elle. Le voyant dévaler l'escalier, elle éjecta sa seconde chaussure avant de s'enfuir pieds nus vers l'escalier de droite. Elle s'appuya sur la rampe pour se retourner vers Réda qui, en arrivant au bas de l'escalier gauche, ne manqua pas de se prendre à son tour les pieds dans les assiettes, répandant le riz, renversant le lait et faisant rouler la pomme rouge jusqu'à l'autre bout de la pièce. Dounia et sa copine relevèrent la tête et se mirent à observer la scène sans se gêner et sans trouver le temps d'échanger le moindre mot, mais lorsque la jeune femme détala vers le second escalier, Dounia fit signe à son amie d'aller se poster à une autre fenêtre de façon qu'elle ne sorte à aucun moment de leur champ de vision.

Ils se retrouvaient face à face, de nouveau prêts à bondir, elle pour s'échapper et lui pour l'attraper. Elle haletait, surexcitée. Réda se baissa pour ramasser la chaussure qu'elle avait jetée par terre, s'attirant un rire moqueur de sa part, et examina la savate en la retournant entre ses mains, ce qui fit redoubler chez la cousine ces miaulements hystériques qui, avec leurs accents masculins, sonnaient comme des cris de petit animal hermaphrodite. Il jeta la chaussure et s'avança vers elle en lui faisant signe de ne pas s'enfuir, mais elle se hâta de monter l'escalier, sautant les marches quatre à quatre avec une étonnante agilité. Ce petit jeu l'excitait plus qu'il ne l'apeurait. Il ne la rejoignit pas, la laissant le surplomber depuis le palier où il s'était tenu en sortant de sa chambre. Soudain, elle écarta les jambes, remonta sa robe au-dessus de ses cuisses en la faisant aussitôt retomber, laissant voir un court instant ses dessous, et lui lança :

— Viens m'attraper et prends-moi !

Un rire de femme avec une voix d'homme. Dounia et sa copine, chacune à sa fenêtre, échangèrent un regard. Réda tenta de se maîtriser pour la prendre par la ruse, ne pouvant rivaliser avec la légèreté de ses pieds nus. Il remonta d'une marche sur l'escalier de droite, elle en descendit une sur celui de gauche. Il montait ; elle descendait, si bien qu'ils restaient toujours à égale distance l'un de l'autre. Elle ne lui laisserait pas l'avantage ; il ne la laisserait pas lui échapper, il la voulait quoi qu'il lui en coûte. Tentant une feinte comme celles dont usent les joueurs de football, il fit mine de remonter pour l'inciter à dévaler quelques marches et repartit aussitôt vers le bas pour la rattraper. Elle flaira habilement le piège et revint se placer au-dessus de lui. Pendant ce temps, Dounia et sa copine faisaient l'aller-retour entre les fenêtres, en intervertissant leurs postes d'observation, elles aussi hors d'haleine.

— Allez, viens m'attraper ! insista la jeune femme en s'esclaffant de nouveau.

Manifestement, elle avait envie qu'il le fasse. Mais, plutôt que d'entrer dans son jeu, Réda s'assit sur les premières marches de l'escalier de droite et baissa la tête en prenant l'attitude de quelqu'un qui ne veut plus rien entendre. Il sourit vaguement, comme s'il se riait de lui-même. Elle était surexcitée et, le calme de Réda ne faisant que l'échauffer plus encore, elle dévala l'escalier opposé jusqu'en bas, où le déjeuner se trouvait dispersé, avant de s'arrêter pour l'encourager à la prendre en chasse. Il ne se retourna même pas et demeura recroquevillé sur lui-même, acculant la jeune femme à attraper sa chaussure et à la jeter sur lui en l'atteignant à l'épaule.

Cette provocation suffit à déchaîner la rage de Réda. Les yeux lui sortaient de la tête et, ne pouvant en supporter plus, il s'élança de plus belle à sa poursuite. Elle le sema en montant l'escalier quatre à quatre et quand elle se trouva face à la porte blindée, se garda d'entrer pour ne pas se voir bloquée à l'étage supérieur, préférant foncer dans l'escalier opposé, talonnée par un Réda à court d'haleine et sur le point de défaillir.

Lorsqu'elle arriva en bas, il ne se trouvait plus qu'à deux enjambées derrière elle et elle poussa alors de petits cris de peur mêlée d'excitation. Mais, dans cette course échevelée, Réda glissa et s'effondra par terre. La jeune femme s'échappa et quand elle le vit affalé au pied de l'escalier ses cris se muèrent en éclats de rire narquois. Il la couvrit d'insultes et se rua sur elle qui, au lieu de remonter l'escalier, fatiguée de ces ascensions sans doute, ou convaincue que si elle faisait cela il parviendrait à l'attraper, courut au fond de la maison, où Réda la pourchassa, tous deux se dérobant alors à la vue de Dounia et de sa copine.

— Par où elle compte s'enfuir ? Y a pas de porte de ce côté… affirma Dounia, qui ne voulait pas que cette course-poursuite prenne fin.

La blondinette et elle tendirent l'oreille de manière à entendre tout bruit venant du côté de la cuisine, mais manifestement la jeune femme et Réda étaient allés tout au fond de la maison. Les fillettes ne savaient plus quoi penser et Dounia craignait qu'il n'arrive ce qu'au fond d'elle-même elle attendait toutefois avec impatience. Son attente ne dura pas. La jeune femme ressortit des abords de la cuisine à la vitesse d'un missile, les cheveux en bataille. Les bretelles de sa robe étaient retombées sur ses avant-bras et elle essayait dans sa course de les remettre sur ses épaules pour couvrir sa poitrine à demi dénudée. Elle s'arrêta pour reprendre son souffle. Réda apparut à son tour, titubant comme un ivrogne. Il tenait à la main le ruban noir qu'il avait réussi à lui arracher des cheveux. Même si aucun bruit n'était parvenu aux oreilles de Dounia et de sa copine, ils devaient certainement avoir eu un violent corps à corps dans la cuisine. Il s'appuya contre le mur et, ne pouvant même plus parler, agita le petit morceau de tissu noir pour dissuader la jeune femme de s'enfuir. Sa menace resta sans effet. Elle n'avait pas rendu les armes, même si elle paraissait elle aussi à bout de forces. Elle esquissa une danse du ventre lascive, mais Réda n'avait plus l'énergie de répondre à ses provocations.

Le silence s'empara du rez-de-chaussée, à tel point que Dounia et sa copine baissèrent la tête, craignant d'être vues. Elles attendirent accroupies plusieurs minutes durant et, quand la cousine se remit soudain à crier, elles se redressèrent pour observer. Elle avait de nouveau le doigt pointé sur le visage de Réda et riait comme une hystérique :

— Viens m'attraper mon costaud…

Le front de Réda, ainsi que les zones de son visage encore épargnées par les taches blanchâtres, devint rouge cramoisi. Tout son sang lui montait à la tête. Il s'élança comme un forcené vers la jeune femme, qui virevolta, ne trouvant cette fois pour s'enfuir que le salon dans lequel Abbas donnait refuge à sa volée de pigeons. Elle disparut à l'intérieur de la pièce, vite rejointe par Réda. Dounia et sa copine s'empressèrent d'aller à la troisième fenêtre pour ne pas perdre une miette du spectacle. Avant même d'être arrivées, elles entendirent des pas précipités, les cris de la cousine et le bruit d'un corps tombant violemment sur le sol ; et lorsqu'elles purent glisser un œil à l'intérieur, la jeune femme était étendue sur le dos et Réda, couché sur elle, essayait de la chevaucher, tandis qu'elle lui jetait des poignées de fiente et de plumes à la figure. Leur entrée fracassante dans le salon avait surpris trois pigeons qui ne s'étaient pas joints à l'excursion de leur volée ce jour-là ; tout désemparés, ils avaient fait claquer leurs ailes en allant buter contre les murs dans l'espoir de trouver une fenêtre par où s'enfuir. La jeune femme riait, criait et roulait sur le sol, tant et si bien que sa robe fut couverte de déjections colombines. Derrière les vitres, Dounia et son acolyte frappaient maintenant dans leurs mains ; la scène qui se produisait sous leurs yeux était si sensationnelle qu'elles en avaient oublié toute prudence, ne se rappelant plus qu'elles étaient censées se cacher et ne pas faire de bruit. La jeune femme réussit à entraîner Réda dans son mouvement et à les faire rouler tous les deux sur le sol, au milieu des plumes qui voletaient. Il la saisit entre les cuisses. Elle poussa un cri et bascula sur lui pour le chevaucher à son tour, à demi nue et la robe retroussée. Il ne voulait pas desserrer son étreinte et la retenait fermement par l'entrejambe. Ce n'est qu'à force de coups de pied qu'elle parvint à se relever, mais pour se défaire de lui elle fut obligée de laisser descendre sa petite culotte, qu'il tenait empoignée, et de libérer sa jambe droite du sous-vêtement en se contorsionnant avec une extraordinaire souplesse. Elle tenta de s'échapper, mais Réda, à plat ventre, ne lâchait toujours pas cette culotte qui entravait sa jambe gauche. Elle se mit alors à marcher en direction de la porte en le traînant derrière elle. Il nageait dans la fiente et crachait les plumes dont il avait la bouche remplie pour ne pas s'étouffer. Finalement, elle dégagea sa jambe gauche et réussit à prendre la fuite. Les trois pigeons battaient des ailes à un rythme effréné pour rester immobiles en l'air, surplombant la tête de Réda al-Baz qui était couché de tout son long dans la fange jonchant le sol du salon, avec la petite culotte de la belle Arabe à la main.

XX

Dans les jours qui suivirent la lettre de Nadia, Réda déploya de grands efforts pour inventer un palliatif à cet amour dont ils manifestaient tous les deux les symptômes. En guise de premiers soins, il préconisa alors un traitement par l'absence.

— Nous passons beaucoup trop de temps ensemble. Nous abusons du plaisir que nous avons à être tous les deux. Nous usons nos nerfs et nos sentiments…

Sa sœur Sarah, par exemple, savait ne pas abuser de ce qu'elle avait. Elle n'achetait jamais rien à la boutique quand elle allait à l'école. Elle pouvait mourir de soif ou de faim, elle ne déboursait pas une piastre et rentrait à la maison les poches aussi pleines qu'au moment où elle l'avait quittée. C'est ce qui les avait toujours distingués sa sœur et lui : patiemment, elle économisait des livres et des livres qu'elle glissait en petits rouleaux très serrés dans ses chaussures ou dans un sachet de riz.

— Sarah amassait et moi je dépensais, je dépensais tout ce qui me tombait sous la main. Et je m'usais moi-même.

Ainsi Réda se dépeignit-il lui-même tandis qu'il essayait de faire admettre à Nadia que ce qui était valable pour l'argent l'était aussi pour l'amour : si on ne l'économise pas un peu, il nous file entre les doigts. Elle ne comprit pas grand-chose à ces histoires de tirelires et plus Réda multipliait les exemples, plus ses discours lui paraissaient confus.

— Moi, je ne vois pas notre relation sous cet angle, je n'ai pas l'impression d'user mes nerfs et mes sentiments pour toi et je voudrais qu'on soit toujours ensemble. Mais, de temps en temps, j'ai besoin de me retrouver. C'est juste que tu m'imposes ton rythme et que, parfois, ce rythme m'épuise…

Ils disaient souvent tout et son contraire. Ils eurent une longue discussion sans grande utilité au terme de laquelle elle déclara qu'elle s'en remettait à sa décision.

— On ne se voit ni le lundi, ni le mardi, et on ne se parle pas au téléphone. Le mercredi, rendez-vous l'après-midi et le samedi, rendez-vous le soir. C'est tout.

Et d'autres dispositions plus draconiennes et plus difficiles à mettre en œuvre :

— On se téléphone une seule fois par jour pendant une semaine, sans se voir, et si l'un de nous deux craque, on convient d'un rendez-vous d'une demi-heure maximum…

Réda ne réussit pas d'emblée à tenir ses engagements ; deux jours n'étaient pas passés depuis leur dernière rencontre que Nadia l'entendait frapper à la porte de son appartement de Sinn el-Fil, selon le code convenu entre eux, un coup, puis un autre, puis trois petits coups rapprochés, ce qui lui évitait de sursauter à cause de la sonnette électrique. Elle lui ouvrait et ils s'enlaçaient fiévreusement. Comme des enfants réchappés d'un péril auquel ils avaient délibérément choisi de s'exposer. Chaque fois, il croyait lui devoir une excuse, qu'il avait généralement toute prête :

— J'étais dans le quartier parce que je voulais acheter quelques livres, alors je me suis dit que j'allais passer te voir… Cinq minutes et je m'en vais.

— Tu n'es pas obligé de mentir.

Passé les cinq minutes, ils reprenaient leur ballet à la porte. Il l'ouvrait pour s'en aller, ils parlaient une demi-heure sur le seuil, il la refermait pour rentrer à l'intérieur puis ils restaient trois heures, toujours sur le point de se quitter mais repoussant toujours les échéances, jusqu'à ce qu'ils tombent de fatigue et qu'ils se séparent, le cœur serré comme s'ils se faisaient leurs adieux. Ils éprouvaient l'amour comme on éprouve une souffrance et les impératifs quotidiens, en particulier ceux qui occupaient Nadia tout au long de la semaine, fonctionnaient tout au plus comme des sédatifs, ne suffisant pas à soigner leurs maux, ni même à les leur faire oublier ne fût-ce qu'un instant.

Lorsque Réda parvenait à réfréner son envie de passer à son appartement ou de forcer le hasard en allant l'attendre à sa sortie du bureau, vers seize heures – “je voulais te voir parce que j'avais besoin de remplacer l'image que j'ai gardée de toi la dernière fois”, lui dirait-il pour se justifier tandis qu'elle sourirait, contente de le voir et contente de l'entendre se justifier –, alors il l'appelait au téléphone, se contentant d'écouter sa voix pour ne pas avoir à expliquer cette petite faiblesse :

— Allô, allô…

Comme il ne lui répondait pas, elle poussait de grands soupirs, puis raccrochait. Il en souriait et renouvelait l'opération chaque fois qu'il ne pouvait plus résister. De toutes leurs résolutions, la seule qu'ils parvinrent à tenir – et encore, une seule fois – fut le "traitement par l'absence" : une semaine complète sans rendez-vous, sans coups de téléphone et sans tricheries. Mais leur petit système ne tarda pas à s'effondrer, en les ramenant à leur situation de départ. Ils ne trouvaient jamais la force de se quitter et restaient collés l'un à l'autre comme s'ils vivaient entourés d'ennemis.

Durant les longues heures qu'ils passaient à exhumer des impressions personnelles ou des choses dont ils ne s'étaient jamais ouverts à quiconque, ils prenaient le parti de parler en arabe s'il était question de la situation du pays au sortir de la guerre, des soucis professionnels de Nadia ou des inépuisables préoccupations du clan Baz, entre les problèmes de succession et l'état de santé de Nohad, mais dès qu'il s'agissait de livrer leurs ressentis profonds, ils usaient spontanément d'expressions françaises, même si en règle générale Nadia préférait l'anglais. Ils s'étaient rendu compte de cela et Réda avait dit qu'ils le faisaient par pudeur, Nadia ayant pour sa part le sentiment qu'en arabe son amour pour lui aurait été radicalement différent. Une tout autre histoire, "semblable à celle de mon père et de sa maîtresse, ce que je ne voudrais surtout pas". L'épisode de sa mère, de son père et de sa maîtresse ne sortait pas de son esprit.

Les choses du sexe aussi se disaient en français. Avec des mots simples qu'ils n'imaginaient même pas en arabe. Dans les actes, ils restaient en revanche beaucoup plus pudiques. Ils n'échangeaient guère que des baisers, de longs baisers passionnés ; ils s'abandonnaient à de tendres et chastes étreintes scandées de soupirs et se caressaient quelquefois jusqu'à se mettre les nerfs à vif, puisqu'elle le repoussait toujours en utilisant la même formule :

— On fera ça plus tard, aujourd'hui, je ne me sens pas prête.

Un autre jour, étant d'humeur différente, ou se trouvant en un autre lieu, elle ajoutait :

— Laisse-moi d'abord m'assurer que tu m'aimes vraiment.

De sorte qu'ils devaient s'en tenir à des mots, à des récits de soi, à des histoires d'enfance et de désirs à n'en plus finir. Jusqu'au jour où Réda s'aperçut qu'ils n'arrêtaient jamais de dire “moi je” et décida que cela devait cesser.

— Faisons des projets, il faut qu'on sorte de ce travers, ça nous fait du mal à tous les deux.

— Que fait-on alors ?

— Quelque chose ensemble, n'importe quoi...

Il lui dispensa une initiation aux échecs ; c'était tout ce en quoi il excellait si l'on exceptait la physique théorique que parfois il regrettait d'avoir abandonnée. Elle l'accompagna après ses heures de travail à plusieurs tournois organisés au club, mais ne tenant jamais très longtemps elle se retirait de bonne heure en s'excusant ; Réda, à qui son absence enlevait toute capacité de concentration, expédiait alors le reste de la partie en perdant pour la rejoindre.

Ils allèrent flâner dans les vieux marchés, au milieu des ruines, des immeubles calcinés et des chantiers de reconstruction, se ressouvenant l'un et l'autre des habitudes et des amitiés qu'ils avaient naguère dans ces quartiers.

— Je venais souvent ici avec Ramez Yacoub, mon colocataire de la rue Bliss pendant mes années de fac. Ramez qui disait toujours : “J'appartiens à l'une de ces pauvres minorités apatrides.”

Il était catholique syriaque originaire d'Irak et, comme beaucoup de gens de sa communauté, il avait échoué à Beyrouth.

Ils venaient errer ici même avec Réda. Puis la guerre avait contraint Ramez et tous les siens à s'exiler en Suède avec le statut de réfugiés politiques, un exil massif qui ne prit que quelques mois, alors que leur migration de l'Irak au Liban avait duré plus de trois siècles.

— Là-bas, dans l'angle, c'était la maison de Moris, le seul juif que j'aie jamais connu. Il était étudiant en pharmacie et ne connaissait pas l'hébreu. Il avait les cheveux toujours en désordre, portait de petites lunettes et parlait à voix basse. Un jour, il m'a invité dans sa maison, à côté de la Croix-Rouge, là-bas, dans cet immeuble rose dont il ne reste pas grand-chose aujourd'hui, et je n'y ai rien vu de très spécial si ce n'est une montagne de produits de beauté dans la chambre de sa mère et un petit violon au vernis brillant suspendu au mur, dont il m'a dit que son père jouait. Pendant très longtemps, j'ai cru que tous les juifs possédaient un violon et qu'ils en jouaient dès qu'ils se retrouvaient entre eux.

Nadia raconta qu'elle venait dans le quartier des souks avec sa mère. Tout ce qu'elle aimait raconter lui était arrivé avec sa mère. Elle ne l'avait jamais présentée à Réda. Elle avait juste sorti une photo un jour ; Réda avait trouvé que Nadia ne lui ressemblait pas, il avait dit aussi qu'il préférait autant, qu'ainsi il ne saurait prédire comment elle serait avec les années.

— Une fois, ma mère m'a perdue dans le souk Tawileh. J'avais six ans et je n'ai eu peur qu'au moment où elle m'a retrouvée. Je garde cette image d'elle accourant, s'arrachant les cheveux, criant et remerciant Dieu que personne n'ait kidnappé sa fille. Depuis, chaque fois que je passe par ici, je marche à toute allure sans regarder autour de moi… Comme si je traversais un champ de bataille.

Ils marchèrent main dans la main sur toute la longueur de la ligne qui séparait les combattants des deux camps pendant le conflit, depuis le port jusqu'au rond-point de Sayyad, en suivant la route de Damas. Nadia dit que cette guerre entre chrétiens et musulmans lui avait donné l'impression d'une dispute entre deux époux mariés depuis des années : déchaînement soudain de cruauté, surgissement de tous les non-dits et désir réel d'en finir avec l'autre et avec soi-même ; ensuite, après les menaces et les injures, les vieux amants s'étaient résolus à continuer de vivre ensemble, parce que aucun d'eux n'avait d'autre endroit où aller. La phase des combats avait été la plus facile. La plus difficile étant celle de la réconciliation.

Ils lurent assidûment la presse pendant deux semaines, allèrent assister à un défilé de mode à la bougie dans les ruines de l'hôtel *Saint-Georges* – “Ici ma tante Nohad jouait au bridge et invitait ses amis d'Alexandrie à dîner” –, relevèrent les points d'impact des roquettes sur les façades des immeubles. Un jour, Réda déclara que trop de morts étaient tombés ici et qu'il ne voyait aucune perspective pour Nadia et lui en ces lieux.

— Plus rien ne nous ressemble ici.

Et c'est ainsi que, peu à peu, ils en revinrent à leurs échanges de confidences intimes. Leur intérêt pour le monde extérieur avait fait long feu. Ce qu'ils avaient à dire du monde, de la guerre et d'autrui s'avérait bien maigre en comparaison de ce qu'ils souhaitaient dire d'eux-mêmes, un sujet qu'ils n'étaient pas près d'épuiser. Ils se replièrent donc sur leurs petits soucis. Elle recommença alors à avoir peur et demanda à Réda de s'éloigner d'elle.

— On se torture l'un l'autre…

Ou, lorsqu'elle en arrivait à ne plus savoir prendre la moindre décision :

— Laisse-moi, cherche-toi quelqu'un d'autre, je ne t'apporterai rien de bien, je suis malade !

C'était comme s'il y avait entre eux un gouffre et qu'ils s'étreignaient par-dessus. Ils s'aimaient, ils ne souhaitaient rien d'autre au monde qu'être ensemble, mais un grand nuage noir planait constamment sur leurs têtes. Ils prirent à nouveau leurs distances dans l'espoir de faire renaître la flamme du premier instant, celle du jour où ils s'étaient rencontrés dans l'entrée de l'immeuble de Karm el-Zeitoun, tandis que les roquettes s'abattaient dehors, avec cette femme qui avait oublié sa casserole sur le feu en courant se mettre à l'abri. Leur premier jour, le plus intense de tous.

Ils s'en retournèrent chacun à leur vie, lui à Ayn Wardeh, à lire et à penser à elle, ou au Club libanais des échecs, à jouer pour l'oublier un peu, sans toutefois parvenir à se consacrer pleinement à ce qu'il faisait ; elle à Sinn el-Fil ou dans sa société de matériel médical à ressasser les souvenirs de sa vie avec lui, à arrêter des décisions et à se rétracter. Ils tinrent une vingtaine de jours, interrompus une seule fois par un coup de téléphone de Réda, dix minutes pendant lesquelles ils n'échangèrent que deux ou trois mots :

— Alors ?

— Rien.

— …

— Comment vas-tu ?

— Bien.

— …

Et le reste du temps, des soupirs.

Puis ils flanchèrent de nouveau. Rencontres quotidiennes à Sinn el-Fil. Parler, parler et parler encore. Ils seraient retombés dans les mêmes affres et dans la même spirale si Nadia n'avait suggéré une idée :

— Allons n'importe où ailleurs que dans ce maudit appartement.

— Où donc ?

— N'importe quel endroit nouveau…

— Où ?

— A l'hôtel.

— …

Ils passèrent la première nuit dans une chambre avec vue sur la mer. Ce devait être leur première nuit d'amour, après de longs mois d'attente fiévreuse.

— J'ai le cœur qui bat la chamade… Il n'est pas dans mes habitudes de mentir et on n'a rien à se cacher toi et moi, assura Nadia tandis qu'ils cherchaient leur chambre dans le couloir désert, après avoir donné de faux noms au réceptionniste.

L'employé ne leur avait pas demandé leurs cartes d'identité. Il avait bien remarqué qu'ils n'étaient pas mariés mais probablement avait-il par expérience su voir qu'ils n'étaient pas des gens mal éduqués. Afin de vérifier son intuition, il s'était mis à leur parler dans un français rudimentaire et Réda lui avait emboîté le pas dans le langage châtié qu'il attendait de lui pour s'assurer qu'ils étaient bien de l'acabit recherché. Cela étant, les hôtels de Beyrouth restaient à moitié vides et il semblait difficile de refuser des clients, de quelque milieu qu'ils viennent. Il lui importait avant tout qu'ils paient. De plus, Réda faisait volontiers largesse de bakchichs, comme ces hommes d'affaires corrompus qui achètent la complicité du petit personnel.

Ils se mirent d'accord dès le début, après les cinq minutes que Nadia avait prises pour réfléchir : ils éteindraient la lumière et tireraient les rideaux de la chambre de sorte que les lueurs du dehors ne découvrent pas leur nudité. Elle comme lui, ils préféraient rester dans le noir. La première tentative dura plus d'une heure. Ce fut un effort sincère des deux parties, mais sans succès. Réda décida subitement d'arrêter.

— Je ne comprends pas ce qui se passe…

Il alluma la lampe de chevet en se rhabillant nerveusement. Nadia le retint.

— C'est peut-être qu'on a attendu cette heure trop longtemps, lui dit-elle pour le rassurer, qu'on s'y est préparés plus qu'il ne fallait. C'est ma faute.

— Peut-être aussi que nous avons épuisé toute notre énergie en parlant…

Ils s'arrêtèrent un instant, Réda se mit à faire les cent pas comme il en avait pris l'habitude à Sinn el-Fil, s'assit, se releva, se dirigea vers la fenêtre, entrouvrit les rideaux et suivit les mouvements de la circulation. Il lui demanda si elle avait des cigarettes et elle l'invita à venir essayer encore. Elle ne le laisserait pas échouer, c'étaient là des choses qui arrivaient à tout le monde. Il lui demanda cette fois de garder une partie de ses vêtements, sa chemise par exemple, et ses chaussures à talons si elle n'y voyait pas d'inconvénient, parce que le nu intégral le bloquait. Elle se soumit à ses désirs et lui dit en souriant, en français :

— Tu sais très bien que ce n'est pas mon genre.

Il l'embrassa longuement pour la remercier de ce geste de bonne volonté et éteignit la lumière. Leurs corps s'enlacèrent pour la deuxième fois. Nadia tenta de simuler l'approche de l'orgasme dans l'espoir de l'exciter. En vain. Ils transpiraient à grosses gouttes tant ils se donnaient du mal.

— Tu crois que je suis frigide, n'est-ce pas ?

— Non, le problème se trouve là ! dit-il en désignant sa tête du doigt comme l'avait fait le dermatologue lorsqu'il lui avait montré les taches blanches de ses mains.

Nadia essaya de le soulager de son embarras en se mettant à lui chercher toutes sortes de circonstances atténuantes : l'air irrespirable, l'humidité ambiante, l'absence de climatisation dans la chambre. Elle lui proposa d'aller le lendemain dans un autre hôtel. Ils sourirent au réceptionniste en lui remettant les clés de la chambre.

C'est ainsi qu'ils commencèrent à aller d'hôtel en hôtel, en faisant tous les quartiers de la capitale et en donnant chaque fois de nouveaux noms qui ne trompaient jamais les employés de réception. Outre les rideaux et les couleurs de tapisseries qui changeaient d'une chambre à l'autre, ils testèrent mise en scène après mise en scène, revinrent sur leur choix de l'obscurité totale en optant pour la lumière tamisée – une tentative qu'ils ne renouvelèrent pas –, s'étreignirent sur le lit, à même le sol, debout, assis, avec une musique tonitruante ou après avoir bu du Black Label sans modération. Elle se débarrassait de ses habits à toute vitesse, croyant que cela lui rendrait les choses plus faciles ; il lui demanda de ne plus le faire de cette manière, préférant plutôt qu'ils retirent leurs vêtements un à un. Elle lui murmura à l'oreille des mots torrides en anglais ;

il lui demanda de cesser parce que cela lui rappelait les films américains bon marché. Ils se firent apporter une moustiquaire et s'éclairèrent de lumières douces et indirectes afin de se voir sous l'aspect de deux silhouettes en noir et blanc, en ombres chinoises comme disait Nadia. Ils se lurent à tour de rôle des passages de livres qu'ils aimaient, en buvant du vin frais. Ils entraient dans la chambre à quatre heures de l'après-midi et n'en ressortaient qu'aux alentours de dix heures du soir, lorsque les rues étaient totalement désertes. Ils descendirent dans tous les hôtels de Beyrouth, ou presque, ne revivant jamais leurs échecs dans la même chambre, mais ne parvenant pas pour autant à leurs fins.

Leur attachement allait grandissant, mais ils arrêtèrent là leurs tentatives pour transposer leur vie amoureuse sur le terrain des livres. De la *Recherche du temps perdu*. Nadia mourut alors qu'elle lisait *Sodome et Gomorrhe* à la suite de Réda – en prenant plaisir à découvrir ce qu'il avait noté dans les marges, comme une preuve de son passage. Elle n'arriva jamais à *La Prisonnière*. Elle aimait les plages et la mer, sa deuxième passion après Réda, de la même manière que, pour Réda, seule Nadia pouvait supplanter les échecs. Elle était en train de se rendre à la plage située devant le Casino du Liban quand un camion transportant du ciment dévia de sa trajectoire en fonçant sur sa petite voiture et en la propulsant de l'autre côté de la voie. Elle fut emmenée à l'hôpital Pasteur, le plus proche, mais elle était déjà morte.

XXI

On était convenu de la date plus d'une semaine auparavant.

— Soleiman va nous lire ses derniers poèmes, les plus beaux qu'il ait jamais écrits.

Nohad, sa confidente, lui tenait lieu d'agent littéraire. Elle entretenait pour lui une correspondance avec une maison d'édition parisienne dans le dessein de faire publier ses œuvres complètes, osant même parfois proposer ici une autre formulation ou là un titre différent. Elle passa une journée entière accrochée au téléphone pour relancer les invitations à la soirée, insistant auprès de ses amis afin qu'ils ne ratent pas l'événement et, si elle ne les trouvait pas, chargeant leurs proches de leur transmettre le message. De fait, elle avait dû longuement batailler avant que Soleiman consente à déclamer sa poésie en public. Certains s'excusèrent en invoquant les combats qui faisaient rage à Beyrouth, à quoi elle leur opposa qu'ils pourraient coucher à Ayn Wardeh, que la maison était grande et qu'entre amis "on n'allait pas faire de manières", qu'ainsi ils n'auraient pas à rentrer chez eux à une heure impossible, étant donné que la "fête allait être longue". Margaret apporta sa contribution en invitant ses amies autrichiennes établies dans la proche banlieue, à qui elle promettait même une surprise. Jojo ne laissa pas passer une si belle occasion de se moquer :

— Et qu'est-ce qu'elles vont bien pouvoir y comprendre, tes amies, aux poèmes de Soleiman Attiya ?

Toutefois, malgré le mépris qu'il vouait à toute initiative émanant des femmes, il prêta lui aussi son concours à la fête en conviant les amis qu'il recevait d'habitude dans la salle d'armes et en allant même jusqu'à contacter le directeur de rédaction d'un journal afin que l'événement soit annoncé en page littéraire. Les Baz, s'ils étaient toujours prêts à s'entre-égorger, s'accordaient tous pour apprécier Soleiman Attiya. Tel qu'il était. C'était un peu comme si, à travers lui, ils expiaient leurs contentieux historiques.

La veille du jour dit, Nohad reprit la liste des invités qui avaient promis de venir.

— Ça fera une vingtaine de personnes au minimum.

Le nombre de gens présents dépassa de loin ses prévisions. A Beyrouth, la situation était restée calme toute la matinée, un "calme relatif" que ne vinrent perturber que deux ou trois tirs isolés par lesquels les combattants voulaient sans doute se rappeler au souvenir de la population. Nombreux furent donc les amis qui s'enhardirent à venir assister à la soirée. On compta même des gens qui n'avaient pas été conviés directement. Le salon et la salle de réception se remplirent peu à peu et les serviteurs à qui l'on avait fait appel commencèrent à servir les petits fours et les coupes de champagne. Colette Azzam en avait apporté une caisse pleine et, de peur qu'une coupure de courant ne fasse fondre les glaçons dans le réfrigérateur des Baz, elle avait aussi apporté un grand bloc de glace qu'Abbas se démènerait à casser dans la cuisine.

Soleiman Attiya arriva dans une voiture décapotable, accompagné d'un ami non voyant qui, avec ses lunettes noires, cherchait manifestement à imiter Taha Hussein. Il était lui-même guidé par une jeune femme barbouillée d'une épaisse couche de fond de teint blanc cassé donnant à son visage l'aspect d'un masque de carnaval. On aurait dit que, pour sa part, elle voulait se donner des airs d'actrice américaine de l'époque du cinéma en noir et blanc. Arriva également avec eux, au volant de cette voiture rutilante, un jeune homme de taille moyenne et très brun de peau dont il fut murmuré qu'il était le compagnon de Soleiman. D'habitude, Nohad interdisait à ce dernier de l'amener à Ayn Wardeh mais, cette fois-ci, elle y avait charitablement consenti, considérant que l'événement comptait beaucoup pour lui et qu'il souhaiterait naturellement être entouré de tous les gens chers à son cœur.

Les amis créateurs d'entreprises de Jojo firent une entrée très remarquée. L'un d'eux portait un treillis militaire de camouflage et des rangers noirs cirés et deux autres, bien qu'en civil, avaient un pistolet à la ceinture. A peine arrivés, ils prirent leur coupe de champagne, se dirigèrent avec Jojo dans le coin de la salle de réception, près de la fenêtre qui dominait Beyrouth, et se mirent à chuchoter en pointant de temps à autre le doigt sur une position donnée de la capitale. Manifestement, ils étaient venus avec des informations laissant prévoir que quelque chose se produirait, du moins était-ce l'impression qu'ils voulaient donner. Il était en effet dans leurs habitudes de faire cercle et de tenir des conciliabules comme s'il y avait entre eux un secret à défendre, alors qu'en réalité ils ne faisaient que bavarder de choses de tous les jours.

Les convives de Réda, ses partenaires du Club libanais des échecs, se trouvaient dans une tout autre posture. Ils étaient venus de bonne heure et, lassés d'attendre, n'avaient pas tardé à se faire des signes, voulant entamer une partie, juste une petite, jusqu'à ce que sonne l'heure de la poésie. Faute de pouvoir s'adonner à leur jeu, ils ne se sentaient pas vraiment en communion et ne s'échangeaient que des civilités bien creuses ou des commentaires sur les parties disputées la veille. Venant de professions et d'horizons différents, ils ne trouvaient rien à se dire quand il leur arrivait, comme ce soir-là, d'être réunis autour de tout autre chose que les échecs. Et parce que Réda, craignant la réaction de sa tante, refusait qu'ils aillent jouer, ils entreprirent de se divertir comme ils le pouvaient, en essayant de communiquer avec les trois dames autrichiennes qui avaient répondu à l'appel de Margaret, partageant avec elles plutôt de grands sourires que des opinions.

On descendit même Francis al-Baz de l'étage. Il vivait alors ses derniers jours, souffrant d'une hémiplégie qui l'avait rendu impotent et aphasique. Abbas et l'un des conducteurs venus accompagner les amies de Nohad l'installèrent sur une chaise le temps de remonter chercher son fauteuil roulant. Julia le couvrit d'un plaid et finalement tout le monde l'oublia en se laissant distraire par le flux des nouveaux arrivants. Il resta donc au milieu du salon, sous l'imposant portrait de son père, à regarder autour de lui d'un œil hagard et à distribuer des sourires.

Soleiman refusa d'entamer la lecture de ses poèmes tant que le soleil n'aurait pas fini de décliner. Il fallut donc meubler. Margaret et ses amies autrichiennes se relayèrent au piano pour interpréter des morceaux doucereux qui ne parvinrent pas à imposer le silence chez les invités. Certains racontaient des blagues ou échangeaient des clins d'œil en voyant la chroniqueuse des rubriques mondaines de *L'Orient*, qui était connue pour être passée dans le lit de tous les hommes influents que comptait Beyrouth, tirer sans arrêt sur sa minijupe.

Les applaudissements s'élevèrent pour accueillir l'ancien ambassadeur Akl Naffah, encore debout malgré ses quatre-vingts ans. Il était flanqué de l'un de ses jeunes disciples à qui il avait fait apprendre par cœur des aphorismes et des vers pour rehausser ses discours et ses interventions de citations. Naffah, qui ne quittait jamais sa cravate rouge vif – il en possédait disait-on toute une collection –, consacrait tout le temps que lui laissait sa retraite du corps diplomatique à la mémoire de Cadmos le Phénicien, se vantant d'avoir su convaincre une bonne vingtaine de municipalités d'ériger une statue de lui entouré de ses disciples de toutes les nations. Le premier précepteur du monde, comme il l'appelait. En entrant, il se dirigea tout droit sur Francis, lequel, en le voyant, ne put retenir une larme et ouvrit la bouche pour dire quelque chose, sans y parvenir. Akl se pencha sur lui pour l'embrasser sur le front, se retourna vers l'assistance et, s'adressant à Soleiman Attiya, s'exclama d'une voix suave et pleine d'emphase : "Un peuple qui honore ses poètes est un peuple qui jamais ne s'éteindra." Il voulut illustrer sa sentence par un vieux poème qu'il pensait connaître par cœur et commença à déclamer le premier vers :

— Berge du fleuve, lit de ma naissance…

Ne pouvant aller plus loin, il reprit plusieurs fois l'ouverture du poème, en vain, car il ne se souvenait plus de la suite. Son élève s'approcha et la lui souffla pour lui permettre de continuer, devant faire de même pour les autres vers.

— Au fleuve des hommes tapi par-delà les étoiles…

Le premier tir se fit entendre autour de cinq heures et des voix s'élevèrent pour appeler au silence. La dame autrichienne qui était au piano s'arrêta de jouer et Akl Naffah dut se résoudre à remettre à plus tard les réponses qu'il voulait faire à ceux qui l'interrogeaient sur le secret de son éternelle jeunesse. Les "experts" parvinrent à localiser la source des tirs :

— Ce n'est rien, ce n'est rien… Juste de petites escarmouches autour du camp de Tell el-Zaatar.

Les rires et la musique reprirent peu à peu. Margaret revint au piano. On lui demanda de jouer une valse, ce pour quoi elle ne se fit pas prier. Quelques personnes s'avancèrent pour improviser une danse et plusieurs jeunes hommes se retrouvèrent en concurrence autour de la journaliste. Pendant ce temps, Naffah gonflait sa voix en se flattant de ne pas avoir mangé un gramme de viande depuis au moins trente ans et de pouvoir dire malgré cela :

— Vous pouvez demandez de mes nouvelles à ces dames !

Un propos qu'il tint en gardant tout son sérieux.

Nohad pria enfin Soleiman de commencer. Il atermoya un peu, voulant attendre la fin de la valse, puis se redressa pour inviter les gens à le suivre sur la proche colline aux trembles. L'assistance se concerta sur cette proposition. Akl Naffah tenait personnellement à pousser

Francis sur son fauteuil roulant. Plusieurs femmes, qui portaient des talons hauts, demandèrent si elles pourraient aller jusque là-bas sur le sol en terre couvert d'épines.

Tout le monde se mit en marche vers la colline, y compris les Mani'. Bahiyya portait Dounia, qui n'avait pas deux ans – à cette époque, le petit Réda n'était pas né. Abbas et elle restèrent en queue de cortège, se retournant de temps à autre tant ils étaient inquiets de laisser la maison grande ouverte, à la merci des passants qui pourraient s'y introduire et voler tout ce qu'ils voudraient. En tête marchaient l'aveugle et la femme fardée qui lui servait de guide. Même Saada, la cuisinière, ainsi que les chauffeurs des invités et les deux serviteurs, s'étaient joints à l'excursion. Les amis de Jojo ne décollaient pas les yeux de la banlieue de Beyrouth, dont ils observaient un point précis en continuant à échanger leurs pronostics. Quand tout ce beau monde eut atteint les trembles, Soleiman Attiya s'adossa à un tronc, son jeune ami restant tout près comme pour veiller sur lui. Il leva la main vers le couchant ; le public crut la déclamation commencée et le silence se fit, très vite rompu par des rafales de tirs au loin. D'une main tremblante, il sortit son texte de la poche de sa veste, attendit que tout le monde cesse de se retourner vers la vallée, où la bataille semblait redoubler de violence, et lut d'un ton posé :

— “Les deux amants d'hier”…

C'était le titre du premier poème, mais il le prononça si bas qu'on ne l'entendit presque pas. Brusquement, il enfla la voix, comme si le corps du poème n'avait absolument rien à voir avec le titre. L'une des amies de Margaret sursauta, d'autant plus apeurée par l'exclamation soudaine du poète que ses oreilles étrangères ne lui permettaient pas de faire la différence entre une simple parole et un hurlement :

Les deux amants d'hier dorment en bonne terre
Leurs quatre pieds plantés dans un jardin de pommes…

Les amies de Nohad hochèrent la tête d'admiration. Le disciple d'Akl Naffah s'approcha de son maître pour lui murmurer quelque chose à l'oreille. Les Autrichiennes se regardèrent avant de se tourner vers Margaret, dans l'espoir qu'elle les aide à comprendre un peu ce que disait Soleiman Attiya. L'un des experts militaires demanda à Jojo si le deuxième "amant" était le propriétaire de la voiture rouge, mais son hôte se garda bien de répondre quoi que ce soit pour ne pas laisser la voie ouverte à toutes sortes de sarcasmes sur l'ami de la famille. Les membres du Club libanais des échecs restaient muets et impassibles face au spectacle de cette petite assemblée.

Pour nourrir en été les oiseaux du village
Et fournir de l'ombrage aux vagabonds…

L'assistance ne put entendre les deux dernières syllabes du quatrième vers en raison d'une roquette tombée sur une position voisine – que l'ami de Jojo vêtu en treillis put localiser, affirmant catégoriquement qu'il s'agissait de la zone de Dekwaneh. Quelques femmes poussèrent des cris ici et là et Margaret, s'attendant déjà au pire, chercha à localiser Jojo. Certains convives regardèrent leurs montres et levèrent les yeux vers le ciel qui s'était assombri, en pensant à rentrer chez eux. Mais, après cette explosion, le calme revint. On n'entendait même plus les tirs d'armes légères. Apparemment, les combats avaient cessé. Ou peut-être ne faisaient-ils que commencer. Akl Naffah prit une grosse voix et un ton défiant la peur pour demander à Soleiman de continuer. La chroniqueuse de *L'Orient*, qui était en train de se creuser la tête, chuchota à sa voisine :

— J'ai déjà entendu cette poésie quelque part…

— Où donc ?

— Je l'ai entendue il y a des années, chez un autre poète…

Soleiman reprit sa déclamation en s'égosillant pour capter l'attention du public, voulant l'empêcher de regarder vers la vallée :

Leurs bras laissés dans l'air au jeu des tourterelles
Et leur voix et leur souffle ajoutés à la mer
Leur jeunesse est partie aux œuvres du printemps…

Seuls ceux qui se tenaient à côté du poète entendirent le vers suivant :

L'appareil lacrymal aux yeux bleus de l'automne…

L'explosion avait été si proche que certains dévalèrent la pente de la colline en direction de la maison et qu'une partie des hommes s'avancèrent du côté de la vallée pour suivre le déroulement des combats. La journaliste en minijupe, qui s'était rapprochée de Soleiman afin de bien entendre chaque mot, partit soudain aux trousses de son amie qui s'enfuyait :

— Ça y est, ça me revient !

— Quoi ?

— Le poème. Il n'est pas de lui. Je m'en suis souvenue quand il est arrivé à "l'appareil lacrymal", ça, je ne peux pas l'oublier…

Toute fière d'elle-même, elle se mit à répéter "l'appareil lacrymal, l'appareil lacrymal" jusqu'au moment où, le calme revenu, les convives des Baz formèrent à nouveau le cercle autour de Soleiman. Il avait continué comme si de rien n'était, tout seul puis en duo avec la journaliste qui reprenait tout bas avec lui, se souvenant dès lors parfaitement du reste du poème :

Tous les moyens d'amour, de luxe et de tendresse
Leur manquent dans la tombe ou le nouveau berceau

Il s'arrêta subitement et reprit les deux vers précédents pour préparer son auditoire au finale du poème, lequel arriva au milieu d'une série de déflagrations sans pareilles accompagnant les chutes de roquettes et de balles traçantes dans le ciel assombri :

Excepté leurs beaux yeux qui rallumés dans l'ombre
Sont quatre chandeliers tout ravagés de pleurs...

Akl Naffah applaudit vigoureusement pour bien montrer que ce qui se passait sur la colline aux trembles était beaucoup plus digne d'intérêt que les combats qui se déroulaient dans la banlieue est de Beyrouth. Nohad l'imita avec un léger temps de retard, au milieu des bousculades et des femmes qui hurlaient. Au bout d'un instant, le spectacle des incendies et des explosions attira de nouveau les gens vers le bord de la colline aux trembles. Margaret se cramponna au bras de Jojo, en prévision de la crise d'angoisse qu'elle sentait monter. Quelques appels au sang-froid furent lancés :

— C'est juste un combat de rue, s'exclama quelqu'un pour rassurer tout le monde.

— Finis, Soleiman ! demanda l'aveugle d'un ton énergique en tapant sur le sol avec sa canne, s'attendant qu'elle fasse assez de bruit pour faire taire les gens mais ne réussissant qu'à la planter dans la terre.

— Le poème est fini… lui répondit la journaliste en minijupe, en faisant un clin d'œil à son amie pour lui redire qu'elle savait bien de quoi elle parlait.

— Alors un autre !

Soleiman Attiya remit ses papiers dans la poche de sa veste, s'approcha du flanc de la colline et tendit les mains par-dessus la ville en feu, désignant l'horizon marin sur lequel venait mourir le jour. Il se sentait suffisamment en verve pour improviser. Il pencha un peu la tête ; on aurait dit qu'il était en train de rassembler ses idées et ses sensations et qu'il attendait d'être touché par la grâce. Brusquement, il cria comme s'il appelait quelqu'un au loin :

Je suis fils de dix mille ans de rameurs, de songes asiatiques et d'ivresses…

Tendant cette fois-ci la main vers Beyrouth, il gonfla sa petite voix fluette tandis que son jeune ami, craignant qu'il ne parte à la renverse dans le ravin, s'approchait de lui pour prévenir ses élans.

Aussi loin que je m'enfonce en cette mer, je me souviens des voyages que j'entrepris quand je n'étais qu'un frémissement de mes aïeux, parmi le cortège étincelant des trirèmes…

Il fut interrompu par une roquette tombée non loin et par une quinte de toux qui le secoua subitement, déclenchant chez les joueurs d'échecs un fou rire contagieux qui gagna les trois dames autrichiennes puis la journaliste. Saada préféra rentrer à la maison, bientôt suivie par Abbas et Bahiyya. Akl Naffah s'approcha de Soleiman pour l'encourager à continuer, laissant Francis al-Baz seul sur son fauteuil, non loin du ravin. L'aveugle cria à Soleiman :

— Continue ! Que nous ne soyons jamais privés de ta bouche d'or !

Il cherchait toujours des formules qu'il croyait dignes de Taha Hussein. La femme fardée sourit et Soleiman continua, avec toutefois une difficulté manifeste, comme s'il n'arrivait pas à trouver ses mots :

… trirèmes menant vers Alexandrie ou Byzance…

— Même quand il prie, il ne peut s'empêcher de remettre Alexandrie sur le tapis, murmura Nohad à l'oreille de Colette Azzam.

Pendant ce temps, Francis al-Baz s'agitait sur son fauteuil, si bien qu'il roula sur quelques mètres, que ses roues avant atteignirent le bord du ravin et qu'Abbas, alarmé par les cris de Margaret, dut se précipiter pour le rattraper.

… Je me souviens d'avoir rencontré Aphrodite ;
Chrysis…

Le fou rire prit de telles proportions que ceux qu'il avait gagnés, des larmes plein les yeux, ne se maîtrisaient plus. Seule la peur des tirs d'artillerie lourde leur permettrait finalement de s'en libérer.

— Aphrodite ? L'ami de ta tante a réussi à rencontrer Aphrodite au milieu de cette fourmilière ? demanda l'un des experts militaires à Jojo.

… et, un peu plus loin, sur le Nil, toute une nuit,
d'avoir vécu du corps de Cléopâtre…

Les rires hystériques reprirent de plus belle pour se muer en une sorte de transe collective.

Au bout d'un petit quart d'heure, les gens commencèrent à se disperser en prenant congé de leurs hôtes. Même Akl Naffah rentra de bonne heure à la maison. La fraîcheur du mois d'octobre ne lui réussissait pas. Elle lui donnait des gaz, avait-il dit avant d'ajouter, pour justifier son départ précipité :

— Le froid est à l'origine de tous les maux.

Ne restèrent au bord du ravin que Soleiman Attiya, son jeune ami au teint brun propriétaire de la rutilante décapotable, Nohad al-Baz, Taha Hussein et la femme fardée ; plus quelques irréductibles restés par solidarité, comme ces gens qui se tiennent aux côtés de la famille du défunt pour la soutenir dans sa peine. Soleiman, les larmes aux yeux, regardait les ténèbres de l'horizon et les incendies allumés par la bataille.

XXII

Dounia ne raconta pas à sa copine ce qui s'était passé entre son père et sa mère la nuit précédente. Elle voulait toujours garder certaines choses pour elle toute seule de façon à en savoir toujours plus que son amie et à pouvoir la railler sur son ignorance. Ses parents avaient chuchoté un bon moment. A force de se retourner sans arrêt dans le lit, sa mère avait fini par réveiller Abbas. Le jour même, la jeune femme était revenue à la cave sans chaussures, les cheveux défaits et tout essoufflée, en se retournant comme si quelqu'un la pourchassait. Bahiyya avait tenté de lui demander ce qui lui arrivait, sans parvenir à lui arracher la moindre réponse. Elle s'était couchée furieuse contre elle, pensant qu'elle avait dû se laisser harceler par un homme, et avait décidé de l'emmener dès le lever du jour jusqu'à la route pour la mettre dans le premier taxi. C'en était trop, elle avait déjà bien assez de soucis comme ça.

Abbas avait gloussé tout doucement et sa femme l'avait giflé.

— Tu aimes ça, les coups, hein, fils de Hamad, fils de Khodr al-Mani' ?...

Ils avaient manqué de se bagarrer et de réveiller la jeune femme qui dormait comme toujours à moitié nue derrière le rideau.

Ce dont ils ne s'étaient pas aperçus, c'est qu'en revanche ils avaient réveillé leur fille Dounia. Celle-ci n'informerait pas sa copine de leur conversation, n'étant aussi pas vraiment sûre d'avoir compris tout ce qui s'était dit à propos de la cousine, même si elle avait rabaissé sa couverture en dessous de ses oreilles et qu'elle s'était mise à écouter de toutes ses forces. Les choses s'étaient un peu embrouillées dans sa tête lorsque Abbas avait affirmé de manière catégorique, en parlant de la cousine de Bahiyya, que c'étaient ses frères qui l'avaient pervertie. Il s'était expliqué en avisant son épouse de choses dont les femmes n'ont généralement que faire, à savoir que les gens qui vivent des courses de chevaux sont des "crapules", et en lui apprenant que ses cousins dopaient leurs trotteurs :

— … ?

— Ils leur font des piqûres pour qu'ils courent plus vite…

Ou que parfois, au contraire, ils ralentissaient leurs montures pendant les courses pour trafiquer les résultats, en se faisant arroser au passage. Ils brassaient comme cela beaucoup d'argent sale qui disparaissait dans la nature. Ils s'étaient mis à boire et à fréquenter les filles et en étaient même venus à emmener leur sœur avec eux.

— Pour la mettre au travail !

— Comment ça ?! s'exclama Bahiyya.

Dounia ne comprit pas exactement pourquoi sa mère avait été surprise au point de se redresser brusquement sur son lit en s'arrachant des cris à cause de son pied enflé et en obligeant Abbas à lui rappeler qu'elle devait baisser la voix. Dounia ouvrit alors ses yeux tout grands.

Ils l'avaient mise au travail et avaient commencé à se partager l'argent qu'elle rapportait.

— Les fils de chiens !

Bahiyya, que tout cela laissait songeuse, relativisa :

— Il fallait bien aussi qu'elle soit d'accord, cette traînée…

Puis elle ajouta, en regardant vers le coin de la cave où la cousine dormait :

— Aujourd'hui, elle est arrivée pieds nus et les cheveux ébouriffés, mais toute guillerette. La diablesse !… Elle avait les yeux qui pétillaient…

Bahiyya n'avait pas complètement tort puisque sa cousine s'était ouvert un compte et se gardait pour elle tout l'argent qu'elle gagnait. Ses deux frères, dont les fraudes sur les champs de courses avaient été découvertes, avaient failli se retrouver en prison. Ils étaient tombés aux mains de la police après avoir déclenché d'interminables cycles de vengeances dont on parla dans les journaux et à la radio. L'aîné commença à la rouer de coups – qu'elle encaissait sans ciller – et à la séquestrer, même si elle parvenait toujours à s'enfuir par la fenêtre. Elle allait s'acheter des vêtements, des produits de beauté et du parfum. Un beau jour, complètement ivre, il lui tomba dessus, la traîna par les cheveux, la menaça de mort ; elle lui donna un peu d'argent pour échapper à ses brutalités et le lendemain matin s'enfuit à Ayn Wardeh. Son frère se rendit chez Khodr al-Mani' et prétendit qu'elle était tombée enceinte hors mariage, que, lui, il tenait à son honneur par-dessus tout. Il lui demanda de la trouver, sans quoi il l'égorgerait de ses propres mains. Khodr, qui lui conseilla de ne pas s'emporter, interrogea alors tout le clan Mani' à son sujet, avant d'en arriver à son frère Abbas…

— Le reste, tu connais.

— Pourquoi tu ne m'as pas raconté cette histoire avant ? Elle, je comprends qu'elle n'ait pas voulu parler, mais, toi, comment ça se fait que tu la couvres ?

Son frère Khodr lui avait demandé de la mettre à l'abri chez lui un moment, le temps qu'il règle le problème, en lui assurant que son frère ne la tuerait pas, qu'il n'était qu'un chien, qu'il voulait juste qu'elle se remette au travail et lui donne son argent.

— C'est lui qu'on devrait égorger ! s'écria Bahiyya.

Abbas se rendormit et Bahiyya continua de se retourner dans son lit en ruminant l'histoire de sa cousine avant et après sa fuite chez eux, faisant de temps à autre entendre des grognements et des soupirs. Ce n'est qu'aux premières lueurs de l'aube que le sommeil l'emporta finalement.

Au petit matin, Dounia et sa copine étaient de nouveau à leur poste d'observation. Dounia avait assuré à sa mère qu'elle descendait sur la route, ce que naturellement elle ne fit pas, sachant bien qu'avec son pied endolori Bahiyya ne viendrait pas la chercher. Elle était pour Réda, certaine qu'il arriverait à venir à bout de la jeune femme, tandis que la blondinette pariait sur la cousine, un peu à contrecœur à vrai dire, n'ayant personne d'autre sur qui miser. La veille, elles s'étaient introduites sur la pointe des pieds dans le rez-de-chaussée pour relever les traces de la bataille, juste après que Réda fut remonté dans sa chambre en fermant derrière lui la porte blindée. Il leur avait paru assez calme tandis qu'il ramassait les assiettes de son déjeuner pour les emporter en haut et les remettre dans le panier, comme si de rien n'était. Elles avaient trouvé là les chaussures, qu'elles avaient essayées à tour de rôle avec leurs petits pieds. La blondinette était tombée sur le ruban noir et avait tenté de le garder pour elle toute seule. Cependant elles n'avaient pas pu mettre la main sur le sous-vêtement, malgré leurs recherches actives dans le salon des pigeons.

Elles s'assirent sous le chêne et attendirent. La petite blonde épiait comme de coutume la fenêtre du coin et ne remarqua aucun mouvement notable derrière les rideaux. C'était une matinée des plus calmes. Abbas était parti de bonne heure à son travail. Dounia, toujours avec ses lunettes en plastique bleues, était occupée à promener son doigt sur le tronc du chêne, comme si elle dessinait quelque chose ou écrivait comme elle en avait l'habitude depuis qu'elle n'allait plus à l'école.

— J'ai trop envie de le faire ! J'te jure…

Sa copine n'osa pas lui demander plus de détails, sachant d'avance qu'elle ne lui répondrait pas. Après un court instant, Dounia l'interrogea :

— Tu sais comment les hommes ils font travailler leur sœur ?

— Qu'est-ce qu'ils leur font faire ?

— Bourrique !

Comme elles s'ennuyaient, elles allèrent jusqu'à la route où se tenait le jeune topographe, toujours au même point depuis trois jours, à une centaine de mètres de l'entrée du chemin qui conduisait à la maison, juste à droite du monument en béton brut dédié aux martyrs de la guerre, avec sa forme d'aile d'oiseau. Il avait mis sa casquette devant derrière afin de coller plus facilement son œil sur le viseur de son instrument. Face à lui, il n'y avait rien d'autre que la maison Baz. Depuis le temps, il aurait dû remarquer Réda qui s'approchait régulièrement de sa fenêtre pour surveiller ce qu'il faisait en restant un peu en retrait pour ne pas être vu.

Manifestement, Réda ne se faisait pas à sa présence. Il ne le quittait des yeux que par instants, juste le temps de retourner voir son écran et de jouer un coup dans la partie d'échecs sans merci qu'il était en train de livrer. Le jeune homme allait derrière son instrument topographique, regardait dans son viseur, puis inscrivait quelque chose sur son calepin, certainement en rapport avec ce qu'il venait d'y voir. Mais il n'empêche qu'il y avait dans sa façon de se mouvoir et de bouger les mains, dans sa manière aussi de s'habiller et de retourner sa casquette bleue, un mélange d'agilité et de décontraction qui faisait plus penser à un sportif qu'à un expert en topographie et en études de dénivelés. On ne pouvait le raccrocher à aucune catégorie connue de la profession : ni aux employés du cadastre, ni aux inspecteurs du ministère des Travaux publics, ni encore aux diplômés des beaux-arts que les soumissionnaires des travaux de voirie et de canalisations emploient pour dessiner ces signes rouges et ces mystérieuses lettres latines sur les bordures et les angles avant d'envoyer leurs pelleteuses et leurs ingénieurs parader avec leurs casques de protection en fer-blanc au milieu de la poussière. Il ne disait rien qui vaille à Réda. Notamment en raison de toutes les petites choses qu'il faisait et qui restaient sans rapport avec ce pourquoi il était censé se trouver là : abandonner son matériel et traverser la route pour aller se tenir de l'autre côté, à regarder les voitures passer, demeurer les bras croisés ou lever les yeux vers le ciel et maugréer en voyant les nuages s'amonceler. Il restait ainsi un moment à se tourner à droite, à gauche, ou vers le petit chêne qui poussait sur la roche, puis revenait derrière son instrument et regardait dedans en agitant aussitôt la main en l'air. Jamais cependant il n'avait levé les yeux vers la chambre de Réda ou vers la maison, pas même une seule fois.

Ce matin-là, il était arrivé tôt. Dounia et sa copine n'avaient pas tardé à découvrir qu'il était accompagné d'un collègue. Il l'avait envoyé au milieu du pré de derrière et s'était mis à lui faire des signes étranges, levant la main droite et faisant un cercle avec ses doigts ou croisant ses deux index bien au-dessus de sa tête pour que son collègue puisse le voir depuis l'endroit où il se trouvait, après quoi il retournait à sa lunette et à son calepin. La blondinette pinça Dounia afin d'attirer son attention sur la silhouette de Réda qui se dessinait derrière les rideaux de la fenêtre nord, celle qui donnait sur la route. Elles s'approchèrent de l'homme à l'instrument et commencèrent à tourner autour de lui comme elles l'avaient fait les deux jours précédents.

— C'est quoi, ça ?

— Une lunette…

— Ça sert à quoi ?

— Allez jouer ailleurs, les enfants.

— On n'est pas des enfants !

Soudain, la fenêtre du coin s'ouvrit toute grande et les cris de Réda s'élevèrent. De quoi rattraper en une seule fois le long silence dans lequel il s'était muré depuis qu'il habitait seul. Il appela l'homme à décamper et lui demanda qui l'avait envoyé à Ayn Wardeh.

— Oh ! je te parle !

Réda lui faisait de grands signes pour qu'il arrête de tourner autour de la maison avec son instrument. Et qu'il ne se croie pas plus malin que tout le monde parce que, lui, il savait pertinemment qui l'avait envoyé et à quelle fin :

— Ils nous préparent une nouvelle route, hein ? Celle-là ne leur suffit pas, alors il veulent l'élargir…

La maison Baz les embêtait, à la vérité. Et cela ne datait pas d'hier. Il en allait ainsi depuis le jour où ils avaient percé cette voie, en leur arrachant délibérément le portail d'entrée en ferronnerie, le bassin ornemental et le massif de sensitives. Réda le somma de s'en aller, en le chargeant de dire au ministre et au président de la République que la maison resterait où elle était, qu'ils le veuillent ou non. Il conclut ses vociférations sur des menaces, prévenant le jeune homme que si dans cinq minutes il n'avait pas rassemblé ses affaires et disparu de sa vue il descendrait…

Le jeune topographe s'aperçut que quelqu'un était en train de lui crier dessus, tout là-bas, cependant il n'était pas en mesure de comprendre ce que lui voulait exactement cette personne debout à sa fenêtre, les mains appuyées sur le rebord, la voyant tout au plus lever la tête sous l'effet de la colère. Seul lui parvenait un écho inintelligible de ses cris et il est certain qu'il n'entendit pas la menace finale, car il poursuivit ses calculs, en gardant néanmoins un œil sur la fenêtre que Réda avait laissée grande ouverte avant de sortir de l'embrasure.

— Sauve-toi. Il a un pistolet et il va te tirer dessus…

Le jeune homme regarda les fillettes, incrédule.

— Mon père il nous a dit il a un pistolet !

Lorsque Réda réapparut à la fenêtre de sa chambre, le jeune homme préféra sauver sa peau. Il prit son instrument sous le bras et, après avoir fait signe à son collègue toujours stationné dans le pré de s'enfuir par le haut sans passer devant la façade de la maison, il détala en direction de la station d'essence, laissant les deux fillettes en train de glousser.

Cela ne suffit visiblement pas à calmer Réda. Lorsque Dounia et sa copine revinrent sous le chêne, elles l'entendirent claquer les portes à l'étage en poussant des injures et des cris, sortir d'une pièce, entrer dans une autre, bousculer les quelques meubles que Jojo et sa mère avaient laissés derrière eux, les jugeant trop misérables. Il défenestra un vieux fauteuil en bambou, puis un vase qui vint se fracasser devant l'entrée de la cave, arrachant un cri d'incompréhension à Bahiyya, qui se trouvait alors en bas. Il se pencha à l'extérieur, toujours vêtu de son pyjama, les cheveux en bataille et le regard noir. Sans vérifier au préalable que la Peugeot était bien garée à sa place, il appela Abbas et lui demanda avant même de l'entendre répondre de monter chez lui, parce qu'il voulait qu'on nettoie cette fichue maison et dorénavant ne voulait plus que le salon serve de pigeonnier.

— Compris ?

Puis il referma la fenêtre en la claquant et se remit à tourner dans les chambres de l'étage en continuant à jurer et à grommeler. Il resta dans cet état jusqu'à midi, heure à laquelle il commença à se calmer. L'approche du déjeuner sans doute.

Le moment venu, Dounia prit bien soin de s'éloigner de la maison afin d'obliger Bahiyya à envoyer sa cousine porter le repas à Réda. Pourvu qu'un événement nouveau se produise… Mais, à son grand dépit, la jeune femme s'avança avec les assiettes, les déposa, attendit sagement qu'il tire sur la corde et que le panier remonte, fit demi-tour et se dirigea vers la cave où l'attendait Bahiyya, laquelle lui avait formellement interdit de bigler à droite et à gauche et de traînasser sur le chemin du retour. Réda lui-même ne parut pas très disposé à reprendre leur petit jeu puisqu'il hissa le panier d'une traite et referma immédiatement sa fenêtre. On aurait dit deux amoureux après une dispute.

Pendant que Réda al-Baz prenait son repas de midi, Dounia et sa copine s'infiltrèrent une nouvelle fois dans le rez-de-chaussée. Dounia était bien décidée à mettre en application le plan qu'elle avait élaboré le matin, près du chêne. Avant d'ouvrir la porte d'entrée, elle fit un crochet derrière la maison pour aller choisir un gros morceau de charbon bien noir dans le poêle à bois. La blondinette la suivait en s'abstenant de lui poser la moindre question. Une fois à l'intérieur, elles s'arrêtèrent au pied de l'escalier de droite et Dounia demanda à son amie de l'attendre là sans bouger. Elle grimpa les marches jusqu'à la porte blindée, tendit l'oreille et, n'entendant aucun bruit, se tourna vers le rez-de-chaussée pour parcourir la maison des yeux. Soudain, elle pointa le doigt sur le mur qui faisait face à l'escalier, celui que toute personne descendant de l'étage ne pouvait manquer de voir. Elle s'en approcha, leva le bras le plus haut possible et, se trouvant encore trop bas, rapporta une vieille chaise sur laquelle elle monta pour commencer à écrire avec son morceau de charbon. Comme elle lisait, lettre à lettre. Et encore, à certains moments, elle hésita au milieu d'un signe, ne sachant plus dans quel sens finir sa ligne. Ce n'était pas faute de s'être entraînée sur le tronc du chêne en recopiant plusieurs fois sa formule. Elle ne pouvait guère compter sur son amie, qui n'était jamais allée en classe – un défaut que Dounia ne perdait pas une occasion de lui rappeler, ce qui lui permettait de souligner par un avantageux sous-entendu son bref passage sur les bancs de l'école publique. Finalement, elle parvint à écrire sept ou huit mots, avec de grosses lettres que la blondinette fut incapable de lire.

— C'est quoi, ça ? Tu as écrit quoi, là ?

Dounia sourit, sans répondre à sa question. Sa copine la supplia en lui serrant le bras.

— "Donne-moi de l'argent et prends-moi."

— ... ?

— Tu comprends pas ?

Réda, lui, comprit tout de suite. Il tomba en arrêt devant l'œuvre de Dounia. En proie à un spleen de fin d'après-midi, il avait éprouvé le besoin de sortir de sa chambre et était allé errer à l'étage avant d'ouvrir la porte blindée et de descendre. C'est alors qu'il avait vu l'inscription. Il était habitué à celles qui couvraient les murs du rez-de-chaussée et les marches de l'escalier, mais il resta cloué devant ce "donne-moi de l'argent et prends-moi". Il hocha la tête et regarda autour de lui pour voir si la jeune femme ne se trouvait pas à l'intérieur de la maison, sans remarquer Dounia et sa copine, cachées dehors, derrière l'une des fenêtres. Peu après, il alla dans le salon, visiblement pour relever les traces de la bataille de la veille, revint vers l'entrée, l'air hagard, scruta encore une fois le mur sur lequel Dounia avait inscrit sa formule, balaya le sol du regard comme s'il cherchait quelque chose de précis, passa son chemin et s'approcha finalement de la petite brèche carrée à gauche de la porte d'entrée. La brèche de son oncle Massoud, qu'on avait comblée avec un morceau de bois peint de la même couleur que le mur et devant laquelle on avait mis un bouquet de fleurs en plastique dans un haut vase en verre. Le vase et son contenu avaient depuis longtemps disparu. Réda glissa sa main et, d'un geste précis et assuré, comme s'il savait exactement ce qu'il faisait, enleva délicatement le bout de bois. Il le déposa par terre, sans bruit, se retourna vers les fenêtres du rez-de-chaussée, tendit un peu l'oreille, puis rentra sa tête dans la brèche. Il demeura penché ainsi un bon moment, donnant l'impression d'assister à un spectacle saisissant.

XXIII

Ce fut la dernière fois que Réda descendit à Beyrouth avant de se retrancher à Ayn Wardeh. Il s'était engagé à venir rencontrer l'avocat de la famille, spécialiste des affaires de mainmorte privée, à son cabinet.

— Mon cher Réda, il va falloir trouver une solution pour la maison d'Ayn Wardeh !

Dès qu'il entra dans le bureau, Réda prévint en s'excusant qu'il ne s'assoirait pas, préférant aller se tenir à la fenêtre qui surplombait la route de Damas, les bras croisés et les mains rentrées sous ses aisselles. Sa position d'usage. Le professeur de mathématiques n'osa pas refuser le fauteuil en cuir moelleux dans lequel l'avocat l'avait invité à prendre place.

— Je ne sais si votre frère Jojo vous en a informé, mais il y a deux jours je l'ai convoqué ici même pour m'entretenir avec lui. J'ai préféré vous parler séparément. Il m'a fait savoir que l'état de santé de votre tante Nohad ne la rendait plus à même de débattre de ces questions et qu'il prévoyait dans un avenir proche de déménager à Beyrouth, ayant loué un appartement rue…

— … Abdel-Wahhab-el-Inglizi, l'aida le professeur de mathématiques en poussant le premier d'une longue série de rires équivoques entre les quatre murs du cabinet.

Réda l'avait emmené avec lui, car il ne savait trop comment se rendre jusque chez l'avocat, ici, au centre de Beyrouth, à côté du Musée national, étant donné que le moteur de sa Honda ne tournait plus – il avait besoin d'une nouvelle batterie. Et puis dès le lever, il s'était senti un peu mal. A son premier pas hors du lit, il avait été pris d'un vertige qui l'avait forcé à se rasseoir pour se relever tout doucement. Cela faisait tout au plus trois mois que Nadia était morte. L'esprit peut se délester, mais le corps n'oublie pas. Il allait demander à l'avocat, avec qui il était en ligne depuis Ayn Wardeh, de bien vouloir l'excuser et lui dire qu'il passerait le lendemain ou le surlendemain quand le professeur de mathématiques entra dans la maison et se dirigea vers l'étage pour entamer une partie d'échecs matinale. Le jour où le champion soviétique Spassky, de passage à Beyrouth, avait fait face à une trentaine d'adversaires réunis, son ami avait été le seul à pouvoir le mettre en difficulté.

— Il m'a par ailleurs déclaré que, avant de descendre à Beyrouth, il attendait votre accord pour le déménagement de votre tante Nohad en maison de retraite, à Bhersaf…

— Mon accord à moi ? lança Réda, comme si cela lui avait échappé.

L'avocat sentit qu'il touchait là à un sujet sensible et préféra revenir dans le cadre de ses attributions :

— Vous avez une sœur prénommée Sarah, mariée à une personne du nom de Hassib al-Sabbagh, et qui selon mes informations, a eu deux enfants…

— Samir et Schéhérazade, affirma Réda sans se retourner vers l'avocat.

Le professeur de mathématiques tendit la main pour prendre sa tasse de café, en donnant l'impression de s'en excuser. Chaque fois qu'il lui arrivait de passer une porte en précédant une personne, chaque fois qu'il s'asseyait, qu'il saluait ou qu'il prenait la parole, il avait les yeux et les mains qui s'excusaient. Réda regardait par la fenêtre, du côté des eucalyptus géants rescapés de la guerre qui se dressaient de part et d'autre de la route de Damas. Une voie qu'ils avaient parcourue à de nombreuses reprises, Nadia et lui. Le professeur but une gorgée de café, afin de se donner un peu de courage :

— Sarah a renoncé à sa part…

Il se tourna alors vers Réda pour lui demander la permission de l'assister et pour s'excuser de cette intrusion dans les affaires de la famille.

— Elle ne peut y renoncer dès lors qu'elle a des héritiers, trancha l'avocat sans laisser à Réda la moindre possibilité d'intervenir.

Son ami faisait aller et venir son regard entre la fenêtre, où se tenait Réda, et le fauteuil en cuir sur lequel l'avocat se préparait encore à exposer son idée. Quelque chose le faisait tergiverser et l'empêchait de parler franchement, un obstacle qui se trouvait à l'intérieur du bureau et dont il décida soudain de se débarrasser. Il se tourna vers l'ami de Réda :

— … Mais je n'ai pas eu l'honneur d'avoir été présenté à monsieur.

— Je suis un ami, bredouilla le professeur.

Réda sourit.

— Je voulais dire que je n'avais pas eu l'honneur de connaître votre nom.

Il prononça son nom à toute vitesse, en baissant la tête pour s'excuser. L'avocat n'entendit que quelques syllabes dont il ne parvint pas à tirer ce qu'il voulait. Il eut alors un sourire crispé et se gratta derrière les oreilles, ne sachant trop comment renouveler sa tentative. Réda vint à sa rescousse :

— Il est chrétien, ne vous en faites pas.

L'avocat s'empressa de lever les soupçons qui pesaient sur lui. Etant membre du conseil de l'ordre des avocats, où il présidait le comité des droits de l'homme, il ne pouvait être taxé de confessionnalisme. Et puis d'ailleurs, il était marié à une druze, une ancienne consœur aujourd'hui juge pour enfants. Il ne put tout de même s'empêcher de conclure sa plaidoirie en précisant :

— Le pays est à nous depuis que Dieu l'a créé…

S'il avait eu en main le journal avec lequel il se protégeait habituellement du soleil, le professeur de mathématiques se serait à cet instant caché derrière, car il se rendait compte qu'il ne comprenait plus rien à la conversation que Réda et l'avocat échangeaient à son sujet. Mais le moment était venu pour ce dernier de s'acquitter de ses obligations, aussi s'empressa-t-il d'énoncer les faits : il avait eu la visite, ici, dans son cabinet, de l'abbé du monastère auquel revenait le bénéfice de la mainmorte concernant la maison d'Ayn Wardeh et ses propriétés attenantes, dix mille mètres carrés sans compter la colline aux trembles qui était l'objet d'un litige avec les propriétaires du terrain situé au sud. L'abbé s'était montré extrêmement franc. L'aîné de Francis al-Baz était marié, n'avait pas eu d'enfants et son épouse n'était plus en âge de procréer… Le professeur se tourna vers son partenaire d'échecs, remarquant qu'il se trouvait en proie à des clignements convulsifs de l'œil droit et qu'il recommençait à contracter les muscles de son cou. Le temps écoulé depuis la mort de Nadia avait permis à Réda de reprendre la maîtrise de son visage, mais cela ne l'empêchait pas de rechuter dans des situations embarrassantes comme celle-ci. Son ami faisait donc en sorte de le distraire et de veiller sur lui.

Il sentit à ce moment qu'il devait agir et, dans un élan de générosité, coupa la parole à l'avocat pour lui demander un verre d'eau, cherchant à le perturber et à lui faire perdre le fil de son discours. Peut-être réussirait-il ainsi à le faire taire.

— Quant à vous, mon cher Réda, vous êtes toujours célibataire…

C'était le deuxième terme de son raisonnement, qu'il formula avant de demander à la bonne du cabinet d'apporter une bouteille d'eau minérale. On ne saurait soustraire quiconque à une logique qui s'enchaîne en toute clarté.

— Et si votre situation de famille reste ce qu'elle est aujourd'hui, on peut affirmer catégoriquement qu'Ayn Wardeh reviendra aux enfants de Hassib al-Sabbagh…

Le professeur de mathématiques se tenait sur le qui-vive, prêt à réagir. Ses yeux s'agitaient derrière ses lunettes comme s'il était en train de disputer une partie d'échecs acharnée. Réda observait le trafic qui s'interrompait et reprenait au signal du policier posté au carrefour du Musée. Chaque fois qu'un automobiliste s'arrêtait au niveau du premier eucalyptus géant, de l'autre côté de la rue, attendant le coup de sifflet de l'agent, les rayons ardents du soleil se reflétaient sur le toit de la voiture pour arriver tout droit dans l'œil de Réda, qui restait alors sans bouger. Et quand les véhicules repartaient en direction du centre-ville, il demeurait immobile, guettant l'instant où les rayons viendraient de nouveau l'éblouir.

— Je ne connais pas Hassib al-Sabbagh, mais ce que je sais c'est que la maison appartient aux Baz depuis des générations…

— Vous voulez dire que Sabbagh est musulman ! On a compris.

Réda rit de l'ardeur de son ami.

— Admettons, reconnut l'avocat.

— …

Le professeur enleva ses lunettes et se mit à en essuyer les traces de sueur avec un petit chiffon qu'il avait sorti de la poche de sa chemise. Cela l'occuperait jusqu'à la fin de la visite. De temps à autre, il jetait un coup d'œil furtif sur Réda qui avait maintenant les mains dans le dos et le visage plein de tics nerveux.

— Musulman ou chrétien, la question n'est pas là. Leur beau-frère est originaire d'un village situé tout au sud du pays et personne ne voudra quitter Ayn Wardeh pour aller s'installer là-bas. Est-ce que je me trompe ?

Aucun des deux amis ne sentit que cette question ardue lui était adressée et appelait sa réponse. Le professeur attendit que Réda intervienne pour amener l'avocat au cœur du sujet, en vain. Il se jeta donc à l'eau à sa place :

— Que demande l'abbé du monastère ?

— En fait, il n'a rien demandé, il m'a juste chargé de lui transmettre son souhait (depuis un moment, l'avocat s'adressait directement au professeur de mathématiques, en parlant de Réda à la troisième personne) de le voir reconsidérer sa situation et penser à…

L'avocat attendit que l'un des deux hommes complète sa pensée, qui resta du coup en suspension dans l'atmosphère du cabinet jusqu'au moment où le professeur de mathématiques s'esclaffa pour la deuxième fois en disant :

— … se marier…

— Faute de quoi… ? interrogea Réda en se retournant vers l'avocat pour qu'il lui dévoile enfin la proposition inédite que l'abbé n'avait certainement pas manqué de faire, sachant que jusqu'ici les préambules que le juriste lui avait servis étaient vieux et rebattus et ne différaient guère de ce dont on le gavait depuis des années à la maison.

— Je vous le répète, il ne s'agit là que d'un souhait.

Le professeur de mathématiques essuyait ses lunettes pour la dixième fois. L'avocat s'arrêta de nouveau en chemin, espérant que ses interlocuteurs finiraient par énoncer son idée, en lui évitant la peine de dire ce qu'il avait à dire. Sa technique ne fonctionnant pas, il fut obligé de s'expliquer :

— L'idée serait que vous cédiez votre part de la maison au monastère de Saint-Antoine-le-Grand, au terme d'une longue vie bien entendu. Sachant que de toute façon cette cession ne pourra être effective qu'en l'absence d'héritier direct chez les deux frères.

Un rayon de soleil atteignit l'œil de Réda en se réverbérant sur le toit d'une voiture. Il était désormais difficile de dire si ses clignements de paupières étaient dus à l'éblouissement ou aux convulsions qui parcouraient son visage.

L'avocat n'attendait aucunement une réponse de Réda al-Baz. Il l'avait convoqué pour l'informer avec tous les ménagements possibles de ces éléments, non pour lui arracher un engagement. Il raccompagna les deux amis à la porte de l'ascenseur. Lorsque Réda le salua, il retint un peu sa main en la secouant, le regarda droit dans les yeux et, avant que la porte de l'ascenseur ne se referme, se hâta de lui glisser :

— Je connais un médecin qui peut vous prescrire le traitement approprié pour ces…

Ils rentrèrent en taxi collectif, comme ils étaient venus. Le professeur de mathématiques négocia avec le chauffeur pour qu'il pousse jusqu'à Ayn Wardeh après avoir déposé les autres passagers sur le chemin. Réda pria la forte femme assise à côté de lui de baisser la vitre, se trouvant compressé sur le siège arrière entre elle et son ami. Elle grommela en désignant sa poitrine du doigt, manière de lui signifier qu'elle craignait un coup de froid, et ne donna pas suite. En descendant d'Ayn Wardeh, Réda avait pris place à côté de la fenêtre et avait dû sortir la tête plusieurs fois pour respirer à fond. Il se retrouvait maintenant assis au milieu et paraissait d'autant moins rassuré que le taxi s'engageait dans un embouteillage inextricable.

Chacun se mit à débiter son chapelet. L'un des passagers assis sur la banquette avant s'en prit aux entrepreneurs des travaux publics – qu'il tenait pour responsables de ces encombrements –, les qualifiant de voleurs. Le chauffeur abonda dans son sens en invoquant l'exemple du goudronnage des routes, sur lequel ils escroquaient tout le monde, il était bien placé pour le savoir. La forte femme concentra pour sa part ses attaques sur les politiques, qui possédaient des générateurs électriques et qui ne se trouvaient jamais pris dans les bouchons puisque leurs sbires leur ouvraient la route de force, et malheur à qui refusait de libérer le passage. Réda épongeait la sueur de son front en lui redemandant d'une petite voix de bien vouloir baisser un peu la vitre. Mais elle renchérissait, s'en prenant maintenant aux militaires de tous grades, à leurs pensions de retraite, à tous les domestiques qu'on mettait à leur disposition – un soldat qui emmenait les enfants à l'école et un autre qui allait faire les courses pour madame au marché –, avant de conclure sans détour que les choses allaient bien mieux du temps de la guerre, qu'alors au moins les gens vivaient dans une certaine aisance, malgré les bombardements, ce à quoi tout le monde acquiesça d'une seule voix, y compris le professeur de mathématiques qui fit entendre une sorte de grognement approbateur. On embraya sur la situation économique du pays. Les passagers de la banquette avant y allèrent de leurs comparaisons, de leurs chiffres et de leurs soupirs résignés, tandis que le chauffeur s'escrimait sur le bouton de son autoradio pour capter la station qu'il cherchait au milieu des grésillements stridents.

Pendant ce temps, la voiture faisait presque du surplace, et à l'intérieur, en raison du soleil de plomb qui se réfléchissait sur les carrosseries et les vitres des véhicules alignés en plusieurs files, la chaleur était devenue étouffante. Cette fois-ci, Réda ne demanda pas l'autorisation de sa voisine. Il tendit le bras pour essayer de baisser la glace, mais la manette tourna dans le vide. Le chauffeur lui signala qu'elle était cassée et Réda profita de l'occasion pour le prier de baisser le volume de la radio ou de l'arrêter, si c'était possible. Les deux passagers assis à côté du conducteur se retournèrent vers lui en même temps, visiblement surpris par une telle demande. Il serra davantage les poings sur le dossier du siège avant, ne cessant pas de cligner des yeux. Les plaintes non plus ne cessèrent pas. Le passager assis juste à droite du chauffeur jura qu'il n'avait même plus les moyens de payer les frais d'inscription de ses trois enfants à l'école publique et le chauffeur annonça solennellement la décision qu'il venait de prendre : désormais il refuserait de payer ses factures d'électricité ; il y avait des quartiers “moins pauvres que nous” où on ne payait pas ; et si le receveur se présentait, il aurait deux mots à lui dire. En plus des grésillements, la radio émit à cet instant les sons étouffés d'une chanson populaire, de celles qu'il était manifestement en train de chercher. Réda commençait à manquer d'air. Son ami s'efforçait de le distraire, un mot par-ci, un petit signe par-là, tandis que les passagers poursuivaient l'inventaire des préjudices qu'ils subissaient, dénonçant les ententes secrètes passées entre les fournisseurs d'abonnements et Electricité du Liban pour interrompre régulièrement le courant, avant de bifurquer sur les coupures d'eau et les moyens qui leur manquaient pour acheter une citerne.

— Ça suffit ! cria subitement Réda.

Le chauffeur éteignit sa radio et un grand silence se fit à l'intérieur de la Mercedes toute branlante. La femme fit savoir au chauffeur qu'elle voulait descendre pour continuer à pied, et le professeur de mathématiques laissa échapper un nouveau rire narquois, comme s'il voulait par là se dédouaner aux yeux de ceux qui connaissaient ses liens avec Réda al-Baz des agissements de ce dernier, lequel était devenu tout pâle et contractait les muscles de son cou sans interruption. Sentant bien qu'à l'intérieur de son véhicule la situation n'allait pas pour le mieux, le chauffeur se dit qu'il devait continuer à avancer et tenta de sortir de l'embouteillage en roulant sur le terre-plein, quitte à éclater un pneu. Le professeur de mathématiques s'agrippa à la main de Réda. Le silence planait toujours sur les dénonciateurs de la vie chère. Et parce que la pression qui leur venait du siège arrière avait atteint un seuil qu'ils ne pouvaient plus supporter, ceux-ci descendirent à leur tour avant d'être arrivés à destination. Le chauffeur s'efforça de détendre l'atmosphère en déclarant que dans la vie on devait s'armer de patience, que les temps étaient durs, mais qu'enfin il fallait se satisfaire de son lot quotidien. Cependant sa philosophie changea soudain du tout au tout : sorti des embouteillages, il monta en direction d'Ayn Wardeh pied au plancher en jetant régulièrement un œil dans son rétroviseur, peu rassuré quant à son chargement arrière. Plus vite il aurait mené ses deux passagers à bon port, plus vite il en serait débarrassé.

Réda insista pour descendre au croisement, voulant parcourir le reste du chemin à pied. Il s'appuya sur l'épaule du professeur de mathématiques et se dirigea vers la maison.

— Je n'aime pas les gens, je n'aime pas leurs odeurs de transpiration, leurs blablas, leurs chaussures…

Le professeur ne put s'empêcher d'éclater de rire. Réda, pour qui ce bruit était sans doute devenu familier, n'y prêta aucune attention et reprit en déclarant qu'il aurait voulu être un oiseau immaculé, exempt de tout besoin, un oiseau femelle et transparent. Son ami fut presque obligé de le traîner tant il avait du mal à marcher. Ils arrivèrent enfin sous le chêne où Réda s'assit précipitamment en demandant à son ami de le laisser là et de s'en aller avant que quelqu'un de la maisonnée, Jojo, sa mère, sa tante Nohad peut-être, ne sorte à sa rencontre. Il préférait les affronter seul.

Quelques jours seulement après la visite de Réda et de son partenaire d'échecs à l'avocat de la famille, Nohad fut transportée en ambulance à Bhersaf et Margaret, Jojo et sa mère descendirent à Beyrouth. A deux reprises, le professeur de mathématiques monta chez son ami, attiré par la perspective d'une séance d'échecs. La première fois, trouvant Bahiyya assise en train de fumer sous le chêne, il lui demanda si Réda était là et s'entendit répondre que le *khawēja* l'avait sûrement vu rentrer dès l'allée après le croisement. Maintenant, elle savait que l'arrivée d'un visiteur ne pouvait échapper à son attention, surtout si celui-ci venait du côté de la route. Le professeur entra alors au rez-de-chaussée, grimpa les marches conduisant à l'étage et se cassa le nez sur la porte blindée. Il frappa et, n'obtenant aucune réponse, redescendit vers le chêne. Bahiyya était partie. Il s'approcha du panier suspendu à la fenêtre de la chambre et la chatte noire, qui se balançait dedans, en bondit. Il regarda alors ce qu'il contenait, le poussa en lui imprimant à son tour un mouvement de va-et-vient, ramassa un petit caillou et le jeta contre la vitre de la fenêtre, n'obtenant là encore aucune réponse.

XXIV

Bahiyya était en train d'étendre son linge sur le fil tendu entre le cerisier et le mur faisant face à la colline aux trembles. Elle prenait l'une des chemises qu'elle venait de laver à la main, l'essorait en la tordant trois fois de suite et la défroissait avant de l'accrocher à l'étendage avec deux pinces en bois. Tout à coup elle hurla, comme mordue par un serpent :

— Dounia !

Depuis plusieurs jours, Dounia avait dû se faire aux sautes d'humeur de sa mère, aux hurlements que son pied endolori continuait à lui arracher dès qu'elle faisait le moindre faux pas et aux cris qu'elle poussait aussitôt qu'une idée lui passait par la tête. Elle lui répondit sans se déplacer de l'endroit où elle était occupée à jouer avec son frère, sous le chêne :

— Quoi ?

— Va voir où est cette maudite fille…

Maintenant qu'Abbas lui avait fait entendre la véritable histoire de sa cousine, Bahiyya se trouvait en proie à de soudaines angoisses dès que celle-ci sortait de son champ de vision. Et on voit mal comment il en serait allé autrement à ce moment où sa cousine et son mari s'étaient tous les deux soustraits à son attention. Sans compter que l'on était samedi, que le temps était au beau fixe et que les environs de la maison grouillaient de promeneurs :

— Où est-ce qu'elle est encore passée ?

Faute de développements notables depuis quatre ou cinq jours, la surveillance que Dounia exerçait sur la jeune femme et sur Réda s'était quelque peu relâchée. Même la blondinette n'y mettait plus le même entrain.

— Si seulement elle pouvait être allée au diable et si seulement elle avait pu t'emmener avec elle !... Va voir si elle n'est pas à la cave.

Dounia descendit les marches sans conviction. Si la jeune femme était sortie de la cave, elle l'aurait bien vue.

— C'est qu'avec elle il y a de quoi se faire du souci, entre ses frères, Abbas, tous ces détraqués qui traînent sur les routes et les fils de Khodr... maugréa Bahiyya, sans penser une seconde à ajouter le *khawéja* Réda à sa liste.

Dounia disparut à l'intérieur pour ressortir au bout de quelques minutes, en inspectant les alentours. Sa mère n'avait pas eu tort de l'envoyer à sa recherche. Mais par où avait-elle bien pu sortir, sachant que la cave ne comptait que cette porte ? Cette fois-ci, la jeune femme avait réussi à tromper leur attention à toutes les deux. Dounia s'attarda un peu à l'entrée, espérant l'apercevoir d'un moment à l'autre dans les environs, puis elle se dit que cette affaire demandait à être réglée en urgence et accourut vers sa mère.

— Je l'ai pas trouvée ! Elle est pas dans la cave ! s'écria Dounia sur un ton d'appel à la mobilisation.

Les intuitions de Bahiyya se vérifiaient une fois de plus. Elle jeta sa chemise encore trempée dans la bassine en plastique et, tout en essuyant ses mains dans sa robe, se rua sous le chêne comme si la maison était en flammes. Tout à coup, elle se mit à appeler son mari en criant à pleins poumons, sans lui laisser l'occasion de lui faire entendre une réponse :

— Abbas Abbas Abbas !…

Elle arriva à hauteur de la Peugeot blanche tout essoufflée, ouvrit la portière avant, supposant qu'il pourrait se trouver caché à l'intérieur avec la cousine, puis la claqua violemment, comme si elle la refermait sur les doigts de son mari.

— Il est parti à la station d'essence… l'informa Dounia.

— Comment ?

— En marchant…

— Avec qui ?

Quoique pour des raisons assez différentes, Bahiyya et Dounia étaient toutes les deux sur le pied de guerre et échangeaient leurs renseignements comme si elles livraient bataille.

— Tout seul.

— Tout seul ?

— Oui.

Bahiyya, ne baissant pas pour autant les armes, alla pour le rejoindre sur la route, suivie de Dounia et du petit, mais quand elle s'avisa de la distance à parcourir, elle fit demi-tour et revint s'asseoir sous le chêne. Quelques jeunes promeneurs commençaient à rôder autour de la maison et à s'approcher de l'entrée.

— Dounia, apporte-moi une cigarette.

Son souci numéro un n'avait plus lieu d'être : elle était maintenant rassurée sur le compte d'Abbas. Il lui restait néanmoins à savoir où était passée sa cousine.

Ils lui avaient strictement défendu de s'éloigner de la maison et en particulier d'aller toute seule sur la route. Quelques jours plus tôt elle avait échappé à leur attention et s'était rendue à la boutique dans laquelle la vieille fille vendait ses figues du littoral et ses radis rouge vif. Là, elle avait failli provoquer un embouteillage étant donné le nombre d'automobilistes – essentiellement des chauffeurs de taxis et des hommes sans passagers – qui s'étaient arrêtées à sa hauteur pour lui proposer de la déposer, en espérant bien pouvoir lui sauter dessus. Elle ne leur en avait pas laissé l'occasion puisqu'elle ne s'était jamais retournée, qu'elle n'avait répondu à personne et que, au moment où un conducteur avait tendu le bras par la fenêtre de sa voiture pour lui tâter les fesses, elle lui avait tapé sur la main en lui arrachant des cris de douleur.

Bahiyya accourait aussitôt qu'elle la voyait assise au bord du ravin – c'est-à-dire loin du chêne et hors du périmètre dans lequel la maison étendait son ombre jusqu'aux dernières heures de la matinée –, installée à même le sol, les jambes croisées et repliées devant elle, le dos exactement dans le prolongement de la fenêtre de Réda al-Baz, les cheveux dénoués et retombant sur ses épaules, occupée à scruter la ville ou la mer à l'horizon. Bahiyya se penchait alors au-dessus de sa tête, lui montrait la route et lui chuchotait nerveusement que ses frères pourraient la voir si jamais ils venaient à passer. Ensuite, elle lui désignait la chambre de Réda, mais sans trouver cette fois de motif précis à invoquer. La jeune femme obéissait en se relevant d'un mouvement plein de souplesse, puis se dirigeait sous l'escorte de Bahiyya vers l'escalier de la cave, avec cet air d'animal domestique qui continuera toujours à commettre ses forfaits chaque fois que l'occasion lui en sera donnée.

Elle lui avait même défendu de sortir de la cave le samedi et le dimanche, jours où le pré de derrière fourmillait de ces jeunes désœuvrés et de ces petits adolescents excités qui, n'ayant pas tardé à noter sa présence, venaient rôder fébrilement autour de la cave. Ils bondissaient soudain de derrière le mur, la sifflaient, lui faisaient des clins d'œil, lui chuchotaient de ces petites expressions dont ils usaient dans leurs quartiers pour attirer l'attention des collégiennes qui se rendaient le matin dans leur établissement, se trouvant pour leur part sur le chemin du travail, dans des garages où ils s'occupaient toute la journée des vidanges ou des montages de pneus et où ils attendaient en plaisantant et en se poussant avec les mains et avec les pieds de se voir peu à peu confier des travaux de mécanique plus complexes.

La jeune femme se pliait un temps aux interdictions de sa cousine Bahiyya, mais jouait la fille de l'air dès qu'elle sentait sa surveillance se relâcher. C'est ainsi qu'elle avait disparu, ce samedi matin-là. Et ces jeunes adolescents, qui continuaient à venir le week-end accompagnés de leur famille dans le pré des Baz, qui n'étaient plus en âge de se laisser dicter leur conduite par les adultes, ni assez vieux pour rester assis sur des chaises en plastique à fumer des narghilés et à regarder pendant des heures les voitures monter ou descendre sur la route entre les stations estivales et Beyrouth, ces jeunes qui préféraient plutôt errer en quête d'un cerisier dont ils ingurgitaient tous les fruits de la saison en une seule fois, ou d'un chien qu'ils pourchassaient à coups de pierres, ce seraient précisément eux qui mettraient Bahiyya sur la piste de sa cousine.

Dès qu'Abbas rentra, elle l'informa de sa disparition en se plaignant une nouvelle fois de cette situation qui l'agaçait au plus haut point et en l'avertissant qu'elle ne saurait en supporter plus. Il se proposa de prendre sa voiture et d'aller la chercher dans les environs, où elle était peut-être allée vagabonder. Bahiyya accepta, à condition toutefois qu'il prenne avec lui Dounia et son frère – seule garantie qu'il ne lui sauterait pas dessus sur le chemin du retour, s'il la trouvait –, et il la prévint qu'il pourrait s'attarder un peu parce qu'il devait monter une bonbonne de gaz dans une maison d'Ayn Wardeh. Voilà comment Dounia rata la scène qu'elle attendait depuis plusieurs jours avec impatience.

Bahiyya étendit le linge qui restait et redescendit à la cave avec sa bassine en plastique à la main, en regardant à droite et à gauche dans l'espoir de voir réapparaître sa cousine. A peine quelques minutes après qu'elle se fut assise pour reposer son pied et commencer à préparer le repas, elle entendit du côté de l'entrée des bruits étranges, un peu comme des sifflements de serpents, et sortit jeter un œil. Il y avait là trois de ces adolescents. C'est celui qui se tenait à côté du petit escalier conduisant à la maison qui lui permit de remarquer le deuxième et le troisième, parce que son regard circulait de l'un à l'autre. Il insistait auprès d'eux, en leur faisant de grands signes de la main et en chuchotant. Il voulait savoir ce qui se passait en haut. Dans la chambre du coin.

Bahiyya n'en crut pas ses yeux. Le deuxième adolescent était allé jusqu'à escalader le mur de Réda en s'aidant de la corde avec laquelle ils lui montaient son repas. Il continuait à la tenir d'une main et, de l'autre, s'appuyait sur le rebord de la fenêtre, restant suspendu en l'air pour suivre d'un œil avide la scène qui se déroulait à l'intérieur de la chambre et remuant la tête dans tous les sens de manière à distinguer quelque chose à travers les dentelles du rideau. Son ami réitéra sa demande d'une voix rauque qu'il s'efforçait de ne pas trop élever :

— Alors, qu'est-ce qui se passe ? Dis-moi !

— Grimpe dans l'arbre, rien ne vaut un bon coup d'œil ! lui répondit l'autre, également à mi-voix, en oubliant dans le feu de l'action que son ami resté en bas ne pourrait grimper à cause de sa jambe impotente.

Le troisième se tenait debout dans le chêne, faisant ressortir ses épaules du feuillage. Il remuait lui aussi la tête dans tous les sens pour suivre les événements depuis l'endroit éloigné où il se trouvait, en essayant de voir à travers les vitres malgré les reflets du soleil. Bahiyya crut au premier abord que ces petits scélérats essayaient d'épier le *khawéja* Réda, comme tous les promeneurs venant dans le pré en avaient pris l'habitude. Ils échangeaient autour de lui mille histoires ; et sa présence là-haut, de même que son mode d'alimentation singulier, participaient de l'attrait que ces lieux exerçaient sur eux. Mais, visiblement, quelque chose d'inhabituel était en train d'arriver dans la chambre du coin, des événements dont ils guettaient les développements en poussant de leurs voix éraillées des cris enthousiastes, comme s'ils assistaient à un match de football, ou en murmurant des instructions précises dont ils veillaient néanmoins à ce qu'elles n'arrivent pas jusqu'aux oreilles de leur destinataire premier :

— Enlève ton pantalon, crétin !

— Il est encore habillé ? demanda celui qui se tenait en bas à celui qui s'était hissé avec la corde, en mettant sa main devant sa bouche pour ne pas crier.

— Oui.

— Et elle ?

Par cette brève question, Bahiyya comprit ce qui était en train d'advenir dans la chambre du haut. Hors d'elle-même, elle attrapa l'adolescent invalide par l'épaule, le secoua en manquant de lui faire perdre l'équilibre et lui hurla dessus suffisamment fort pour interrompre les chuchotements des deux autres :

— Qui, elle ?!

— Chuuuut… lui firent-ils au même moment, l'un depuis le rebord de la fenêtre et l'autre depuis le feuillage du chêne.

Qui était-elle donc pour crier si fort ?

C'était comme s'ils étaient les maîtres des lieux et qu'ils n'acceptaient pas que l'on vienne troubler la sérénité de leur petit moment de divertissement. De son côté, le jeune infirme se redressa en prenant péniblement appui sur sa jambe saine, poussa Bahiyya d'un coup de coude à la ceinture pour tenter de l'éloigner un peu et l'interrogea à son tour d'une voix étranglée :

— C'est ta sœur ?

Bahiyya se mit à les houspiller, à faire du scandale et à ameuter le voisinage dans l'espoir que quelqu'un lui vienne en aide :

— Vous n'avez pas honte, les garçons ! Au secours, les gens ! Venez voir ça ! Pour l'amour de Dieu, allez-vous-en… Où es-tu Abbas ? Pourquoi tu me laisses toute seule dans cette panade ! Malheur à toi, Bahiyya ! Imagine que *sitt* Julia arrive maintenant et qu'elle voie ça !

Celui qui se tenait dans le chêne lui demanda une nouvelle fois de se taire un peu afin qu'il puisse suivre ce qui se passait dans la chambre où les choses prenaient un tour de plus en plus excitant, la femme ayant semble-t-il réussi à convaincre l'homme de retirer ses vêtements.

— Il a quitté sa chemise…

Puis, après un court instant, d'un ton sûr de soi :

— Il a baissé son pantalon…

Bahiyya leva les yeux vers le chêne et remarqua à travers les branches et le feuillage dense que le jeune avait rentré sa main dans son pantalon et se tripotait, l'œil brillant de concupiscence. Pendant ce temps, le troisième adolescent, le nez collé sur la fenêtre, continuait de diffuser ses comptes rendus détaillés et annonçait à son ami qui ne pouvait pas se délecter du spectacle que la femme commençait à enlever sa robe et qu'elle était, ouaouuuuuh, complètement nue, sous lui…

— Et c'est tout ?

— C'est tout.

— Menteur !

… Qu'ensuite la "fête" avait commencé. Qu'il l'avait jetée sur le lit. Qu'il l'avait pénétrée.

— Ah ça y va, je te l'dis…

Bahiyya resta sans voix pendant une bonne minute et, quand elle eut repris son souffle, le seul moyen qu'elle trouva pour chasser les petits scélérats fut de descendre dans la cave et d'aller chercher la longue canne au bout de laquelle Abbas avait attaché un bout de maillot de corps blanc, celle qu'il allait agiter au coucher du soleil pour que ses pigeons s'envolent. Lorsqu'elle remonta devant l'entrée de la maison en brandissant son arme, les autres promeneurs commençaient à affluer sous le chêne, les éclats de voix ayant fini par attirer leur attention. Les enfants arrivèrent les premiers, suivis de près par les hommes (qui pour certains apportèrent avec eux leur narghilé) et par quelques femmes qui les rejoignirent en leur demandant ce qui se passait exactement, voulant qu'on les éclaire sur la raison de tout ce bruit. Le tohu-bohu redoubla lorsque

Bahiyya se décida à administrer des coups de canne à celui qui se tenait dans le chêne et qui, à cet instant, choisit de se recroqueviller au cœur du feuillage touffu afin d'échapper à sa fureur et de se soustraire aux regards. On aurait dit qu'elle était en train de taper sur les rameaux d'un olivier pour faire tomber la récolte de la saison. Elle parvint quand même à le rosser copieusement, à en juger par les nombreux cris qu'il poussa, révélant par cette occasion sa position à tous les gens attroupés qui le hélaient, certains pour l'encourager et d'autres pour le blâmer.

Bahiyya alla pour infliger une bonne correction au second grimpeur perché à la fenêtre, mais un groupe d'enfants vint s'interposer en la tirant par les vêtements, sous les cris de leurs mères qui leur ordonnaient de la laisser tranquille. Un imposant barbu avec un couvre-chef brodé de fil blanc s'avança et se mit à leur hurler, bande de voyous, de descendre tout de suite et de cesser d'importuner les gens de leurs grossièretés. Les pigeons, répondant aux signaux que Bahiyya leur avait lancés sans le vouloir avec la longue canne d'Abbas, s'étaient entre-temps rapprochés de la maison en tournoyant dans les airs. Leur grand nombre les empêchait visiblement de rentrer dans le salon pour la nuit. Ils se contentèrent donc de s'aligner sur le faîte du toit et de suivre ce tumultueux spectacle de leurs yeux remuants. Le jeune suspendu à la corde du panier réussit à imposer le silence quand il s'écria, en faisant signe à tout le monde de rester calme :

— Ça y est ! Il a fini !

Puis, d'un nouveau signe de la main, il insista pour qu'on se taise, parce que les choses s'enchaînaient :

— Il pleure ! Il pleure !

— Pourquoi ?

— J'en sais rien…

— Et elle ? le pressa l'infirme de ses sempiternelles questions.

— Elle rit.

Suivirent deux minutes de commentaires et de plaisanteries, les voix s'élevant alors sans que les trois adolescents réussissent à ramener le silence. Bahiyya se tenait au milieu de cet attroupement, interdite et consternée de savoir qu'elle ne pourrait repousser cette foule de curieux. C'était à croire qu'il ne restait plus personne de l'autre côté de la maison.

Aussitôt qu'un mouvement se faisait à l'intérieur de la chambre, celui qui était perché dans le feuillage du chêne se tournait vers son compère proche de la fenêtre pour l'interpeller :

— Il remet ses vêtements… Fais gaffe.

— Et elle ?

— Je la vois plus…

Puis, soudain, voyant Réda s'avancer :

— Il vient vers toi ! Il se rapproche de la fenêtre, attention !… Mais… Qu'est-ce qu'il a dans la main ?

Son ami n'eut cependant pas le temps de répondre puisque, tout à coup, la corde du panier, usée d'avoir trop frotté contre le rebord de la fenêtre, se rompit. Il tomba en poussant un cri de frayeur, en gesticulant de manière ridicule et en tirant de toutes ses forces sur le bout de corde qui lui restait entre les mains et qui, croyait-il, pourrait le prémunir contre la chute. Il s'écrasa au sol au milieu des hurlements. Les gens se précipitèrent autour de lui, mais aussitôt ils durent se remettre en alerte, car l'un des jeunes s'écria en désignant l'endroit duquel l'autre était tombé :

— Regardez !

Réda avait poussé la fenêtre et se tenait maintenant dans l'embrasure, la chemise ouverte sur son torse nu et la peur sur le visage, comprenant soudain que tous ces gens s'étaient attroupés pour le voir. Il avait le Herstal à la main et le pointait vers le ciel. L'un des hommes, en bas, lui cria de jeter son arme, relayé par les huées et par un charivari auquel Réda mit un terme en tirant un coup de feu en l'air, un tir de semonce, puis un autre qui dispersa toute la foule massée sous la fenêtre ouest. Sous la poussée exercée par le tir, sa main s'infléchit vers le bas et, sans qu'il s'en aperçoive, le canon du pistolet se retrouva braqué sur le chêne. Une troisième balle partit et enfin une quatrième, après quoi le pistolet s'enraya, sans que Réda parvienne à le remettre en état de marche.

Le jeune perché dans le feuillage du chêne dégringola sans se faire entendre, comme un oiseau tombé sous les coups d'un chasseur. Il ne se mit à crier qu'au moment où il s'écrasa au sol, avec une fracture de l'épaule gauche, ce qui n'était rien en comparaison de la balle qui lui avait traversé le bassin. Sans se soucier de sa chemise grande ouverte sur son torse nu et de son visage qu'il laissait à découvert, Réda demeura à sa fenêtre, brandissant en l'air le pistolet avec son canon déboîté.

XXV

La Jeep rouge entra dans l'allée de la maison en faisant fuir les pigeons occupés à picorer les dernières graines qui restaient sur le rebord de la fenêtre du coin et Dounia se précipita vers la cave en remettant ses lunettes bleues bien sur son nez :

— Maman, maman ! *Sitt* Julia est arrivée !

Le matin, le propriétaire de la station d'essence leur avait téléphoné, rue Abdel-Wahhab-el-Inglizi, en blâmant Jojo :

— Comment pouvez-vous laisser votre frère tout seul à Ayn Wardeh, à la merci de ces voyous ?

Il l'avait mis au courant des mésaventures de Réda, ayant vu la scène de ses propres yeux. En entendant les coups de feu, il s'était approché de la maison Baz, quoique d'un pas lent et prudent.

Aussitôt que les gens attroupés sous la fenêtre du coin – ces gens qu'unissaient des liens de parenté ou de voisinage dans les banlieues de la capitale – avaient réalisé que l'adolescent perché dans le chêne avait été touché par une balle de Réda et que ce dernier n'allait plus pouvoir tirer, parce que son pistolet s'était enrayé, ils avaient fait éclater leur fureur. Ils s'étaient mis à l'insulter, à le menacer et à lancer sur la fenêtre qu'il avait quittée pour se réfugier à l'intérieur tout ce qui leur tombait sous la main : des pierres, des tabourets et des pièces de ce bric-à-brac qu'Abbas accumulait et que Bahiyya rangeait autour de l'entrée. Lorsqu'ils avaient vu le sang couler sur le flanc du blessé, certains avaient fait le tour de la maison pour s'introduire dans le rez-de-chaussée, en passant comme ils en avaient l'habitude par-derrière, côté pré. Fous de rage, ils avaient grimpé l'escalier menant à l'étage et, se cassant le nez contre la porte blindée, s'étaient mis à taper avec ce qu'ils avaient pu trouver en bas, bouts de bois ou pièces métalliques, en produisant un vacarme épouvantable qui avait résonné aux quatre coins de la maison vide. Ils ne s'étaient retirés et dispersés qu'après l'arrivée des gendarmes.

— Maman…

Bahiyya sortit à la rencontre de *sitt* Julia. Elle cria d'abord sur Dounia, en lui ordonnant de redescendre dans la cave et de l'attendre là-bas, et se dirigea vers la Jeep rouge en désignant d'un air navré les vitres cassées de Réda et les traces laissées un peu partout par la bataille de la veille. Elle allait devoir reprendre tout le travail fourni pendant des mois pour ranger les butins que son mari avait récoltés sur les routes.

— Où est Abbas ?

Julia préférait traiter directement avec les hommes. Elle descendit de la voiture et Jojo aussi, ce qui n'était pas dans ses habitudes lorsqu'il l'accompagnait jusqu'à Ayn Wardeh.

— Ils l'ont emmené.

Elle apprit à Julia que, une fois de retour avec Dounia et le petit, Abbas s'était approché de l'officier en lui disant qu'il habitait ici et qu'il voulait savoir ce qui était arrivé, s'il y avait eu des morts ou des blessés. Qu'alors ils l'avaient fait monter dans leur Jeep sans daigner lui répondre. Et que, à elle, ils lui avaient posé des questions. Qu'elle avait prétendu ne rien savoir parce que personne ne l'informait jamais de rien. Que devant eux elle avait joué la pauvre ignorante.

— J'ai dit que tout ce que je savais c'était cuisiner à longueur de journée…

Pendant ce temps, Jojo procédait à une inspection des lieux et de leurs environs. Il remarqua que la haute antenne en forme de croix – l'une des rares entreprises qu'il avait menées à bien de toute sa vie maintenant cinquantenaire – penchait vers la droite au point de menacer de s'effondrer à tout instant sur la tête des gens qui s'aventuraient le long de la route. Une tempête nocturne peut-être.

Bahiyya poursuivit sa litanie. Elle raconta à Julia que les gens attroupés autour de la maison n'avaient d'abord prêté aucune attention à l'arrivée des véhicules de la gendarmerie et que, malgré les sirènes, ils ne s'étaient pas écartés pour les laisser passer, qu'au contraire ils avaient continué à bombarder la chambre du coin avec des pierres. Le sergent avait été obligé de tirer un coup de feu en l'air pour disperser tout le monde et imposer l'autorité de l'Etat.

— Tu as la clé de la porte blindée ? demanda tout à coup Julia.

— Ils l'ont défoncée.

— Qui ?

— Les gendarmes.

Jojo ne les accompagna pas. Il regarda à droite et à gauche en hochant la tête comme si tout cela ne l'étonnait guère. L'aîné de Francis al-Baz ne s'étonnait jamais de rien, ni de l'effondrement du cours de la livre, ni de la reprise de la guerre civile, ni encore des agissements tout à fait imprévisibles de son frère. Lorsque sa mère, suivie de Bahiyya, passa sous les arcatures pour entrer dans la maison, il remonta dans la Jeep, tourna le bouton de son autoradio sur la fréquence des vieilles chansons françaises, comme toujours, et appuya sa joue sur sa main pour manifester son impatience naissante.

Le rez-de-chaussée était plongé dans sa pénombre habituelle. Julia monta par l'escalier de gauche en se bouchant le nez à cause de l'odeur de fiente devenue insupportable. Du coup, elle n'eut pas le temps de lire les inscriptions à la craie et au charbon qui couvraient les murs du bas. Toutes sortes d'insultes héritées de la veille.

— Qui est entré dans la chambre à part les gendarmes ?

— Je n'en sais rien, personne d'autre, je crois… J'ai dû m'occuper des enfants, vu qu'Abbas avait été emmené avec les menottes.

La porte était encore ouverte et la chambre sens dessus dessous. Les pierres et les éclats de vitres jonchaient le sol. Julia demanda à Bahiyya d'apporter un balai pour nettoyer. Malgré tout ce qui était arrivé, l'écran de l'ordinateur était encore allumé et les pièces de l'échiquier étaient restées debout sur leurs cases. *Deep Blue* attendait toujours le coup de Réda al-Baz. Julia s'approcha de la photographie accrochée face au lit, celle de Nohad habillée en homme avec ses deux amies alexandrines, la décrocha du mur pour l'examiner un peu et un petit sourire goguenard se dessina sur son visage. Ne sachant que faire du portrait, elle parcourut la chambre des yeux, alla à la fenêtre et revint finalement le remettre à sa place.

— D'où vient toute cette pagaille ? interrogea-t-elle Bahiyya à son retour.

— Ils ont fouillé la chambre à la recherche du pistolet… J'ai entendu le soldat dire au sergent qu'ils ne l'avaient pas trouvé.

Pendant que Bahiyya passait le balai, Julia remit le lit et l'armoire à vêtements en ordre. Elle ferma le rideau de dentelle blanche sans rabattre les volets, avant de le rouvrir pour jeter un œil du côté de la route.

— Qui est cette personne qui pointe sa lunette sur notre maison ? demanda-t-elle.

Bahiyya vint à la fenêtre pour considérer à son tour l'endroit où se tenait le topographe, qui regardait dans son instrument et prenait des notes dans son calepin. Elle ne sut trop quoi en dire. Julia se retourna vers elle et l'interrogea en chuchotant :

— Où est Réda ? Dis-le-moi. Je suis sa mère.

Bahiyya jura en levant cent fois la main droite qu'elle ne savait pas où il se trouvait et que depuis la veille on lui avait posé cette question peut-être mille fois. Tout le monde croyait que la maison renfermait une cache secrète. Les gendarmes avaient envahi l'étage comme s'ils attaquaient une forteresse. En se lançant des ordres et en criant. Ils avaient trouvé la jeune femme mais pas Réda. Disparu. Ils avaient inspecté la maison pièce par pièce. Ils étaient même montés dans la hotte de la cuisine, l'un d'eux ayant affirmé qu'il s'agissait d'un passage secret. Mais ils n'avaient pas trouvé Réda.

— Moi, je me demande bien comment il aurait pu s'enfuir, *sitt* Julia… Par où il aurait pu passer, sachant que la porte blindée était fermée ?

A l'instant où Bahiyya achevait de balayer la chambre, Jojo donna plusieurs coups de klaxon. Julia regarda autour d'elle. L'écran de l'ordinateur était toujours allumé. Bahiyya lui dit qu'il fallait l'éteindre, mais elle lui répondit d'un ton ferme :

— Non, laisse-le allumé.

Elle l'invita à quitter les lieux, jeta un dernier coup d'œil et, s'apercevant que l'armoire à vêtements était restée ouverte, revint la fermer, puis sortit à son tour de la chambre en tirant la porte tout doucement pour éviter de la faire grincer, comme quelqu'un qui ne voudrait pas réveiller un dormeur.

Juste avant de passer la porte de la maison, elle s'arrêta et se tourna vers Bahiyya :

— Et ta cousine ?

Bahiyya hésita un instant avant de partir dans de longues explications :

— … Je vous jure, *sitt* Julia, je n'ai aucune nouvelle… Ma cousine… enfin si on veut. On a le même nom, c'est vrai, mais, eux, ils vivent à Beyrouth, on ne les voit jamais et ils ne viennent pas nous voir non plus…

— Où est-elle ? l'interrompit Julia.

— Les gendarmes ne l'ont pas emmenée. Ils ont dit qu'ils n'avaient plus de place pour elle dans leurs cellules. Ils l'ont interrogée sur le *khawéja* Réda et puis ils me l'ont laissée… Avant de partir, ils lui ont dit de rester par là parce qu'ils allaient revenir parler encore avec elle…

Jojo klaxonna pour la deuxième fois. Julia sortit.

— … Cette nuit, elle a dormi chez moi, mais ce matin, quand je me suis levée, je ne l'ai pas trouvée. Peut-être qu'ils lui ont fait peur. Elle a fait son sac et elle est partie, comme elle était venue…

Julia ne lui répondit pas. Elle parcourut sans se retourner le reste du chemin jusqu'à la Jeep rouge, ouvrit la portière et s'assit à côté de son grand fils qui avait mis le moteur en route en la voyant passer sous les arcatures de l'entrée. Julia Aractinji. Avec sa broche, son fard à joues rose et son petit sac à main au fermoir doré… On peut prédire sans trop se risquer qu'elle gardera son style années 1960 et sa mise en plis jusqu'au dernier jour de sa vie.

Abbas resta trois jours en garde à vue. Les hommes de la Sécurité intérieure l'avaient emmené parce qu'ils ne pouvaient décemment pas rentrer au poste les mains vides. Abbas était le seul homme qu'ils avaient trouvé à Ayn Wardeh. Ses frères, les fils de Hamad al-Mâni', demandèrent une entrevue avec l'officier et obtinrent de le faire relâcher, en arguant du fait que sa femme et ses deux enfants se retrouvaient sans chef de famille, seuls et dépourvus. Quand il revint à la maison, il ne restait plus la moindre trace des pigeons, ni dans le ciel bleu limpide, ni dans le salon. Après trois jours sans personne pour leur donner refuge et personne pour les nourrir à la fenêtre du coin, ils s'étaient certainement enfuis avec le premier mâle dominant venu leur tourner autour. Désormais ils devaient avoir un nouveau maître qui les faisait rentrer au coucher du soleil sur le toit d'un immeuble terne de la banlieue beyrouthine.

Dans les jours qui suivirent les coups de feu, ce fut un défilé permanent autour de la maison. La Jeep de la gendarmerie revint patrouiller dans le voisinage, un officier de la PJ en civil se présenta et interrogea ceux qu'il trouva sur les lieux, et de même les habitants d'Ayn Wardeh multiplièrent les visites à la maison Baz, empruntant l'allée, s'asseyant un peu sous le chêne et tirant de cruels enseignements de ce qui était arrivé. Beaucoup avaient appris le drame en lisant le journal. Une brève figurait dans la rubrique des faits divers, son rédacteur s'étant comme le veut l'usage limité à citer les initiales du prénom et du nom de famille, R. B., en concluant l'information par la formule consacrée, "l'auteur des faits est toujours en fuite". Au fil des jours, les va-et-vient dans les environs cessèrent. Les amateurs de festoiements bucoliques se firent eux-mêmes de plus en plus rares, conséquence sans doute des fluctuations saisonnières et des effets de mode qui régentent les loisirs des samedis, dimanches et jours fériés, et qui incitent constamment les gens à se presser en masse à la découverte de nouveaux endroits.

Ainsi Dounia et sa copine eurent-elles le champ libre dans la maison. Au moment des faits, Dounia se trouvait dans la Peugeot blanche avec son père, en train de remonter la route à la recherche de la belle Arabe, mais il n'empêche que le matin suivant elle se comporta avec son amie telle qu'à son ordinaire, affectant d'en savoir toujours plus qu'elle n'en pouvait dire. On aurait dit qu'elle avait été au cœur de la bataille, au milieu des coups de feu, et qu'elle taisait délibérément ce qu'elle avait vu. Cependant, elle n'omit pas de lui rappeler qu'elle avait gagné son pari, puisque Réda avait fini par venir à bout de la jeune femme.

Elles entrèrent d'abord au rez-de-chaussée et, s'apercevant que la porte blindée était ouverte, montèrent l'escalier jusqu'à l'étage. Au début, elles veillèrent à ne pas faire de bruit en s'avançant sur le palier, comme si la maison était encore habitée. Sans s'en apercevoir, la blondinette marcha en permanence sur la pointe des pieds tant elle craignait de rompre le silence auquel l'astreignait Dounia.

Ce jour-là, elles se contentèrent d'explorer l'étage en faisant le tour des chambres. Dounia joua les guides, poussant les portes tout doucement et commentant la visite, ici, c'est la chambre de *sitt* Julia, ici, celle de *sitt* Nohad – en allongeant le *a* autant que possible –, poussant les portes mais allongeant néanmoins le bras en travers de l'embrasure pour empêcher sa copine d'entrer. Et malheur à elle si elle s'était aventurée à toucher un vieux vêtement ou un bibelot que les Baz avaient laissé derrière eux en partant. Elle avait seulement le droit de regarder. La visite comprit toutes les chambres à l'exclusion de la chambre du coin. La blondinette essaya bien de s'approcher de la porte close, de poser la main sur la poignée blanche et de l'ouvrir, mais Dounia l'attrapa par le bras et la tira en arrière. Elle lui chuchota alors que le *khawéja* Réda pourrait revenir dans sa chambre, très certainement la nuit, et que pour l'heure il se cachait dans un endroit que son ami le professeur de mathématiques, son partenaire d'échecs, était le seul à connaître.

Le temps passant, Dounia se montra un peu moins intransigeante avec sa copine. Elle l'autorisa à entrer dans la chambre où elles trouvèrent la malle à costumes de scène – héritage des enfants d'Alexandrie –, qu'elles ouvrirent et retournèrent dans tous les sens pendant deux bonnes heures, enfilant les vieux vêtements colorés par-dessus leurs habits, le tailleur de madame pour Dounia et le tablier de la servante pour la blondinette ; la couronne de César pour Dounia et le poignard de Brutus pour sa copine. Elles cessèrent d'écumer la voie publique pour vendre leurs chewing-gums et leurs bouquets de roses jaunes. La maison était devenue leur terrain de jeu et pendant des mois elles s'y amusèrent.

Parfois, elles y amenaient Réda, le petit frère, parce qu'elles avaient besoin d'un garçon pour tenir le rôle de Jojo, se distribuant entre elles ceux de Julia, de Margaret et de Nohad (ce dernier demeurait toutefois réservé à Dounia).

Elle allait le long des fenêtres en faisant comme si elle portait une cruche à la main et arrosait les fleurs, ou ce qu'il en restait, montait s'asseoir au sommet des escaliers, mettait ses bras autour de ses genoux, puis demandait à son amie de lui apporter une cigarette ; cette dernière lui tendait une brindille ; elle la mettait entre ses lèvres et attendait qu'elle lui apporte une fausse allumette. Enfin, elle prenait sa tête entre ses mains et faisait semblant de pleurer en articulant des cris dans lesquels elle combinait les sons *kh*, *sh* et *t*, pour imiter l'allemand. Elle jouait le personnage de Margaret et la blondinette, qui interprétait le sien, la laissait alors assise en haut des escaliers le temps d'aller dans la chambre de Jojo et de se tenir à la porte pour crier "Margaret !", afin qu'elle s'arrête de pleurer. Ensuite, Dounia jouait le rôle de sa mère, en confiant à la blondinette le soin de l'incarner elle, et demandait à son frère de leur crier dessus en leur montrant la route du doigt et en leur demandant de partir, comme l'avait fait Jojo. Mais le petit, dont l'interprétation n'était pas des meilleures, préférait grimper les escaliers et redescendre en glissant sur la balustrade, si bien qu'elles devaient se contenter des scènes secondaires comme les disputes de Nohad et de Margaret, les parties d'échecs de Réda et du professeur de mathématiques, durant lesquelles ils se prenaient tous les deux la tête entre les mains et demandaient le silence s'ils entendaient le moindre bruit, ou encore les moments que Soleiman Attiya et Nohad passaient ensemble, elle posant sa bouillotte sur son estomac et lui gesticulant en lui déclamant ses poèmes. Lorsqu'elles redescendaient de l'étage, Dounia faisait une petite halte à hauteur de la brèche, à droite de l'entrée, essayait d'enlever le morceau de bois, mais abandonnait son idée en route, souhaitant sans doute se la garder pour quand elle serait seule.

Elles interprétèrent leurs rôles dans toutes les chambres. Sauf la chambre du coin. Dounia restait inflexible : interdiction d'ouvrir la porte, même pour jeter un tout petit coup d'œil à l'intérieur. Et la blondinette, qui avait passé de si longues heures à transpercer les rideaux en dentelle du regard pour découvrir ce qui se cachait derrière la fenêtre, semblait maintenant se dire qu'elle n'aurait rien tiré de bon de la maison Baz si elle ne réussissait pas à ouvrir cette porte. Dounia ne s'arrêtait pas une seconde. Elle avait aussi ses jeux solitaires. A un moment où sa copine était repartie dans sa bâtisse ouverte aux quatre vents – au sujet de laquelle les moqueries de Dounia s'amplifièrent dans la mesure où, désormais, elle avait la maison Baz pour elle toute seule –, elle se mit à chercher le panier du repas, le trouva avec sa corde au milieu du bric-à-brac de son père, apporta une échelle et monta le rattacher. La chatte noire ne tarda pas à sauter dedans, impatiente de retrouver sa balançoire dans laquelle elle allait dès lors pouvoir prendre toutes ses aises. Quand, le jour suivant, la blondinette vit le panier en roseau pendre à nouveau sous la fenêtre du coin, elle proposa à son amie de jouer à Réda et à la belle Arabe, suggérant que Dounia monte dans la chambre et se mette derrière le rideau en dentelle blanche pendant que, elle, elle déposerait les assiettes du repas et l'appellerait :

— *Khawéja* Réda !... Le déjeuner !

Mais, comme d'habitude, Dounia refusa. Elle prit sa copine par l'épaule et l'emmena derrière la maison. Là, elle lui chuchota que le *khawéja* Réda et la cousine de sa mère s'étaient enfuis à Beyrouth et que personne ne pourrait les trouver. Qu'ils avaient complètement changé de look et qu'ils allaient d'hôtel en hôtel.

On a perdu toute trace de Réda. Mais un tas d'histoires circulent à son sujet, non seulement par la bouche de Dounia, qui pour impressionner sa copine brode copieusement sur ce qu'elle entend des conversations nocturnes d'Abbas et Bahiyya, mais aussi chez les habitants d'Ayn Wardeh qui, lorsqu'ils sortent se promener dans la douceur du soir, affirment, comme le font également certaines gens de passage dans ces contrées célèbres pour leur saint Mar Nahra, guérisseur souverain de la cataracte et de la conjonctivite printanière, que parfois, en approchant du monument aux martyrs de la guerre, avec sa forme d'aile d'oiseau, à l'endroit où le topographe a longtemps planté son instrument, on peut apercevoir à la fenêtre ouest de la chambre du coin, derrière le rideau blanc en dentelle, une silhouette fantomatique qui veille tel un gardien de phare, observant tantôt la route et les immeubles de la capitale qui grimpent à l'assaut des montagnes, tantôt les nuages pareils à des animaux légendaires affrontés sur le ciel.

NOTE

Le poème “Les deux amants d’hier”, cité dans le chapitre XXI, est extrait du recueil *La Description de l’homme, du cadre et de la lyre*, de Fouad Gabriel Naffah (*Œuvres complètes*, Dar an-Nahar, Beyrouth, 1987, p. 13).

Le second texte poétique cité dans le même chapitre (“Je suis fils de dix mille ans de rameurs, de songes asiatiques et d’ivresses…”) provient quant à lui des *Poèmes de l’été*, de Fouad Abi Zeid (*Œuvres complètes*, Dar an-Nahar, Beyrouth, 1996, p. 49).

GLOSSAIRE

Abaya : ample vêtement de laine couvrant tout le corps.

Abou Ammar : nom de militant de Yasser Arafat.

Abyad, Georges : acteur, metteur en scène et professeur d'art dramatique né au Liban en 1880. En 1912, il fonde au Caire la première troupe de théâtre arabe et, à partir des années 1930, travaille également pour le cinéma.

Antara ibn Shaddad : poète arabe antéislamique dont la légende a survécu dans la tradition orale sous la forme d'une épopée populaire, souvent appelée *Le Roman d'Antar*.

Arabes : les "Arabes" dont il est question dans ce récit sont les Arabes nomades et leurs descendants sédentarisés, au sens large.

Arak : anisette proche-orientale.

Baba ghannouj : caviar d'aubergines à la crème de sésame.

Banadoura : tomate.

Béchara, cheikh : Béchara el-Khoury, premier président de la République libanaise indépendante, entre 1943 et 1952.

Bekbachi : mot turc désignant à l'origine les commandants de l'armée ottomane.

Chamoun, Camille : président de la République libanaise de 1952 à 1958. Dans le contexte de la guerre de Suez, il lui est reproché de mener une politique pro-occidentale et en 1958, se trouvant confronté à une grave insurrection, il fait appel à l'intervention des troupes américaines. Contraint de démissionner, il fonde alors le Parti national libéral qui, pendant la guerre civile de 1975, fera partie des Forces libanaises.

Chehab, Fouad : commandant de l'armée libanaise à sa fondation en 1945 et successeur de Camille Chamoun à la présidence de la République, de 1958 à 1964.

Druzes : groupe religieux issu du courant ismaélien. Les druzes se répartissent essentiellement entre le Sud de la Syrie et le Liban (dans la région du Chouf). Au Liban, le Parti socialiste progressiste, créé en 1949 par le chef druze Kamal Joumblatt, est largement soutenu par cette communauté.

Forces libanaises (Quwwât al-lubnâniyya) : milice formée, en 1976, en opposition à l'alliance entre les Palestiniens et les milices musulmanes de gauche (cf. Mouvement national).

Front populaire pour la libération de la Palestine (FPLP) : organisation de sensibilité politique à la fois marxiste-léniniste et nationaliste arabe fondée par Georges Habache et Ahmed Jibril en 1967. Dès 1968, le FPLP rejoint l'OLP (Organisation de libération de la Palestine), au sein de laquelle il constituera le groupe le plus important après le Fatah.

Kebbé : boulettes de viande pilée et de blé concassé.

Keffieh : coiffe traditionnelle des Bédouins, portée le plus souvent avec le *'oqal*.

Kefta : boulettes de viande hachée.

Khawéja (khawâja) : “monsieur”, “sieur”, à cette nuance près que *khawéja* désigne généralement les gens issus de la bourgeoisie chrétienne.

Labné : fromage proche du yaourt, à base de lait caillé.

Mansaf : plat bédouin à base de viande (généralement de mouton), de riz, de légumes et de yaourt.

Maqlouba : “renversé”. Plat composé de viande, de riz et de légumes (notamment l'aubergine).

Mezzés : hors-d'œuvres variés.

Mouloukhiyya : soupe cuisinée avec la plante du même nom (appelée corète en français).

Mourabitoun : parti-milice à majorité sunnite issu du mouvement nassérien indépendant. Formé officiellement en 1958, il entre pendant la guerre civile dans le Mouvement national.

Mouvement national libanais (Haraka al-wataniyya al-lubnâniyya) : coalition de la gauche et de l'extrême gauche menée par le chef druze Kamal Joumblatt (assassiné en 1977). Au cours de la guerre civile, le mouvement soutient les Palestiniens.

'Oqal : cordelette servant à maintenir le keffieh sur la tête.

Parisiana : cabaret-café, jadis haut lieu de la nuit beyrouthine.

Parti libéral, ou Parti national libéral (Hizb al-wataniyyîn al-ahrâr) : parti à grande majorité chrétienne créé par Camille Chamoun. Pendant la guerre civile, sa milice, les Numûr ("les Tigres"), intègre les Forces libanaises.

Parti social nationaliste syrien (Hizb al-qawmî al-sûrî al-ijtimâ'i) : également appelé Parti populaire syrien. Créé en 1932 à Beyrouth par Antoun Saadé, il défend l'idée d'une grande nation syrienne comprenant la Syrie, le Liban, la Palestine, la Jordanie et Chypre… La tentative de coup d'Etat à laquelle il est fait référence dans le chapitre XVII a eu lieu dans la nuit du 31 décembre 1961 au 1er janvier 1962.

Phalangistes : membres du parti phalangiste (Kataeb), parti chrétien de droite fondé par Pierre Gemayel. Pendant la guerre civile, les Phalanges constitueront le noyau dur des Forces libanaises.

Qarisha : sorte de fromage blanc comme la *ricotta* italienne pouvant se manger sucré ou salé.

Salam, Saëb : homme politique libanais, quatre fois Premier ministre entre 1952 et 1973. Lors de la crise de Suez, en 1956, il démissionne avec éclat de son poste de ministre pour protester contre l'attitude timorée du président Chamoun. Idéologiquement proche du nationalisme arabe, il participera aussi très activement au mouvement d'insurrection de 1958.

Sarraj, Abd al-Hamid al- : patron des services de renseignements syriens durant les trois années de la République arabe unie (1958-1961).

Sitt : madame, dame.

Siyadieh : spécialité libanaise à base de poisson et de riz.

Weygand, Maxime : haut-commissaire du mandat français en Syrie et au Liban de 1923 à 1924.

Zayzafoun (zayzafûn) : tilleul.

OUVRAGE RÉALISÉ
PAR L'ATELIER GRAPHIQUE ACTES SUD
ACHEVÉ D'IMPRIMER
EN DÉCEMBRE 2008
PAR L'IMPRIMERIE FLOCH
A MAYENNE
POUR LE COMPTE DES ÉDITIONS
ACTES SUD
LE MÉJAN
PLACE NINA-BERBEROVA
13200 ARLES

DÉPÔT LÉGAL
1re ÉDITION : JANVIER 2009
N° impr. : 72543
(Imprimé en France)